प्रेमचन्द

प्रेमचन्द का जन्म 31 जुलाई, 1880 को बनारस के पास लमही गाँव में हुआ था। प्रारम्भिक पढ़ाई गाँव के एक मकतब में हुई। फिर बनारस के शिमन स्कूल से मैट्रिक किया। 1899 में अध्यापन से जीविकोपार्जन की शुरुआत की। नौकरी करते हुए 1919 में प्राइवेट स्तर पर बी.ए. किया। सरकारी नौकरी की। स्कूलों के सब-डिप्टी इंस्पेक्टर भी रहे। 1920 में महात्मा गांधी के आह्वान पर सरकारी नौकरी से इस्तीफा देकर पूरी तरह लेखन में लग गए। 1934 में कुछ दिनों के लिए बम्बई जाकर फ़िल्म-कथाकर के रूप में काम किया। 'मर्यादा', 'माधुरी', 'हंस', 'जागरण' आदि अनेक पत्रों के सम्पादन के ज़रिये पत्रकारिता में उल्लेखनीय योगदान किया। लेखन की शुरुआत उर्दू में की, पर शीघ्र ही हिन्दी में लिखने लगे। वस्तुतः दोनों ही भाषाओं के साहित्य में गौरवपूर्ण स्थान प्राप्त किया।

'सेवासदन', 'निर्मला', 'रंगभूमि', 'गबन', 'कायाकल्प', 'प्रेमाश्रम', 'गोदान' आदि विश्वविख्यात उपन्यास तथा लगभग 300 कहानियाँ उनके विपुल कृतित्व में शामिल हैं। निबन्ध, नाटक, आलोचनाएँ भी लिखीं। 1936 में 'प्रगतिशील लेखक संघ' के प्रथम अधिवेशन की अध्यक्षता की। लम्बी बीमारी के बाद 8 अक्टूबर, 1936 को बनारस में उनका निधन हो गया।

कर्बला

प्रेमचन्द

लोकभारती पेपरबैक्स

पहला संस्करण 1924 में प्रकाशित

लोकभारती पेपरबैक्स में
पहला संस्करण : 2024

लोकभारती पेपरबैक्स : उत्कृष्ट साहित्य के जनसुलभ संस्करण

लोकभारती प्रकाशन
पहली मंजिल, दरबारी बिल्डिंग, महात्मा गांधी मार्ग
प्रयागराज-211 001
द्वारा प्रकाशित

शाखाएँ : 1-बी, नेताजी सुभाष मार्ग, दरियागंज, नई दिल्ली-110 002
अशोक राजपथ, साइंस कॉलेज के सामने, पटना-800 006
1, अनमोल सोराबजी सन्तुक लेन, धोबी तलाव, मरीन लाइंस, मुम्बई-400 002
वेबसाइट : www.lokbhartiprakashan.com
ई-मेल : info@lokbhartiprakashan.com

बी.के. ऑफसेट
नवीन शाहदरा, दिल्ली-110 032
द्वारा मुद्रित

मूल्य : ₹199

KARBALA
Play by Premchand

ISBN : 978-81-979896-5-0

भूमिका

प्राय: सभी जातियों के इतिहास में कुछ ऐसी महत्त्वपूर्ण घटनाएँ होती हैं, जो साहित्यिक कल्पना को अनंत काल तक उत्तेजित करती रहती हैं। साहित्यिक समाज नित नए रूप में उनका उल्लेख किया करता है, छंदों में, गीतों में, निबन्धों में, लोकोक्तियों में, व्याख्यानों में बारम्बार उनकी आवृत्ति होती रहती है, फिर भी नए लेखकों के लिए गुंजाइश रहती है। हिन्दू-इतिहास में रामायण और महाभारत की कथाएँ ऐसी ही घटनाएँ हैं। मुसलमानों के इतिहास में कर्बला के संग्राम को भी वही स्थान प्राप्त है। उर्दू-फ़ारसी के साहित्य में इस संग्राम पर दफ़्तर के दफ़्तर भरे पड़े हैं, यहाँ तक कि जैसे हिन्दी-साहित्य के कितने ही कवियों ने राम और कृष्ण की महिमा गाने में अपना जीवन व्यतीत कर दिया, उसी तरह उर्दू और फ़ारसी में कितने ही कवियों ने केवल मर्सिया कहने ही में जीवन समाप्त कर दिया। किन्तु, जहाँ तक हमारा ज्ञान है, अब तक, किसी भाषा में, इस विषय पर नाटक की रचना शायद नहीं हुई। हमने हिन्दी में यह ड्रामा लिखने का साहस किया है।

कितने ख़ेद और लज्जा की बात है कि कई शताब्दियों से मुसलमानों के साथ रहने पर भी अभी तक हम लोग प्राय: उनके इतिहास से अनभिज्ञ हैं। हिन्दू-मुसलिम वैमनस्य का एक कारण यह भी है कि हम हिन्दुओं को मुसलिम-महापुरुषों के सच्चरित्रों का ज्ञान नहीं। जहाँ किसी मुसलमान बादशाह का ज़िक्र आया कि हमारे सामने औरंगज़ेब की तसवीर खिंच गई। लेकिन अच्छे और बुरे चरित्र सभी समाजों में सदैव होते आए हैं, और होते रहेंगे। मुसलमानों में भी बड़े-बड़े दानी, बड़े-बड़े धर्मात्मा और बड़े-बड़े न्याय-प्रिय बादशाह हुए हैं। किसी जाति के महान् पुरुषों के चरित्रों का अध्ययन उस जाति के साथ आत्मीयता के सम्बन्ध का प्रवर्तक होता है, इसमें सन्देह नहीं।

नाटक दृश्य होते हैं, और पाठ्य भी। पर, हमारा विचार है, दोनों प्रकार के नाटकों में कोई रेखा नहीं खींची जा सकती। अच्छे अभिनेताओं

द्वारा खेले जाने पर प्रत्येक नाटक मनोरंजक और उपदेशप्रद हो सकता है। नाटक का मुख्य अंग उसकी भाव-प्रधानता है, और सभी बातें गौण हैं। जनता की वर्तमान रुचि से किसी नाटक के अच्छे या बुरे होने का निश्चय करना न्यायसंगत नहीं। नौटंकी और धनुष-यज्ञ देखने के लिए लाखों की संख्या में जनता टूट पड़ती है, पर यह उसकी सुरुचि आदर्श नहीं कही जा सकती। हमने यह नाटक खेले जाने के लिए नहीं लिखा, मगर हमारा विश्वास है, यदि कोई इसे खेलना चाहें, तो बहुत थोड़ी काट-छाँट से खेल भी सकते हैं।

यह ऐतिहासिक और धार्मिक नाटक है। ऐतिहासिक नाटकों में कल्पना के लिए बहुत संकुचित क्षेत्र रहता है। घटना जितनी ही प्रसिद्ध होती है, उतनी ही कल्पना-क्षेत्र की संकीर्णता भी बढ़ जाती है। यह घटना इतनी प्रसिद्ध है कि इसकी एक-एक बात, इसके चरित्रों का एक-एक शब्द हज़ारों बार लिखा जा चुका है। आप उस वृत्तान्त से जौ-भर आगे-पीछे नहीं जा सकते। हमने ऐतिहासिक आधार को कहीं नहीं छोड़ा है। हाँ, जहाँ किसी रस की पूर्ति के लिए कल्पना की आवश्यकता पड़ी है, वहाँ अप्रसिद्ध और गौण चरित्रों द्वारा उसे व्यक्त किया है। पाठक इसमें हिन्दुओं को प्रवेश करते देखकर चकित होंगे, परन्तु वह हमारी कल्पना नहीं है, ऐतिहासिक घटना है। आर्य लोग वहाँ कैसे और कब पहुँचे, यह विवादग्रस्त है। कुछ लोगों का ख़याल है, महाभारत के बाद अश्वत्थामा के वंशधर वहाँ जा बसे थे। कुछ लोगों का यह भी मत है, ये लोग उन हिन्दुओं की सन्तान थे, जिन्हें सिकन्दर यहाँ से क़ैद कर ले गया। कुछ हो, इस बात के ऐतिहासिक प्रमाण हैं कि कुछ हिन्दू भी हुसैन के साथ कर्बला के संग्राम में सम्मिलित होकर वीर-गति को प्राप्त हुए थे।

इस नाटक में स्त्रियों के अभिनय बहुत कम मिलेंगे। महाशय डी.एल. राय ने अपने ऐतिहासिक नाटकों में स्त्री-चरित्र की कमी को कल्पना से पूरा किया है। उनके नाटक पूर्ण रूप से ऐतिहासिक हैं। कर्बला ऐतिहासिक ही नहीं, धार्मिक भी है, इसलिए इसमें किसी स्त्री-चरित्र की सृष्टि नहीं की जा सकी। भय था, ऐसा करने से सम्भवतः हमारे मुसलमान-बन्धुओं को आपत्ति होगी।

यह नाटक दुःखान्त (Tragedy) है। दुःखान्त नाटकों के लिए आवश्यक है कि उनके नायक कोई वीरात्मा हों, और उनका शोक-जनक अन्त उनके धर्म और न्यायपूर्ण विचारों और सिद्धान्तों का फलस्वरूप हो। नायक की दारुण कथा दुःखान्त नाटकों के लिए

पर्याप्त नहीं। उसकी विपत्ति पर हम शोक नहीं करते, वरन् उसकी नैतिक विजय पर आनन्दित होते हैं, क्योंकि वहाँ नायक की प्रत्यक्ष हार वस्तुतः उसकी विजय होती है। दुःखान्त नाटकों में शोक और हर्ष के भावों का विचित्र रूप से समावेश हो जाता है। हम नायक को प्राण त्यागते देखकर आँसू बहाते हैं, किन्तु वह आँसू करुणा के नहीं, विजय के होते हैं। दुःखान्त नाटक आत्मबलिदान की कथा है, और आत्मबलिदान केवल करुणा की वस्तु नहीं, गौरव की भी वस्तु है। हाँ, नायक का वीरात्मा होना परम आवश्यक है, जिससे हमें उसको अविचल सिद्धान्तप्रियता और अदम्य सत्साहस पर गौरव और अभिमान हो सके।

नाटक में संगीत का अंश होना आवश्यक है, किन्तु इतना नहीं, जो अस्वाभाविक हो जाए। हम महान् विपत्ति और महान् सुख, दोनों ही दशाओं में रोते और गाते हैं। हमने ऐसे ही अवसरों पर गान की आयोजना की है। मुसलिम पात्रों के मुख से ध्रुपद और विहाग कुछ बेजोड़-सा मालूम होता है, इसलिए हमने उर्दू कवियों की ग़ज़लें दे दी हैं। कहीं-कहीं अनीस के मर्सियों में से दो-चार बन्द उद्धृत कर लिये हैं। इसके लिए हम उन महानुभावों के ऋणी हैं। कविवर श्रीधर जी पाठक की एक भारत-स्तुति भी ली गई है। अतएव हम उन्हें भी धन्यवाद देते हैं।

इस नाटक की भाषा के विषय में भी कुछ निवेदन करना आवश्यक है। इसकी भाषा हिन्दी साहित्य की भाषा नहीं है। मुसलमान-पात्रों से शुद्ध हिन्दी भाषा का प्रयोग कराना कुछ स्वाभाविक न होता, इसलिए हमने वही भाषा रखी है, जो साधारणतः सभ्य-समाज में प्रयोग की जाती है, जिसे हिन्दू और मुसलमान, दोनों ही बोलते और समझते हैं।

—प्रेमचन्द

कथा-सार

हज़रत मुहम्मद की मृत्यु के बाद कुछ ऐसी परिस्थिति हुई कि ख़िलाफ़त का पद उनके चचेरे भाई और दामाद हज़रत अली को न मिलकर उमर फ़ारूक़ को मिला। हज़रत मुहम्मद ने स्वयं ही व्यवस्था की थी कि ख़लीफ़ा सर्व-सम्मति से चुना जाया करे, और सर्व-सम्मति से उमर फ़ारूक़ चुने गए। उनके बाद अबूबकर चुने गए। अबूबकर के बाद यह पद उसमान को मिला। उसमान अपने कुटुम्बवालों के साथ पक्षपात करते थे, और उच्च राजकीय पद उन्हीं को दे रखे थे। उनकी इस अनीति से बिगड़कर कुछ लोगों ने उनकी हत्या कर डाली। उसमान के सम्बन्धियों को सन्देह हुआ कि यह हत्या हज़रत अली की ही प्रेरणा से हुई है। अतएव उसमान के बाद अली ख़लीफ़ा तो हुए, किन्तु उसमान के एक आत्मीय सम्बन्धी ने, जिसका नाम मुआविया था, और जो शाम प्रान्त का सूबेदार था, अली के हाथों पर बैयत न की, अर्थात् अली को ख़लीफ़ा नहीं स्वीकार किया। अली ने मुआविया को दंड देने के लिए सेना नियुक्त की। लड़ाइयाँ हुईं, किन्तु पाँच वर्ष की लगातार लड़ाई के बाद अन्त को मुआविया की ही विजय हुई। हज़रत अली अपने प्रतिद्वंद्वी के समान कूटनीतिज्ञ न थे। वह अभी मुआविया को दबाने के लिए एक नई सेना संगठित करने की चिन्ता में ही थे कि एक हत्यारे ने उनका वध कर डाला।

मुआविया ने घोषणा की थी कि अपने बाद मैं अपने पुत्र को ख़लीफ़ा नामजद न करूँगा, वरन् हज़रत अली के ज्येष्ठ पुत्र हसन को ख़लीफ़ा बनाऊँगा। किन्तु जब इसका अन्त-काल निकट आया, तो उसने अपने पुत्र यज़ीद को ख़लीफ़ा बना दिया। हसन इसके पहले ही मर चुके थे। उनके छोटे भाई हज़रत हुसैन ख़िलाफ़त के उम्मेदवार थे, किन्तु मुआविया ने यज़ीद को अपना उत्तराधिकारी बनाकर हुसैन को निराश कर दिया।

ख़लीफ़ा हो जाने के बाद यज़ीद को सबसे अधिक भय हुसैन का था, क्योंकि वह हज़रत अली के बेटे और हज़रत मुहम्मद के नवासे (दौहित्र)

थे। उनकी माता का नाम फ़ातिमा जोहरा था, जो मुसलिम विदुषियों में सबसे श्रेष्ठ थीं। हुसैन बड़े विद्वान्, सच्चरित्र, शान्त-प्रकृति, नम्र, सहिष्णु, ज्ञानी, उदार और धार्मिक पुरुष थे। वह वीर थे, ऐसे वीर कि अरब में कोई उनकी समता का न था। किन्तु वह राजनीतिक छल-प्रपंच और कुत्सित व्यवहारों से अपरिचित थे। यज़ीद इन सब बातों में निपुण था। उसने अपने पिता अमीर मुआविया से कूटनीति की शिक्षा पाई थी। उसके गोत्र (क़बीले) के सब लोग कूटनीति के पंडित थे। धर्म को वे केवल स्वार्थ का एक साधन समझते थे। भोग-विलास और ऐश्वर्य का उनको चस्का पड़ चुका था। ऐसे भोग-लिप्सु प्राणियों के सामने सत्यव्रती हुसैन की भला कब चल सकती थी, और चली भी नहीं।

यज़ीद ने मदीने के सूबेदार को लिखा कि तुम हुसैन से मेरे नाम पर बैयत, अर्थात् उनसे मेरे ख़लीफ़ा होने की शपथ लो। मतलब यह कि वह गुप्त रीति से उन्हें क़त्ल करने का षड्यंत्र रचने लगा। हुसैन ने बैयत लेने से इनकार किया। यज़ीद ने समझ लिया कि हुसैन बग़ावत करना चाहते हैं, अतएव वह उनसे लड़ने के लिए शक्ति-संचय करने लगा। कूफ़ा प्रान्त के लोगों को हुसैन से प्रेम था। वे उन्हीं को अपना ख़लीफ़ा बनाने के पक्ष में थे। यज़ीद को जब यह बात मालूम हुई, तो उसने कूफ़ा के नेताओं को धमकाना और नाना प्रकार के कष्ट देना आरम्भ किया। कूफ़ा निवासियों ने हुसैन के पास, जो उस समय मदीने से मक्के चले गए थे, सन्देशा भेजा कि आप आकर हमें इस संकट से मुक्त कीजिए। हुसैन ने इस सन्देशे का कुछ उत्तर न दिया, क्योंकि वह राज्य के लिए ख़ून बहाना नहीं चाहते थे। इधर कूफ़ा में हुसैन के प्रेमियों की संख्या बढ़ने लगी। लोग उनके नाम पर बैयत करने लगे। थोड़े ही दिनों में इन लोगों की संख्या 20 हज़ार तक पहुँच गई। इस बीच में इन्होंने हुसैन की सेवा में दो सन्देशे और भेजे, किन्तु हुसैन ने उसका भी कुछ उत्तर नहीं दिया। अन्त को कूफ़ावालों ने एक अत्यन्त आग्रहपूर्ण पत्र लिखा, जिसमें हुसैन को हज़रत मुहम्मद और दीन-इस्लाम के निहोरे अपनी सहायता करने को बुलाया। उन्होंने बहुत अनुनय-विनय के बाद लिखा था—"अगर आप न आए, तो कल क़यामत के दिन अल्लाहताला के हुज़ूर में हम आप पर दावा करेंगे कि या इलाही, हुसैन ने हमारे ऊपर अत्याचार किया था, क्योंकि हमारे ऊपर अत्याचार होते देखकर वह ख़ामोश बैठे रहे। और, सब लोग फ़रियाद करेंगे कि ऐ ख़ुदा, हुसैन से हमारा बदला दिला दे। उस समय आप क्या जवाब देंगे, और ख़ुदा को क्या मुँह दिखाएँगे?"

धर्म-प्राण हुसैन ने जब यह पत्र पढ़ा, तो उनके रोएँ खड़े हो आए, और उनका हृदय जल के समान तरल हो गया। उनके गालों पर धर्मानुराग के आँसू बहने लगे। उन्होंने तत्काल उन लोगों के नाम एक आश्वासन-पत्र लिखा—"मैं शीघ्र ही तुम्हारी सहायता को आऊँगा।" और अपने चचेरे भाई मुसलिम के हाथ उन्होंने यह पत्र कूफ़ावालों के पास भेज दिया।

मुसलिम मार्ग की कठिनाइयाँ झेलते हुए कूफ़ा पहुँचे। उस समय कूफ़ा का सूबेदार एक शान्त पुरुष था। उसने लोगों को समझाया—

"नगर में कोई उपद्रव न होने पावे। मैं उस समय तक किसी से न बोलूँगा, जब तक कोई मुझे क्लेश न पहुँचावेगा।"

जिस समय यज़ीद को मुसलिम के कूफ़ा पहुँचने का समाचार मिला, तो उसने एक दूसरे सूबेदार को कूफ़ा में नियुक्त किया जिसका नाम 'ओबैद बिन-ज़ियाद' था। यह बड़ा निष्ठुर और कुटिल प्रकृति का मनुष्य था। इसने आते-ही-आते कूफ़ा में एक सभा की, जिसमें घोषणा की गई कि "जो लोग यज़ीद के नाम पर बैयत लेंगे, उन पर ख़लीफ़ा की कृपा-दृष्टि होगी, परन्तु जो लोग हुसैन के नाम पर बैयत लेंगे, उनके साथ किसी तरह की रियायत न की जाएगी। हम उसे सूली पर चढ़ा देंगे, और उसकी जागीर या वृत्ति ज़ब्त कर लेंगे।" इस घोषणा ने यथेष्ट प्रभाव डाला। कूफ़ावालों के हृदय काँप उठे। ज़ियाद को वे भली-भाँति जानते थे। उस दिन जब मुसलिम भी मस्जिद में नमाज़ पढ़ाने के लिए खड़े हुए, तो किसी ने उनका साथ न दिया। जिन लोगों ने पहले हुसैन की सेवा में आवेदन-पत्र भेजा था, उनका कहीं पता न था। सभी के साहस छूट गए थे। मुसलिम ने एक बार कुछ लोगों की सहायता से ज़ियाद को घेर लिया। किन्तु ज़ियाद ने अपने एक विश्वासपात्र सेवक के मकान की छत पर चढ़कर लोगों को यह सन्देशा दिया कि 'जो लोग यज़ीद की मदद करेंगे, उन्हें जागीर दी जाएगी, और जो लोग बग़ावत करेंगे, उन्हें ऐसा दंड दिया जाएगा कि कोई उनके नाम को रोनेवाला भी न रहेगा।" नेतागण यह धमकी सुनकर दहल उठे और मुसलिम को छोड़-छोड़कर दस-दस, बीस-बीस आदमी बिदा होने लगे। यहाँ तक कि मुसलिम वहाँ अकेला रह गया। विवश हो उसने एक वृद्धा के घर में शरण लेकर अपनी जान बचाई। दूसरे दिन जब ओबैदुल्लाह को मालूम हुआ कि मुसलिम अमुक वृद्धा के घर में छिपा है, तो उसने 300 सिपाहियों को उसे गिरफ़्तार करने के लिए भेजा। असहाय मुसलिम ने तलवार खींच ली, और शत्रुओं पर टूट पड़े। पर अकेले कर ही क्या सकते थे। थोड़ी देर में ज़ख़्म होकर गिर पड़े। उस समय सूबेदार से उनकी जो बातें हुईं, उनसे विदित होता

है कि वह कैसे वीर पुरुष थे। गवर्नर उनकी भय-शून्य बातों से और भी गरम हो गया। उसने उन्हें तुरन्त क़त्ल करा दिया।

हुसैन, अपने पूज्य पिता की भाँति, साधुओं का-सा सरल जीवन व्यतीत करने के लिए बनाए गए थे। कोई चतुर मनुष्य होता, तो उस समय दुर्गम पहाड़ियों में जा छिपता, और यमन के प्राकृतिक दुर्गों में बैठकर चारों ओर से सेना एकत्र करता। देश में उनका जितना मान था, और लोगों को उन पर जितनी भक्ति थी, उसके देखते 20-25 हज़ार सेना एकत्र कर लेना उनके लिए कठिन न था। किन्तु वह अपने को पहले ही से हारा हुआ समझने लगे। यह सोचकर वह कहीं भागते न थे। उन्हें भय था कि शत्रु मुझे अवश्य खोज लेगा। वह सेना जमा करने का भी प्रयत्न न करते थे। यहाँ तक कि जो लोग उनके साथ थे, उन्हें भी अपने पास से चले जाने की सलाह देते थे। इतना ही नहीं, उन्होंने यह कभी नहीं कहा कि मैं ख़लीफ़ा बनना चाहता हूँ। वह सदैव यही कहते रहे कि मुझे लौट जाने दो, मैं किसी से लड़ाई नहीं करना चाहता। उनकी आत्मा इतनी उच्च थी कि वह सांसारिक राज्य-भोग के लिए संग्राम-क्षेत्र में उतरकर उसे कलुषित नहीं करना चाहते थे। उनके जीवन का उद्‌देश्य आत्म-शुद्धि और धार्मिक जीवन था। वह कूफ़ा में जाने को इसलिए सहमत नहीं हुए थे कि वहाँ अपनी ख़िलाफ़त स्थापित करें, बल्कि इसलिए कि वह अपने सहधर्मियों की विपत्ति को देख न सकते थे। वह कूफ़ा जाते समय अपने सब सम्बन्धियों से स्पष्ट शब्दों में कह गए थे कि मैं शहीद होने जा रहा हूँ। यहाँ तक कि वह एक स्वप्न का भी उल्लेख करते थे, जिसमें उनके नाना ने उनको स्वर्ग आने का निमंत्रण दिया था, और वह उनके आने की प्रतीक्षा कर रहे थे। उनकी टेक केवल यह थी कि मैं यज़ीद के नाम पर बैयत न करूँगा। इसका कारण यही था कि यज़ीद मद्यप, व्यभिचारी और इस्लाम-धर्म के नियमों का पालन न करनेवाला था। यदि यज़ीद ने उनकी हत्या कराने की चेष्टा न की होती, तो वह शान्तिपूर्वक मदीने में जीवन भर पड़े रहते। पर समस्या यह थी कि उनके जीवित रहते हुए यज़ीद को अपना स्थान सुरक्षित नहीं मालूम हो सकता था। उसके निष्कंटक राज्यभोग के लिए हुसैन का उसके मार्ग से सदा के लिए हट जाना परम आवश्यक था। और, इस हेतु कि ख़िलाफ़त एक धर्म-प्रधान संस्था थी, अतः यज़ीद को हुसैन के रणक्षेत्र में आने का उतना भय न था, जितना उनके शान्ति-सेवन का। क्योंकि शान्ति-सेवन से जनता पर उनका प्रभाव बढ़ता जाता था। इसीलिए यज़ीद ने यह भी कहा था कि हुसैन का केवल उसके नाम पर बैयत लेना ही पर्याप्त नहीं

है, उन्हें उसके दरबार में भी आना चाहिए। यज़ीद को उनकी बैयत पर विश्वास न था। वह उन्हें किसी भाँति अपने दरबार में बुलाकर उनकी जीवन-लीला को समाप्त कर देना चाहता था। इसलिए यह धारणा कि हुसैन अपनी ख़िलाफ़त क़ायम करने के लिए कूफ़ा गए, निर्मूल सिद्ध होती है। वह कूफ़ा इसलिए गए कि अत्याचार-पीड़ित कूफ़ा-निवासियों की सहायता करें। उन्हें प्राण-रक्षा के लिए कोई जगह दिखाई न देती थी। यदि वह ख़िलाफ़त के उद्‌देश्य से कूफ़ा जाते, तो अपने कुटुम्ब के केवल 72 प्राणियों के साथ न जाते, जिनमें बाल-वृद्ध सभी थे। कूफ़ावालों पर कितना ही विश्वास होने पर भी वह अपने साथ अधिक मनुष्यों को लाने का प्रयत्न करते। इसके सिवा उन्हें यह बात पहले से ज्ञात थी कि कूफ़ा के लोग अपने वचनों पर दृढ़ रहनेवाले नहीं हैं। उन्हें कई बार इसका प्रमाण भी मिल चुका था कि थोड़े-से प्रलोभन पर भी वे अपने वचनों से विमुख हो जाते हैं। हुसैन के इष्ट-मित्रों ने उनका ध्यान कूफ़ावालों की इस दुर्बलता की ओर खींचा भी, पर हुसैन ने उनकी सलाह न मानी। वह शहादत का प्याला पीने के लिए, अपने को धर्म की वेदी पर बलि देने के लिए, विकल हो रहे थे। इससे हितैषियों के मना करने पर भी वह कूफ़ा चले गए। दैव-संयोग से यह तिथि वही थी, जिस दिन कूफ़ा में मुसलिम शहीद हुए थे। 18 दिन की कठिन यात्रा के बाद वह 'नाहनेवा' के समीप, कर्बला के मैदान में पहुँचे, जो फ़रात नदी के किनारे था। इस मैदान में न कोई बस्ती थी, न कोई वृक्ष। कूफ़ा के गवर्नर को आज्ञा से वह इसी निर्जन और निर्जल स्थान में डेरे डालने को विवश किए गए।

शत्रुओं की सेना हुसैन के पीछे-पीछे मक्के से ही आ रही थी। और सेनाएँ भी चारों ओर फैला दी गई थीं कि हुसैन किसी गुप्त मार्ग से कूफ़ा न पहुँच जाएँ। कर्बला पहुँचने के एक दिन पहले उन्हें हुर की सेना मिली। हुसैन ने हुर को बुलाकर पूछा—"तुम मेरे पक्ष में हो, या विपक्ष में?" हुर ने कहा—"मैं आपसे लड़ने के लिए भेजा गया हूँ।" जब तीसरा पहर हुआ, तो हुसैन नमाज़ पढ़ने के लिए खड़े हुए, और उन्होंने हुर से पूछा—"तू क्या मेरे पीछे खड़ा होकर नमाज़ पढ़ेगा?" हुर ने हुसैन के पीछे खड़े होकर नमाज़ पढ़ना स्वीकार किया। हुसैन ने अपने साथियों के साथ हुर की सेना को भी नमाज़ पढ़ाई। हुर ने यज़ीद की बैयत ली थी। पर वह सद्‌विचारशील पुरुष था। हज़रत मुहम्मद के नवासे से लड़ने में उसे संकोच होता था। वह बड़े धर्म-संकट में पड़ा। वह सच्चे हृदय से चाहता था कि हुसैन मक्का लौट जाएँ। प्रकट रूप से तो हुसैन को ओबैदुल्लाह के पास ले चलने की धमकी देता था, पर हृदय से उन्हें

अपने हाथों कोई हानि नहीं पहुँचाना चाहता था। उसने खुले हुए शब्दों में हुसैन से कहा—"यदि मुझसे कोई ऐसा अनुचित कार्य हो गया, जिससे आपको कोई कष्ट पहुँचा, तो मेरे लोक और परलोक, दोनों ही बिगड़ जाएँगे। और, यदि मैं आपको ओबैदुल्लाह के पास न ले जाऊँ, तो कूफ़ा में नहीं घुस सकता। हाँ, संसार विस्तृत है, क़यामत के दिन आपके नाना की कृपा-दृष्टि से वंचित होने की अपेक्षा यही कहीं अच्छा है कि किसी दूसरी ओर निकल जाऊँ। आप मुख्य मार्ग को छोड़कर किसी अज्ञात मार्ग से कहीं और चले जाएँ। मैं कूफ़ा के गवर्नर (अर्थात् 'आमिल') को लिख दूँगा कि हुसैन से मेरी भेंट नहीं हुई, वह किसी दूसरी ओर चले गए। मैं आपको क़सम दिलाता हूँ कि अपने ऊपर दया कीजिए, और कूफ़ा न जाइए।" पर हुसैन ने कहा—"तुम मुझे मौत से क्या डराते हो? मैं तो शहीद होने के लिए चला ही हूँ।" उस समय यदि हुसैन हुर की सेना पर आक्रमण करते, तो सम्भव था, उसे परास्त कर देते, पर अपने इष्ट-मित्रों के अनुरोध करने पर भी उन्होंने यही कहा—"हम लड़ाई के मैदान में अग्रसर न होंगे, यह हमारी नीति के विरुद्ध है।" इससे भी यही बात सिद्ध होती है कि हुसैन को अब अपनी आत्मरक्षा का कोई उपाय न सूझता था। उनमें साधुओं का-सा सन्तोष था, पर योद्धाओं का-सा धैर्य न था, जो कठिन-से-कठिन समय पर भी कष्ट-निवारण का उपाय निकाल लेते हैं। उनमें महात्मा गांधी का-सा आत्मसमर्पण था, किन्तु शिवाजी की दूरदर्शिता न थी।

इधर हुसैन और उनके आत्मीय तथा सहायकगण तो अपने-अपने ख़ेमे गाड़ रहे थे, और उधर ओबैदुल्लाह–कूफ़ा का गवर्नर—लड़ाई की तैयारी कर रहा था। उसने 'उमर-बिन-साद' नाम के एक योद्धा को बुलाकर हुसैन की हत्या करने के लिए नियुक्त किया, और इसके बदले में 'रै' सूबे के आमिल का उच्च पद देने को कहा। उमर-बिन-साद विवेकहीन प्राणी न था। वह भली-भाँति जानता था कि हुसैन की हत्या करने से मेरे मुख पर ऐसी कालिमा लग जाएगी, किन्तु 'रै' सूबे का उच्च पद उसे असमंजस में डाले हुए था। उसके सम्बन्धियों ने समझाया—"तुम हुसैन की हत्या करने का बीड़ा न उठाओ, इसका परिणाम अच्छा न होगा।" उमर ने जाकर ओबैदुल्लाह से कहा—"मेरे सिर पर हुसैन के वध का भार न रखिए।" परन्तु 'रै' की गवर्नरी छोड़ने को वह तैयार न हो सका। अतएव अब ओबैदुल्लाह ने साफ़-साफ़ कह दिया कि 'रै' का उच्च पद हुसैन की हत्या किए बिना नहीं मिल सकता। यदि तुम्हें यह सौदा महँगा जँचता हो, तो कोई ज़बरदस्ती नहीं है। किसी और को यह पद दिया

जाएगा।" तो उमर का आसन डोल गया। वह इस निषिद्ध कार्य के लिए तैयार हो गया। उसने अपनी आत्मा को ऐश्वर्य-लालसा के हाथ बेच दिया। ओबैदुल्लाह ने प्रसन्न होकर उसे बहुत कुछ इनाम-इक़राम दिया, और चार हज़ार सैनिक उसके साथ नियुक्त कर दिए। उमर-बिन-साद की आत्मा अब भी उसे क्षुब्ध करती रही। वह सारी रात पड़ा अपनी अवस्था या दुरवस्था पर विचार करता रहा। वह जिस विचार से देखता, उसी से अपना यह कर्म घृणित जान पड़ता था। प्रातःकाल वह फिर कूफ़ा के गवर्नर के पास गया। उसने फिर अपनी लाचारी दिखाई। परन्तु 'रै' की सूबेदारी ने उस पर फिर विजय पाई। जब वह चलने लगा, तो ओबैदुल्लाह ने उसे कड़ी ताकीद कर दी कि हुसैन और उनके साथी फ़रात नदी के समीप किसी तरह न आने पावें, और एक घूँट पानी भी न पी सकें। हुर की 1000 सेना भी उमर के साथ आ मिली। इस प्रकार उमर के साथ पाँच हज़ार सैनिक हो गए। उमर अब भी यही चाहता था कि हुसैन के साथ लड़ना न पड़े। उसने एक दूत उनके पास भेजकर पूछा—"आप अब क्या निश्चय करते हैं?" हुसैन ने कहा—"कूफ़ावालों ने मुझसे दग़ा की है। उन्होंने अपने कष्ट की कथा कहकर मुझे यहाँ बुलाया, और अब वह मेरे शत्रु हो गए हैं। ऐसी दशा में मैं मक्के लौट जाना चाहता हूँ, यदि मुझे ज़बरदस्ती रोका न जाए।" उमर मन में प्रसन्न हुआ कि शायद अब कलंक से बच जाऊँ। उसने यह समाचार तुरन्त ओबैदुल्लाह को लिख भेजा। किन्तु वहाँ तो हुसैन की हत्या करने का निश्चय हो चुका था। उसने उमर को उत्तर दिया—"हुसैन से बैयत लो, और यदि वह इस पर राज़ी न हो, तो मेरे पास लाओ।"

शत्रुओं को, इतनी सेना जमा कर लेने पर भी, सहसा हुसैन पर आक्रमण करते डर लगता था कि कहीं जनता में उपद्रव न मच जाए। इसलिए इधर तो उमर-बिन-साद कर्बला को चला, और उधर ओबैदुल्लाह ने कूफ़ा की जामा मस्जिद में लोगों को जमा किया। उसने एक व्याख्यान देकर उन्हें समझाया—"यज़ीद के ख़ानदान ने तुम लोगों पर कितना न्याययुक्त शासन किया है, और वे तुम्हारे साथ कितनी उदारता से पेश आए हैं! यज़ीद ने अपने सुशासन से देश को कितना समृद्धिपूर्ण बना दिया है! रास्ते में अब चोरों और लुटेरों का कोई खटका नहीं है। न्यायालयों में सच्चा, निष्पक्ष न्याय होता है। उसने कर्मचारियों के वेतन बढ़ा दिए हैं। राजभक्तों की जागीरें बढ़ा दी गई हैं। विद्रोहियों के कोट तहस-नहस कर दिए गए हैं, जिसमें वे तुम्हारी शान्ति में बाधक न हो सकें। तुम्हारे जीवन निर्वाह के लिए उसने चिरस्थायी सुविधाएँ दे रखे हैं। ये सब उसकी दयाशीलता

और उदारता के प्रमाण हैं। यज़ीद ने मेरे नाम फ़रमान भेजा है कि मैं तुम्हारे ऊपर विशेष कृपा-दृष्टि करूँ, और जिसे एक दीनार वृत्ति मिलती है, उनकी वृत्ति सौ दीनार कर दूँ। इसी तरह वेतन में भी वृद्धि कर दूँ, और तुम्हें उसके शत्रु हुसैन से लड़ने के लिए भेजूँ। यदि तुम अपनी उन्नति और वृद्धि चाहते हो, तो तुरन्त तैयार हो जाओ। विलम्ब करने से काम बिगड़ जाएगा।"

यह व्याख्यान सुनते ही स्वार्थ के मतवाले नेता लोग, धर्माधर्म के विचार को तिलांजलि देकर, समर-भूमि में चलने की तैयारी करने लगे। 'शिमर' ने चार हज़ार सवार जमा किए, और वह बिन-साद से जा मिला। रिकाब ने दो हज़ार, हसीन ने चार हज़ार, मसायर ने तीन हज़ार और अन्य एक सरदार ने दो हज़ार योद्धा जमा किए। सब-के-सब दल-बल साजकर कर्बला को चले। उमर-बिन-साद के पास अब पूरे 22 हज़ार सैनिक हो गए। कैसी दिल्लगी है कि 72 आदमियों को परास्त करने के लिए इतनी बड़ी सेना खड़ी हो जाए! उन बहत्तर आदमियों में भी कितने ही बालक और कितने ही वृद्ध थे। फिर प्यास ने सभी को अधमरा कर रखा था।

किन्तु शत्रुओं ने अवस्था को भली-भाँति समझकर यह तैयारी की थी। हुसैन की शक्ति न्याय और सत्य की शक्ति थी। यह यज़ीद और हुसैन का संग्राम न था। यह इस्लाम धार्मिक जनसत्ता का पूर्व इस्लाम की राज-सत्ता से संघर्ष था। हुसैन उन सब व्यवस्थाओं के पक्ष में थे, जिनका हज़रत मुहम्मद द्वारा प्रादुर्भाव हुआ था। मगर यज़ीद उन सभी बातों का प्रतिपक्षी था। दैवयोग से इस समय अधर्म ने धर्म को पैरों-तले दबा लिया था; पर यह अवस्था एक क्षण में परिवर्तित हो सकती थी, और इसके लक्षण भी प्रकट होने लगे थे। बहुतेरे सैनिक जाने को तो चले जाते थे, परन्तु अधर्म के विचार से सेना से भाग आते थे। जब ओबैदुल्लाह को यह बात मालूम हुई, तो उसने कई निरीक्षक नियुक्त किए। उनका काम यही था कि भागनेवालों का पता लगावें। कई सिपाही इस प्रकार जान से मार डाले गए। यह चाल ठीक पड़ी। भगोड़े भयभीत होकर फिर सेना में जा मिले।

इस संग्राम में सबसे घोर निर्दयता जो शत्रुओं ने हुसैन के साथ की, वह पानी का बन्द कर देना था। ओबैदुल्लाह ने उमर को कड़ी ताक़ीद कर दी थी कि हुसैन के आदमी नदी के समीप न जाने पावें। यहाँ तक कि वे कुएँ खोदकर भी पानी न निकालने पावें। एक सेना फ़रात नदी की रक्षा करने के लिए भेज दी गई। उसने हुसैन की सेना और नदी के बीच में डेरा जमाया। नदी की ओर जाने का कोई रास्ता न रहा। थोड़े नहीं, छह हज़ार सिपाही नदी का पहरा दे रहे थे। हुसैन ने यह ढंग देखा, तो

स्वयं इन सिपाहियों के सामने गए, और उन पर प्रभाव डालने की कोशिश की, पर उन पर कुछ असर न हुआ। लाचार होकर वह लौट आए। उस समय प्यास के मारे इनका कंठ सूखा जाता था, स्त्रियाँ और बच्चे बिलख रहे थे; किन्तु उन पाषाण-हृदय पिशाचों को इन पर दया न आती थी।

शहीद होने के तीन दिन पहले हुसैन और अन्य प्राणी प्यास के मारे बेहोश हो गए। तब हुसैन ने अपने प्रिय बन्धु अब्बास को बुलाकर, उन्हें बीस सवार तथा तीस पैदल देकर, उनसे कहा—"अपने साथ बीस मशकें ले जाओ, और पानी से भर लाओ।" अब्बास ने सहर्ष इस आदेश को स्वीकार किया। वह नदी के किनारे पहुँचे। पहरेदार ने पुकारा—"कौन है?" इधर उस पहरेदार का एक भाई भी था। वह बोला—"मैं हूँ, तेरे चाचा का बेटा, पानी पीने आया हूँ।" पहरेदार ने कहा—"पी ले।" भाई ने उत्तर दिया—"कैसे पी लूँ? जब हुसैन और उनके बाल-बच्चे प्यासे मर रहे हैं, तो मैं किस मुँह से पी लूँ?" पहरेदार ने कहा—"यह तो जानता हूँ, पर करूँ क्या, हुक्म से मजबूर हूँ!" अब्बास के आदमी मशकें लेकर नदी की ओर गए, और पानी भर लिया। रक्षक-दल ने इनको रोकने की चेष्टा की, पर ये लोग पानी लिये हुए बच निकले।

हुसैन ने फिर अन्तिम बार सन्धि करने का प्रयास किया। उन्होंने उमर-बिन-साद को सन्देशा भेजा कि "आज मुझसे रात को, दोनों सेनाओं के बीच में मिलना।" उमर निश्चित समय पर आया। हुसैन से उसकी बहुत देर तक एकान्त में बातें हुईं। हुसैन ने सन्धि की तीन शर्तें बताईं—(1) या तो हम लोगों को मक्के वापस जाने दिया जाए, (2) या सीमा-प्रान्त की ओर शान्तिपूर्वक चले जाने की अनुमति मिले, (3) या मैं यज़ीद के पास भेज दिया जाऊँ। उमर ने ओबैदुल्लाह को यह शुभ सूचना सुनाई, और वह उसे मानने के लिए तैयार भी मालूम होता था, किन्तु शिमर ने ज़ोर दिया कि दुश्मन चंगुल में आ फँसा है, तो उसे निकलने न दो, नहीं तो उसकी शक्ति इतनी बढ़ जाएगी कि तुम उसका सामना न कर सकोगे। उमर मजबूर हो गया।

मोहर्रम की 9वीं तारीख़ को, अर्थात् हुसैन की शहादत से एक दिन पहले, कूफ़ा के दिहातों से कुछ लोग हुसैन की सहायता करने आए। ओबैदुल्लाह को यह बात मालूम हुई, तो उसने उन आदमियों को भगा दिया, और उमर को लिखा—"अब तुरन्त हुसैन पर आक्रमण करो, नहीं तो इस टाल-मटोल की तुम्हें सज़ा दी जाएगी।" फिर क्या था; प्रात:काल बाईस हज़ार योद्धाओं की सेना हुसैन से लड़ने चली। जुगनू की चमक को बुझाने के लिए मेघ-मंडल का प्रकोप हुआ।

हुसैन को मालूम हुआ, तो वह घबराए। उन्हें यह अन्याय मालूम हुआ कि अपने साथ अपने साथियों और सहायकों के भी प्राणों की आहुति दें। उन्होंने इन लोगों को इसका एक अवसर देना उचित समझा कि वे चाहें, तो अपनी जान बचावें, क्योंकि यज़ीद को उन लोगों से कोई शत्रुता न थी। इसलिए उन्होंने उमर-बिन-साद को पैग़ाम भेजा कि हमें एक रात के लिए मोहलत दो। उमर ने अन्य सेना-नायकों से परामर्श करके मोहलत दे दी। तब हज़रत हुसैन ने अपने समस्त सहायकों तथा परिवारवालों को बुलाकर कहा—"कल ज़रूर यह भूमि मेरे ख़ून से लाल हो जाएगी। मैं तुम लोगों का हृदय से अनुगृहीत हूँ कि तुमने मेरा साथ दिया। मैं अल्लाहताला से दुआ करता हूँ कि वह तुम्हें इस नेकी का सवाब दे! तुमसे अधिक वीरात्मा और पवित्र हृदयवाले मनुष्य संसार में न होंगे। मैं तुम लोगों को सहर्ष आज्ञा देता हूँ कि तुममें से जिसकी जहाँ इच्छा हो, चला जाए, मैं किसी को दबाना नहीं चाहता, न किसी को मजबूर करता हूँ। किन्तु इतना अनुरोध अवश्य करूँगा कि तुममें से प्रत्येक मनुष्य मेरे आत्मीय जनों में से एक-एक को अपने साथ ले ले। सम्भव है, ख़ुदा तुम्हें तबाही से बचा ले, क्योंकि शत्रु मेरे रुधिर का प्यासा है। मुझे पा जाने पर उसको और किसी की तलाश न होगी।"

यह कहकर उन्होंने इसलिए चिराग़ बुझा दिया कि जानेवालों को संकोचवश वहाँ न रहना पड़े। कितना महान्, पवित्र और निःस्वार्थ आत्मसमर्पण है!

किन्तु इस वाक्य का समाप्त होना था कि सब लोग चिल्ला उठे—"हम ऐसा नहीं कर सकते। ख़ुदा वह दिन न दिखावे कि हम आपके बाद जीते रहें। हम दूसरों को क्या मुँह दिखावेंगे? उनसे क्या यह कहेंगे कि हम अपने स्वामी, अपने बन्धु तथा अपने इष्ट-मित्र को शत्रुओं के बीच में छोड़ आए, उनके साथ एक भाला भी न चलाया, एक तलवार भी न चलाई! हम आपको अकेला छोड़कर कदापि नहीं जा सकते, हम अपने को, अपने धन को और अपने कुल को आपके चरणों पर न्योछावर कर देंगे।"

इस तरह 9वीं तारीख़, मोहर्रम की रात, आधी कटी। शेष रात्रि लोगों ने ईश्वर-प्रार्थना में काटी। हुसैन ने एक रात की मोहलत इसलिए नहीं ली थी कि समर की रही-सही तैयारी पूरी कर लें। प्रातःकाल तक सब लोग सिजदे करते और अपनी मुक्ति के लिए दुआएँ माँगते रहे।

प्रभात हुआ—वह प्रभात, जिसकी संसार के इतिहास में उपमा नहीं है! किसकी आँखों ने यह अलौकिक दृश्य देखा होगा कि 72आदमी बाईस हज़ार योद्धाओं के सम्मुख खड़े हुसैन के पीछे सुबह की नमाज़ इसलिए

पढ़ रहे हैं कि अपने इमाम के पीछे नमाज़ पढ़ने का शायद यह अन्तिम सौभाग्य है। वे कैसे रणधीर पुरुष हैं, जो जानते हैं कि एक क्षण में हम सब-के-सब इस आँधी में उड़ जाएँगे, लेकिन फिर भी पर्वत की भाँति अचल खड़े हैं; मानो संसार में कोई ऐसी शक्ति नहीं है, जो उन्हें भयभीत कर सके। किसी के मुख पर चिन्ता नहीं है, कोई निराश और हताश नहीं है। युद्ध के उन्माद ने, अपने सच्चे स्वामी के प्रति अटल विश्वास ने, उनके मुख को तेजस्वी बना दिया है। किसी के हृदय में कोई अभिलाषा नहीं है। अगर कोई अभिलाषा है, तो यही कि कैसे अपने स्वामी की रक्षा करें। इसे सेना कौन कहेगा, जिसके दमन को बाईस हज़ार योद्धा एकत्र किए गए थे। इन बहत्तर प्राणियों में एक भी ऐसा न था, जो सर्वथा लड़ाई के योग्य हो। सब-के-सब भूख-प्यास से तड़प रहे थे। कितनों के शरीर पर तो मांस का नाम तक नहीं था, और उन्हें बिना ठोकर खाए दो पग चलना भी कठिन था। इस प्राण-पीड़ा के समय ये लोग उस सेना से लड़ने को तैयार थे, जिसमें अरब-देश के वे चुने हुए जवान थे, जिन पर अरब को गर्व हो सकता था।

उन दिनों समर की दो पद्धतियाँ थीं—एक तो सम्मिलित, जिसमें समस्त सेना मिलकर लड़ती थी, और दूसरी व्यक्तिगत, जिसमें दोनों दलों से एक-एक योद्धा निकलकर लड़ते थे। हुसैन के साथ इतने कम आदमी थे कि सम्मिलित संग्राम में शायद वह एक क्षण भी न ठहर सकते। अत: उनके लिए दूसरी शैली ही उपयुक्त थी। एक-एक करके योद्धागण समर-क्षेत्र में आने और शहीद होने लगे। लेकिन इसके पहले अन्तिम बार हुसैन ने शत्रुओं से बड़ी ओजस्विनी भाषा में अपनी निर्दोषिता सिद्ध की। उनके अन्तिम शब्द ये थे—

"ख़ुदा की क़सम, मैं पद-दलित और अपमानित होकर तुम्हारी शरण न जाऊँगा, और न मैं दासों की भाँति लाचार होकर यज़ीद की ख़िलाफ़त को स्वीकार करूँगा। ऐ ख़ुदा के बन्दो! मैं ख़ुदा से शान्ति का प्रार्थी हूँ। और, उन प्राणियों से, जिन्हें ख़ुदा पर विश्वास नहीं है, जो ग़रूर में अंधे हो रहे हैं, पनाह माँगता हूँ।"

शेष कथा आत्म-त्याग, प्राण-समर्पण, विशाल धैर्य और अविचल वीरता की अलौकिक और स्मरणीय गाथा है, जिसके कहने और सुनने से आँखों में आँसू उमड़ आते हैं, जिस पर रोते हुए लोगों को 13 शताब्दियाँ बीत गईं, और अभी अनन्त शताब्दियाँ रोते बीतेंगी।

हुर का ज़िक्र पहले आ चुका है। यह वही पुरुष है, जो एक हज़ार सिपाहियों के साथ हुसैन के साथ-साथ आया था, और जिसने उन्हें इस

निर्जल मरुभूमि पर ठहरने को मजबूर किया था। उसे अभी तक आशा थी कि शायद ओबैदुल्लाह हुसैन के साथ न्याय करे। किन्तु जब उसने देखा कि लड़ाई छिड़ गई, और अब समझौते की कोई आशा नहीं है, तो अपने कृत्य पर लज्जित होकर वह हुसैन की सेना से आ मिला। जब वह अनिश्चित भाव से अपने मोर्चे से निकलकर हुसैन की सेना की ओर चला, तब उसी सेना के एक सिपाही ने कहा—"तुमको मैंने किसी लड़ाई में इस तरह काँपते हुए चलते नहीं देखा।"

हुर ने उत्तर दिया—"मैं स्वर्ग और नरक की दुविधा में पड़ा हुआ हूँ, और सच यह है कि मैं स्वर्ग के सामने किसी चीज़ की हस्ती नहीं समझता, चाहे कोई मुझे मार डाले।"

यह कहकर उसने घोड़े के एड़ लगाई, और हुसैन के पास आ पहुँचा। हुसैन ने उसका अपराध क्षमा कर दिया, और उसे गले से लगाया। तब हुर ने अपनी सेना को सम्बोधित करके कहा—"तुम लोग हुसैन की शर्तें क्यों नहीं मानते? कितने ख़ेद की बात है कि तुमने स्वयं उन्हें बुलाया, और जब वह तुम्हारी सहायता करने आए, तो तुम उन्हीं को मारने पर उद्यत हो गए। वह अपनी जान लेकर चले भी जाना चाहते हैं, किन्तु तुम लोग उन्हें कहीं जाने भी नहीं देते? सबसे बड़ा अन्याय यह कर रहे हो कि उन्हें नदी से पानी नहीं लेने देते! जिस पानी को पशु और पक्षी तक पी सकते हैं, वह भी उन्हें मयस्सर नहीं!"

इस पर शत्रुओं ने उन पर तीरों की वर्षा कर दी, और हुर भी लड़ते हुए वीरगति को प्राप्त हुए। उन्हीं के साथ उनका पुत्र भी शहीद हुआ।

आश्चर्य होता है और दुःख भी कि इतना सब कुछ हो जाने पर भी हुसैन को इन नर-पिशाचों से कुछ कल्याण की आशा बनी हुई थी। वह जब अवसर पाते थे, तभी अपनी निर्दोषिता प्रकट करते हुए उनसे आत्मरक्षा की प्रार्थना करते थे। दुराशा में भी यह आशा इसलिए थी कि वह हज़रत मुहम्मद के नवासे थे, और उन्हें आशा होती थी कि शायद अब भी मैं उनके नाम पर इस संकट से मुक्त हो जाऊँ। उनके इन सभी संभाषणों में आत्मरक्षा की इतनी विशद चिन्ता व्याप्त है, जो दीन चाहे न हो, पर करुण अवश्य है, और एक आत्मदर्शी पुरुष के लिए, जो स्वर्ग में इससे कहीं उत्तम जीवन का स्वप्न देख रहा हो, जिसको अटल विश्वास हो कि स्वर्ग में हमारे लिए अकथनीय सुख उपस्थित है, शोभा नहीं देती। हुर के शहीद होने के पश्चात् हुसैन ने फिर शत्रु-सेना के सम्मुख खड़े होकर कहा—

"मैं तुमसे निवेदन करता हूँ कि मेरी इन तीन बातों में से एक को मान लो—

1. मुझे यज़ीद के पास जाने दो कि उससे बहस करूँ। यदि मुझे निश्चय हो जाएगा कि वह सत्य पर है, तो मैं उसकी बैयत कर लूँगा।
   इस पर किसी पाषाण-हृदय ने कहा—'तुम्हें यज़ीद के पास न जाने देंगे। तुम मधुरभाषी हो, अपनी बातों में उसे फँसा लोगे, और इस समय मुक्त होकर देश में विद्रोह फैला दोगे।'
2. जब यह नहीं मानते, तो छोड़ दो कि मैं अपने नाना के रौज़े की मुजाविरी करूँ।
   (इस पर भी किसी के उपर्युक्त शंका प्रकट की)
3. अगर ये दोनों बातें तुम्हें अस्वीकार हैं, तो मुझे और मेरे साथियों को पानी दो; क्योंकि प्राणि-मात्र को पानी लेने का हक़ है।
   (इसका भी वैसा ही कठोर निराशाजनक उत्तर मिला।)

इस प्रश्नोत्तर के बाद हुसैन की ओर से बुरीर मैदान में आए। उधर से मुअक्कल निकला। बुरीर ने अपने प्रतिपक्षी को मार लिया, और फिर ख़ुद सेना के हाथों मारे गए। बुरीद के बाद अब्दुल्लाह निकले, और दस-बीस शत्रुओं को मारकर काम आए।

अब्दुल्लाह के बाद उनका पुत्र, जिसका नाम वहब था, मैदान में आया। उसकी वीर-गाथा अत्यन्त मर्मस्पर्शी है, और राजपूताने के अमर वीर-वृत्तान्त की याद दिलाती है। वहब का विवाह हुए अभी केवल सत्रह दिन हुए थे। हाथ की मेहँदी तक न छूटी थी। जब उसके पिता शहीद हो गए, तो उसकी माता उससे बोलीं—

"मीख़्वाहम कि मरा अज़ ख़ूने-ख़ुद शरबते दिही ताशीरे कि अज़पिस्ताने मन ख़ुरदई बर तो हलाल गरदद।"

कितने सुन्दर शब्द हैं, जो शायद ही किसी वीर-माता के मुँह से निकले होंगे। भावार्थ यह है—

"मेरी इच्छा है कि तू अपने रक्त का एक घूँट मुझे दे, जिसमें कि यह दूध, जो तूने मेरे स्तन से पिया है, तुझ पर हलाल हो जाए।"

वहब के शहीद हो जाने के बाद क्रम से कई योद्धा निकले, और मारे गए। इस्लामी पुस्तकों में तो उनकी वीरता का बड़ा प्रशंसात्मक वर्णन किया गया है। उनमें से प्रत्येक ने कई-कई सौ शत्रुओं को परास्त किया। ये भक्तों के मानने की बातें हैं। जो लोग प्यास से तड़प रहे थे, भूख से आँखों-तले अँधेरा छा जाता था, उनमें इतनी असाधारण शक्ति और वीरता कहाँ से आ गई? उमर-बिन-साद की सेना में 'शिमर' बड़ा क्रूर और दुष्ट आदमी था। इस समर में हुसैन और उनके साथियों के साथ

जिस अपमान-मिश्रित निर्दयता का व्यवहार किया गया, उसका दायित्व इसी शिमर के सिर है। यह धार्मिक संग्राम था, और इतिहास साक्षी है कि धार्मिक संग्राम में पाशविक प्रवृत्तियाँ अत्यन्त प्रचंड रूप धारण कर लेती हैं। पर इस संग्राम में ऐसे प्रतिष्ठित प्राणी के साथ जितनी घोर दुष्टता और दुर्जनता दिखाई गई, उसकी उपमा संसार के धार्मिक संग्रामों में भी मुश्किल से मिलेगी, हुसैन के जितने साथी शहीद हुए, प्रायः उन सभी की लाशों को पैरों-तले रौंदा गया, उनके सिर काटकर भालों पर उछाले और पैरों से ठुकराए गए। पर कोई भी अपमान और बड़ी-से-बड़ी निर्दयता उनकी उस कीर्ति को नहीं मिटा सकती, जो इस्लाम के इतिहास का आज भी गौरव बढ़ा रही है। इस्लाम के साहित्य और इतिहास में उन्हें वह स्थान प्राप्त है, जो हिन्दू साहित्य में अंगद, जामवंत, अर्जुन, भीम आदि को प्राप्त है। सूर्यास्त होते-होते सहायकों में कोई भी नहीं बचा।

अब निज कुटुम्ब के योद्धाओं की बारी आई। इस वंश के पूर्वज हाशिम नाम के एक पुरुष थे। इसीलिए हज़रत मुहम्मद का वंश हाशिमी कहलाता है। इस संग्राम में पहला हाशिमी जो क्षेत्र में आया, वह अब्दुल्लाह था। यह उसी मुसलिम नाम के वीर का बालक था, जो पहले शहीद हो चुका था। उसके बाद कुटुम्ब के और वीर निकले। जाफ़र इमाम हसन के तीन बेटे, अब्बास के कई भाई, हज़रत अली के कई बेटे और सब बारी-बारी से लड़कर शहीद हुए। हज़रत अब्बास से हुसैन ने कहा—"मैं बहुत प्यासा हूँ।" संध्या हो गई थी। अब्बास पानी लाने चले, पर रास्ते में घिर गए। वह असाधारण वीरं पुरुष थे। हाशिमी लोगों में इतनी वीरता से कोई नहीं लड़ा। एक हाथ कट गया, तो दूसरे हाथ से लड़े। जब वह हाथ भी कट गया, तो ज़मीन पर गिर पड़े। उनके मरने का हुसैन को अत्यन्त शोक हुआ। बोले—"अब मेरी कमर टूट गई।" अब्बास के बाद हुसैन के नौजवान बेटे अकबर मैदान में उतरे। हुसैन ने अपने हाथों उन्हें शस्त्रों से सुसज्जित किया। आह! कितना हृदय-विदारक दृश्य है। बेटे ने खड़े होकर हुसैन से जाने की आज्ञा माँगी, पिता का वीर हृदय अधीर हो गया। हुसैन ने निराशा और शोक से अली अकबर को देखा, फिर आँखें नीची कर लीं, और रो दिए। जब वह शहीद हो गया, तो शोक-विह्वल पिता ने जाकर लाश के मुँह पर अपना मुँह रख दिया, और कहा—"बेटा, तुम्हारे बाद अब जीवन को धिक्कार है।" पुत्र-प्रेम की इहलोक की ममता के आदर्श पर, धर्म पर, गौरव पर कितनी बड़ी विजय है?

अब हुसैन अकेले रह गए। केवल एक सात वर्ष का भतीजा और हसन का एक दुधमुँहा पोता बाक़ी था। हुसैन घोड़े पर सवार महिलाओं

के ख़ेमों की ओर आए, और बोले—"बच्चे को लाओ, क्योंकि अब उसे कोई प्यार करनेवाला न रहेगा।" स्त्रियों ने शिशु को उनकी गोद में रख दिया। वह अभी उसे प्यार कर रहे थे कि अकस्मात् एक तीर उसकी छाती में लगा, और वह हुसैन की गोद में ही चल बसा? उन्होंने तुरन्त तलवार से गढ़ा खोदा, और बच्चे की लाश वहीं गाड़ दी। फिर अपने भतीजे को शत्रुओं के सामने खड़ा करके बोले—

"ऐ अत्याचारियो, तुम्हारी निगाह में मैं पापी हूँ, पर इस बालक ने तो कोई अपराध नहीं किया, इसे क्यों प्यासों मारते हो?" यह सुनकर किसी नर-पिशाच ने एक तीर चलाया, जो बालक के गले को छेदता हुआ हुसैन की बाँह में गड़ गया। तीर के निकलते ही बालक की क्रीड़ाओं का अन्त हो गया।

हुसैन अब रणक्षेत्र की ओर चले। अब तक रण में जानेवालों को वह अपने ख़ेमे के द्वार तक पहुँचाने आया करते थे। उन्हें पहुँचानेवाला अब कोई मर्द न था। तब आपकी बहन जैनब ने आपको रोकर बिदा किया। हुसैन अपनी पुत्री सकीना को बहुत प्यार करते थे। जब वह रोने लगी, तो आपने उसे छाती से लगाया, और तत्काल शोक के आवेग में कई शेर पढ़े, जिनका एक-एक शब्द करुण-रस में डूबा हुआ है। उनके रणक्षेत्र में आते ही शत्रुओं में खलबली पड़ गई, जैसे गीदड़ों में कोई शेर आ गया। हुसैन तलवार चलाने लगे, और इतनी वीरता से लड़े कि दुश्मनों के छक्के छूट गए। जिधर उनका घोड़ा बिजली की तरह कड़ककर जाता था, लोग काई की भाँति फट जाते थे। कोई सामने आने की हिम्मत न कर सकता था। इस भाँति सिपाहियों के दलों को चीरते-फाड़ते वह फ़रात के किनारे पहुँच गए, और पानी पीना चाहते थे कि किसी ने कपट भाव से कहा—"तुम यहाँ पानी पी रहे हो, उधर सेना स्त्रियों के ख़ेमों में घुसी जा रही है।" इतना सुनते ही लपककर इधर आए, तो ज्ञात हुआ कि किसी ने छल किया है। फिर मैदान में पहुँचे, और शत्रु दल का संहार करने लगे। यहाँ तक कि शिमर ने तीन सेनाओं को मिलाकर उन पर हमला करने की आज्ञा दी। इतना ही नहीं, बग़ल से और पीछे से भी उन पर तीरों की बौछार होने लगी। यहाँ तक कि ज़ख़्मों से चूर होकर वह ज़मीन पर गिर पड़े, और शिमर को आज्ञा से एक सैनिक ने उनका सिर काट लिया। कहते हैं, जैनब यह दृश्य देखने के लिए ख़ेमे से बाहर निकल आई थी। उसी समय उमर-बिन-साद से उसका सामना हो गया। तब वह बोलीं—"क्यों उमर, हुसैन इस बेकसी से मारे जाएँ, और तुम देखते रहो!" उमर का दिल भर आया, आँखें सजल हो गईं और कई बूँदें दाढ़ी पर गिर पड़ीं।

हुसैन की शहादत के बाद शत्रुओं ने उनकी लाश की जो दुर्गति की, वह इतिहास की अत्यन्त लज्जाजनक घटना है। उससे यह भली-भाँति प्रकट हो जाता है कि मानव-हृदय कितना नीचे गिर सकता है। गुरु गोविन्द सिंह के बच्चे की कथा भी यहाँ मात हो जाती है, क्योंकि ऐसा शायद ही कभी हुआ हो कि किसी धर्म-संचालक के नवासों को अपने नाना के अनुयायियों के हाथों यह बुरा दिन देखना पड़ा हो।

कर्बला

पात्र-परिचय

पुरुष पात्र

हुसैन : हज़रत अली के बेटे और हज़रत मुहम्मद के नवासे इन्हें फ़र्ज़ंदे-रसूल, शब्बीर भी कहा गयाहै।

अब्बास : हज़रत हुसैन के चचेरे भाई

अली अकबर : हज़रत हुसैन के बड़े बेटे

अली असग़र : हज़रत हुसैन के छोटे बेटे

मुसलिम : हज़रत हुसैन के चचेरे भाई

जुबेर : मक्का का एक रईस

वलीद : मदीना का नाज़िम

मरवान : वलीद का सहायक अधिकारी

हानी : कूफ़ा का एक रईस

यज़ीद : ख़लीफ़ा

ज़ुहाक, शम्स, सरजोन रूमी : यज़ीद के मुसाहिब

ज़ियाद : बसरे और कूफ़े का नाज़िम

साद : यज़ीद की सेना का सेनापति

अब्दुल्लाह, वहब, कसीर, मुख़्तार, हुर, ज़हीर, हबीब आदि हज़रत हुसैन के सहायक।

हज्जाज, हारिस, अशअस, क़ीस, वलाल आदि यज़ीद के सहायक।

साहसराय : अरब-निवासी एक हिन्दू

मुआविया : यज़ीद का पिता

स्त्री पात्र

जैनब : हुसैन की बहन
शहरबानू : हुसैन की स्त्री
सकीना : हुसैन की बेटी
क़मर : अब्दुल्लाह की स्त्री
तौआ : कूफ़ा की एक वृद्धा स्त्री
हिंदा : यज़ीद की बेगम
क़ासिद : सिपाही, जल्लाद आदि

पहला अंक

पहला दृश्य

[समय—नौ बजे रात्रि। यज़ीद, ज़ुहाक, शम्स और कई दरबारी बैठे हुए हैं। शराब की सुराही और प्याला रखा हुआ है।]

यज़ीद : नगर में मेरी ख़िलाफ़त का ढिंढोरा पीट दिया गया?

ज़ुहाक : कोई गली, कूचा, नाका, सड़क, मस्जिद, बाज़ार, ख़ानक़ाह ऐसा नहीं है, जहाँ हमारे ढिंढोरे की आवाज़ न पहुँची हो। यह आवाज़ वायुमंडल को चीरती हुई हिजाज़, यमन, इराक़, मक्का-मदीना में गूँज रही है। और, उसे सुनकर शत्रुओं के दिल दहल उठे हैं।

यज़ीद : नक़्क़ारची को ख़िलअत दिया जाए।

ज़ुहाक : बहुत ख़ूब अमीर!

यज़ीद : मेरी बैयत लेने के लिए सबको हुक्म दे दिया गया?

ज़ुहाक : अमीर के हुक्म देने की ज़रूरत न थी। कल सूर्योदय से पहले सारा शाम बैयत लेने को हाज़िर हो जाएगा।

यज़ीद : *(शराब का प्याला पीकर)* नबी ने शराब को हराम कहा है। यह इस अमृत-रस के साथ कितना घोर अन्याय है! उस समय के लिए यह निषेध सर्वथा उचित था, क्योंकि उन दिनों किसी को यह आनन्द भोगने का अवकाश न था। पर अब वह हालत नहीं है। तख़्त पर बैठे हुए ख़लीफ़ा के लिए ऐसी नियामत हराम समझने से तो यह कहीं अच्छा है कि वह ख़लीफ़ा ही न रहे। क्यों ज़ुहाक, कोई क़ासिद मदीने भेजा गया?

ज़ुहाक : अमीर के हुक्म का इन्तज़ार था।

यज़ीद : ज़ुहाक, क़सम है अल्लाह की; मैं इस विलम्ब को कभी क्षमा नहीं कर सकता। फ़ौरन क़ासिद भेजो, और वलीद को सख़्त ताकीद लिखो कि वह हुसैन से मेरे नाम पर बैयत ले। अगर वह इनकार करें, तो उन्हें क़त्ल कर दे। इसमें ज़रा भी देर न होनी चाहिए।

ज़ुहाक : या मौला! मेरी तो अर्ज़ है कि हुसैन क़बूल भी कर लें, तो भी उनका ज़िन्दा रहना अबूसिफ़ियान के ख़ानदान के लिए उतना ही घातक है, जितना किसी सर्प को मारकर उसके बच्चे को पालना। हुसैन ज़रूर दावा करेंगे।

यज़ीद : ज़ुहाक, क्या तुम समझते हो कि हुसैन कभी मेरी बैयत क़बूल कर सकते हैं? यह मुहाल है, असम्भव है। हुसैन कभी मेरी बैयत न लेगा, चाहे उसकी बोटियाँ काट-काटकर कौवों को खिला दी जाएँ। अगर तक़दीर पलट सकती है, अगर दरिया का बहाव उलट सकता है, अगर समय की गति रुक सकती है, तो हुसैन भी मेरे नाम पर बैयत ले सकता है। मगर बैयत ले चुकने के बाद मुमकिन है, तक़दीर पलट जाए, दरिया का बहाव उलट जाए, समय की गति रुक जाए, पर हुसैन दावा नहीं कर सकता। उससे बैयत लेने का मतलब ही यही है कि उसे इस जहान से रुख़सत कर दिया जाए। हुसैन ही मेरा दुश्मन है। मुझे और किसी का ख़ौफ़ नहीं, मैं सारी दुनिया की फ़ौजों से नहीं डरता, मैं डरता हूँ इसी निहत्थे हुसैन से। *(प्याला भरकर पी जाता है।)* इसी हुसैन ने मेरी नींद, मेरा आराम हराम कर रखा है। अबूसिफ़ियान की सन्तान हाशिम के बेटों के सामने सिर न झुकाएगी। ख़िलाफ़त को मुल्लाओं के हाथों में फिर न जाने देंगे। इन्होंने छोटे-बड़े की तमीज़ उठा दी। हर एक दहक़ान समझता है कि मैं ख़िलाफ़त की मसनद पर बैठने लायक़ हूँ, और अमीरों के दस्तरख़्वान पर खाने का मुझे हक़ है। मेरे मरहूम बाप ने इस भ्रान्ति को बहुत कुछ मिटाया, और आज ख़लीफ़ा शान व शौक़त में दुनिया के किसी ताजदार से शर्मिन्दा नहीं हो सकता। जूते सीनेवाले और रूखी रोटियाँ खाकर ख़ुदा का शुक्रिया अदा करनेवाले ख़लीफ़ों के दिन गए।

ज़ुहाक : ख़ुदा न करे, वह दिन फिर आए।

अब्दुलशम्स : इन हाशिमियों से हमें उस्मान के ख़ून का बदला लेना है।

यज़ीद : ख़ज़ाना खोल दो, और रियाया का दिल अपनी मुट्ठी में कर लो। रुपया ख़ुदा के ख़ौफ़ को दिल से दूर कर देता है। सारे शहर की दावत करो। कोई मुज़ायक़ा नहीं, अगर ख़ज़ाना ख़ाली हो जाए। हर एक सिपाही को निहाल कर दो। और, अगर इतनी रियायतें करने पर भी कोई तुमसे खिंचा रहे, तो उसे क़त्ल कर दो। मुझे इस वक़्त रुपये को ताक़त से धर्म और भक्ति को जीतना है।

[हिंदा का प्रवेश।]

यज़ीद : हिंदा, तुमने इस वक़्त कैसे तकलीफ़ की?

हिंदा : या अमीर! मैं आपकी ख़िदमत में सिर्फ़ इसलिए हाज़िर हुई हूँ कि आपको इस इरादे से बाज़ रखूँ। आपको अमीर मुआविया की क़सम, अपने दीन को, अपनी नजात को, अपने ईमान को यों न ख़राब कीजिए। जिस नबी से आपने इस्लाम की रोशनी पाई, जिसकी ज़ात से आपको यह रुतबा मिला, जिसने आपकी आत्मा को अपने उपदेशों से जगाया, जिसने आपको अज्ञान के गढ़े से निकालकर आफ़ताब के पहलू में बिठा दिया, उसी ख़ुदा के भेजे हुए बुज़ुर्ग के नवासे का ख़ून बहाने के लिए आप आमादा हैं!

यज़ीद : हिंदा, ख़ामोश रहो।

हिंदा : कैसे ख़ामोश रहूँ। आपको अपनी आँखों से जहन्नुम के गार में गिरते देखकर ख़ामोश नहीं रह सकती। आपको मालूम नहीं कि रसूल की आत्मा स्वर्ग में बैठी हुई आपके इस अन्याय को देखकर आपको लानत दे रही होगी। और, हिसाब के दिन आप अपना मुँह उन्हें न दिखा सकेंगे! क्या आप नहीं जानते, आप अपनी नजात का दरवाज़ा बन्द कर रहे हैं।

यज़ीद : हिंदा, ये मज़हब की बातें मज़हब के लिए हैं, दुनिया के लिए नहीं। मेरे दादा ने इस्लाम इसलिए क़बूल किया था कि इससे उन्हें दौलत और इज़्ज़त हाथ आती थी। नजात के लिए वह इस्लाम पर ईमान नहीं लाए थे, और न मैं ही इस्लाम को नजात का ज़ामिन समझने को तैयार हूँ।

हिंदा : अमीर, ख़ुदा के लिए यह कुवाक्य मुँह से न निकालो। आपको

मालूम है, इस्लाम ने अरब से अधर्म के अँधेरे को कितनी आसानी से दूर कर दिया। अकेले एक आदमी ने क़ाफ़िरों का निशान मिटा दिया। क्या ख़ुदा की मरज़ी बिना यह बात हो सकती थी? कभी नहीं। तुम्हें मालूम है कि रसूल हुसैन को कितना प्यार करते थे? हुसैन को वह कन्धों पर बिठाते और अपनी नूरानी दाढ़ी को उनके हाथों से नुचवाते थे। जिस माथे को तुम अपने पैरों पर झुकाना चाहते हो, उसके रसूल बोसे लेते थे। हुसैन से दुश्मनी करके तुम अपने हक़ में काँटे बो रहे हो। ख़िलाफ़त उसकी है, जिसे पंच दे; यह किसी की मीरास नहीं है। तुम ख़ुद मदीने जाओ, और देखो, क़ौम किस पर ख़िलाफ़त का बार रखती है। उसके हाथों पर बैयत लो। अगर क़ौम तुमको इस रुतबे पर बैठा दे, तो मदीने में रहकर शौक़ से इस्लाम की ख़िदमत करो। मगर ख़ुदा के वास्ते यह हंगामा न उठाओ। *(जाती है।)*

यज़ीद : सरजून रूमी को बुला लो।

[सरजून आकर आदाब बजा लाता है।]

यज़ीद : आपने वालिद मरहूम की ख़िदमत जितनी वफ़ादारी के साथ की, उसके लिए मैं आपका शुक्रगुज़ार हूँ। मगर इस वक़्त मुझे आपकी पहले से कहीं ज़्यादा ज़रूरत है। बसरे की सूबेदारी के लिए आप किसे तजवीज़ करते हैं?

रूमी : ख़ुदा अमीर को सलामत रखे। मेरे ख़याल में अब्दुल्लाह बिन ज़ियाद से ज़्यादा लायक़ आदमी आपको मुश्किल से मिलेगा। ज़ियाद ने अमीर मुआविया की जो ख़िदमत की, वह मिटाई नहीं जा सकती। अब्दुल्लाह उसी बाप का बेटा और ख़ानदान का उतना ही सच्चा ग़ुलाम है। उसके पास फ़ौरन क़ासिद भेज दीजिए।

यज़ीद : मुझे ज़ियाद के बेटे से शिकायत है कि उसने बसरेवालों के इरादों की मुझे इत्तिला नहीं दी। और, मुझे यक़ीन है कि बसरेवाले मुझसे बग़ावत कर जाएँगे।

रूमी : या अमीर, आपका ज़ियाद पर शक करना बेजा है। आपके मददगार आपके पास ख़ुद-ब-ख़ुद न आएँगे। वह तलाश करने से, मिन्नत करने से, रियायत करने से आएँगे। आप-ही-आप वे लोग आएँगे, जो आपकी ज़ात से ख़ुद फ़ायदा

उठाना चाहते हैं। इस मंसब के लिए ज़ियाद से बेहतर आदमी आपको न मिलेगा।

यज़ीद : सोचूँगा। *(शराब का प्याला उठाता है।)* ज़ुहाक! कोई गीत तो सुनाओ। जिसकी मिठास उस फ़िक्र को मिटा दे, जो इस वक़्त मेरे दिल और जिगर पर पत्थर की चट्टान की तरह रखी हुई है।

ज़ुहाक : जैसा हुक्म।

[डफ़ बजाकर गाता है।]

गाना

सफ़ी थक के बैठे दवा करनेवाले,
उठे हाथ उठाकर दुआ करनेवाले।
वफ़ा पर हैं मरते वफ़ा करनेवाले,
जफ़ा कर रहे हैं जफ़ा करनेवाले।
बचाकर चले ख़ाक से अपना दामन,
लहद पर जो गुज़रीं हवा करनेवाले।
किसी बात पर भी तो क़ायम नहीं है,
ये ज़ालिम, सितमगर, दग़ा करनेवाले।
तअज्जुब नहीं है, जो अब जह्न दे दें,
ये ज़िच हो गए हैं दवा करनेवाले।
समझ लें कि दुश्वार है राज़दारी,
किसी का किसी से गिला करनेवाले।
अभी है बुतों को ख़ुदाई का दावा,
ख़ुदा जाने, हैं और क्या करनेवाले।

दूसरा दृश्य

[रात का समय—मदीने का गवर्नर वलीद अपने दरबार में बैठा हुआ है।]

वलीद : *(स्वगत)* मरवान कितना ख़ुदग़र्ज़ आदमी है। मेरा मातहत होकर भी मुझ पर रोब जमाना चाहता है। उसकी मरज़ी पर

चलता, तो आज सारा मदीना मेरा दुश्मन होता। उसने रसूल के ख़ानदान से हमेशा दुश्मनी की है।

[क़ासिद का प्रवेश।]

क़ासिद : या अमीर, यह ख़लीफ़ा यज़ीद का ख़त है।

वलीद : *(घबराकर)* ख़लीफ़ा यज़ीद! अमीर मुआविया को क्या हुआ।

क़ासिद : आपको पूरी कैफ़ियत इस ख़त से मालूम होगी।

[ख़त वलीद के हाथ में देता है।]

वलीद : *(ख़त पढ़कर)* अमीर मुआविया की रूह को ख़ुदा जन्नत में दाख़िल करे। मगर समझ में नहीं आता कि यज़ीद क्योंकर ख़लीफ़ा हुए। क़ौम के नेताओं की कोई मजलिस नहीं हुई, और किसी ने उनके हाथ पर बैयत नहीं ली। मदीने-भर में यह ख़बर फैलेगी, तो ग़ज़ब हो जाएगा। हुसैन यज़ीद को कभी ख़लीफ़ा न मानेंगे।

क़ासिद : *(दूसरा ख़त देकर)* हुज़ूर, इसे भी देख लें।

वलीद : *(ख़त लेकर पढ़ता है।)* "वलीद, हाकिम मदीना को ताक़ीद की जाती है कि इस ख़त को देखते ही हुसैन मेरे नाम पर बैयत न लें, तो उन्हें क़त्ल कर दें, और उनका सिर मेरे पास भेज दें।" *(सर्द साँस लेकर फ़र्श पर लेट जाता है।)*

क़ासिद : मुझे क्या हुक्म होता है?

वलीद : तुम जाकर बाहर ठहरो। *(दिल में)* ख़ुदा वह दिन न लाए कि मुझे रसूल के नवासे के साथ यह घृणित व्यवहार करना पड़े। वलीद इतना बेदीन नहीं है। ख़ुदा रसूल को इतना नहीं भूला है। मेरे हाथ गिर पड़ें इसके पहले कि मेरी तलवार हुसैन की गरदन पर पड़े। काश, मुझे मालूम होता कि अमीर मुआविया की मौत इतनी नज़दीक है, और उसकी आँखें बन्द होते ही मुसीबतों का सामना करना पड़ेगा, तो पहले ही इस्तीफ़ा देकर चला जाता। मरवान की सूरत देखने को जी नहीं चाहता, मगर इस वक़्त उसकी मरज़ी के ख़िलाफ़ काम करना अपनी मौत को बुलाना है। वह रत्ती-रत्ती ख़बर यज़ीद के पास भेजेगा। उसके सामने मेरी कुछ भी न सुनी

जाएगी। ऐसा अफ़सर, जो मातहतों से डरे, मातहत से भी बदतर है। जिस वजीर का ग़ुलाम बादशाह का विश्वासपात्र हो, उसके लिए जंगल में ऊँट चराना उससे हज़ार दर्जे बेहतर है कि वह वजीर की मसनद पर बैठे।

[ग़ुलाम को बुलाता है।]

ग़ुलाम : अमीर क्या हुक्म फ़रमाते हैं?

वलीद : जाकर मरवान को बुला ला।

ग़ुलाम : जो हुक्म।

[जाता है।]

वलीद : *(दिल में)* हुसैन कितना नेक आदमी है। उसकी ज़बान से कभी किसी की बुराई नहीं सुनी। उसने कभी किसी को नुक़सान नहीं पहुँचाया। उससे मैं क्योंकर बैयत लूँगा।

[मरवान का प्रवेश।]

मरवान : इतनी रात गए मुझे आप न बुलाया करें। मेरी जान इतनी सस्ती नहीं है कि बाग़ियों को इस पर छिपकर हमला करने का मौक़ा दिया जाए।

वलीद : तुम्हारा बर्ताव ही क्यों ऐसा हो कि तुम्हारे ऊपर किसी क़ातिल की तलवार उठे। अभी-अभी क़ासिद मुआविया की मौत की ख़बर लाया है; और यज़ीद का यह ख़त भी आया है। मुझे तुमसे इसकी बाबत सलाह लेनी है।

[ख़त देता है।]

मरवान : *(ख़त पढ़कर)* आह! मुआविया, तुमने बेवक़्त वफ़ात पाई। तुम्हारा नाम तारीख़ में हमेशा रोशन रहेगा। तुम्हारी नेकियों को याद करके लोग बहुत दिनों तक रोएँगे। यज़ीद ने ख़िलाफ़त अपने हाथ में ले ली, यह बहुत ही मुनासिब हुआ। मेरे ख़याल में हुसैन को इसी वक़्त बुलाना चाहिए।

वलीद : तुम्हारे ख़याल में बैयत ले लेंगे?

मरवान : ग़ैरमुमकिन। उनसे बैयत लेना उन्हें क़त्ल करने को कहना है। मगर अभी मुआविया के मरने की ख़बर मशहूर न होनी चाहिए।

वलीद : इस मामले पर ग़ौर करो।

मरवान : ग़ौर की ज़रूरत नहीं, मैं आपकी जगह होता, तो बैयत का ज़िक्र ही न करता। फ़ौरन क़त्ल कर डालता। हुसैन के ज़िन्दा रहते हुए यज़ीद को कभी इतमीनान नहीं हो सकता। यह भी याद रखिए कि मुआविया के मरने की ख़बर फैल गई, तो न हमारी जान सलामत रहेगी, न आपकी। हुसैन से आपका कितना ही दोस्ताना हो, लेकिन वही हुसैन आपका जानी दुश्मन हो जाएगा।

वलीद : तुम्हें उम्मीद है कि वह इस वक़्त यहाँ आएँगे। उन्हें शुबहा हो जाएगा।

मरवान : आपके ऊपर हुसैन का इतना भरोसा है, तो इस वक़्त भी चले आएँगे। मगर आपकी तलवार तेज़ और ख़ून गरम रहना चाहिए। यही कारगुज़ारी का मौक़ा है। अगर हम लोगों ने इस मौक़े पर यज़ीद की मदद की, तो कोई शक नहीं कि हमारे इक़बाल का सितारा रोशन हो जाएगा।

वलीद : मरवान, मैं यज़ीद का ग़ुलाम नहीं, ख़लीफ़ा का नौकर हूँ, और ख़लीफ़ा वही है, जिसे क़ौम चुनकर मसनद पर बिठा दे। मैं अपने दीन और ईमान का ख़ून करने से यह कहीं बेहतर समझता हूँ कि क़ुरान पाक की नक़ल करके ज़िन्दगी बसर करूँ।

मरवान : या अमीर, मैं आपको यज़ीद के ग़ुस्से से होशियार किए देता हूँ। मेरी और आपकी भलाई इसी में है कि यज़ीद का हुक्म बजा लाएँ। हमारा काम उनकी बन्दगी करना है, आप दुविधा में न पड़ें। इसी वक़्त हुसैन को बुला भेजें।

[ग़ुलाम को पुकारता है।]

ग़ुलाम : या अमीर, क्या हुक्म है?

मरवान : जाकर हुसैन बिन अली को बुला ला। दौड़ते जाना, और कहना कि अमीर आपके इन्तज़ार में बैठे हैं।

[ग़ुलाम चला जाता है।]

तीसरा दृश्य

[रात का वक़्त—हुसैन और अब्बास मस्जिद में बैठे बातें कर रहे हैं। एक दीपक जल रहा है।]

हुसैन : मैं जब ख़याल करता हूँ कि नाना मरहूम ने तनहा बड़े-बड़े सरकश बादशाहों को पस्त कर दिया, और इतनी शानदार ख़िलाफ़त क़ायम कर दी, तो मुझे यक़ीन हो जाता है कि उन पर ख़ुदा का साया था। ख़ुदा की मदद के बग़ैर कोई इनसान यह काम नहीं कर सकता था। सिकन्दर की बादशाहत उसके मरते ही मिट गई, क़ैसर की बादशाहत उसकी ज़िन्दगी के बाद बहुत थोड़े दिनों तक क़ायम रही, उन पर ख़ुदा का साया न था, वह अपनी हवस की धुन में क़ौमों को फ़तह करते हैं। नाना ने इस्लाम के लिए झंडा बुलन्द किया, इसी से वह क़ामयाब हुए।

अब्बास : इसमें किसको शक हो सकता है कि वह ख़ुदा के भेजे हुए थे। ख़ुदा की पनाह, जिस वक़्त हज़रत ने इस्लाम की आवाज़ उठाई थी, इस मुल्क में अज्ञान का कितना गहरा अन्धकार छाया हुआ था। वह ख़ुदा की ही आवाज़ थी, जो उनके दिल में बैठी हुई बोल रही थी, जो कानों में पड़ते ही दिलों में उतर जाती थी। दूसरे मज़हबवाले कहते हैं, इस्लाम ने तलवार की ताक़त से अपना प्रचार किया। काश, उन्होंने हज़रत की आवाज़ सुनी होती! मेरा तो दावा है कि क़ुरान में एक आयत भी ऐसी नहीं है, जिसकी मंशा तलवार से इस्लाम का फैलाना हो।

हुसैन : मगर कितने अफ़सोस की बात है कि अभी से क़ौम ने उनकी नसीहतों को भूलना शुरू किया, और वह नापाक, जो उनकी मसनद पर बैठा हुआ है, आज खुले बन्दों शराब पीता है।

[ग़ुलाम का प्रवेश।]

ग़ुलाम : नबी के बेटे पर ख़ुदा की रहमत हो। अमीर ने आपको किसी बहुत ज़रूरी काम के लिए तलब किया है।

अब्बास : यह वक़्त वलीद के दरबार का नहीं है।

ग़ुलाम : हुज़ूर, कोई ख़ास काम है।

हुसैन : अच्छा, तू जा। हम घर जाने लगेंगे, तो उधर से होते हुए जाएँगे।

[ग़ुलाम चला जाता है।]

अब्बास : भाई जान! मुझे तो इस बेवक़्त की तलबी से घबराहट हो गई है। यह वक़्त वलीद के इजलास का नहीं है। मुझे दाल में कुछ काला नज़र आता है। आप कुछ क़यास कर सकते हैं कि किसलिए बुलाया होगा।

हुसैन : मेरा दिल तो गवाही देता है कि मुआविया ने वफ़ात पाई।

अब्बास : तो वलीद ने आपको इसलिए बुलाया होगा कि आपसे यज़ीद की बैयत ले।

हुसैन : मैं यज़ीद की बैयत क्यों करने लगा। मुआविया ने भैया इमाम हसन के साथ क़सम खाकर शर्त की थी कि वह अपने मरने के बाद अपनी औलाद में किसी को ख़लीफ़ा न बनावेगा। हसन के बाद ख़िलाफ़त पर मेरा हक़ है। अगर मुआविया मर गया है, और यज़ीद को ख़लीफ़ा बनाया गया है, तो उसने मेरे साथ और इस्लाम के साथ दग़ा की है। यज़ीद शराबी है, बदकार है, झूठा है, बेदीन है, कुत्तों को गोद में लेकर बैठता है। मेरी जान भी जाए, तो क्या, पर मैं उसकी बैयत न अख़्तियार करूँगा।

अब्बास : मामला नाज़ुक है। यज़ीद की जात से कोई बात बईद नहीं। काश, हमें मुआविया की बीमारी और मौत की ख़बर पहले ही मिल गई होती! *(ग़ुलाम का फिर प्रवेश।)*

ग़ुलाम : हुज़ूर तशरीफ़ नहीं लाए, अमीर आपके इन्तज़ार में बैठे हुए हैं।

हुसैन : तुफ़ है तुझ पर! तू वहाँ पर गया भी कि रास्ते से ही लौट आया? चल, मैं अभी आता हूँ। तू फिर न आना।

ग़ुलाम : हुज़ूर, अमीर से जाकर जब मैंने कहा कि वह अभी आते हैं, तो वह चुप हो गए, लेकिन मरवान ने कहा कि वह कभी न आएँगे, आपसे दावा कर रहे हैं। इस पर अमीर उनसे बहुत नाराज़ हुए, और कहा—हुसैन क़ौल के पक्के हैं, जो कहते हैं, उसे पूरा करते हैं।

हुसैन : वलीद शरीफ़ आदमी है। तुम जाओ, हम अभी आते हैं।

[ग़ुलाम चला जाता है।]

अब्बास : आप जाएँगे?

हुसैन : जब तक कोई सबब न हो, किसी की नीयत पर शुबहा करना मुनासिब नहीं।

अब्बास : भैया, मेरी जान आप पर फ़िदा हो। मुझे डर है कि कहीं वह आपको क़ैद न कर ले।

हुसैन : वलीद पर मुझे एतबार है। आबूसिफ़ियान की औलाद होने पर भी वह शरीफ़ और दीनदार है।

अब्बास : आप एतबार करें, लेकिन मैं आपको वहाँ जाने की हरगिज़ सलाह न दूँगा। इस सन्नाटे में अगर उसने कोई दग़ा की, तो कोई फ़रियाद भी न सुनेगा। आपको मालूम है कि मरवान कितना दग़ाबाज़ और हरामकार है। मैं उसके साए से भी भागता हूँ। जब तक आप मुझे यह इतमीनान न दिला दीजिएगा कि दुश्मन यहाँ आपका बाल बाँका न कर सकेगा, मैं आपका दामन न छोड़ूँगा।

हुसैन : अब्बास, तुम मेरी तरफ़ से बेफ़िक्र रहो, मुझे हक़ पर इतना यक़ीन है, और मुझमें हक़ की इतनी ताक़त है कि मेरी बात और वलीद तो क्या, यज़ीद की सारी फ़ौज भी मुझे कुछ नुक़सान नहीं पहुँचा सकती। यक़ीन है कि मेरी एक आवाज़ पर हज़ारों ख़ुदा के बन्दे और रसूल के नाम पर मिटनेवाले दौड़ पड़ेंगे। और, अगर कोई मेरी आवाज़ न सुने, तो भी मेरे बाज़ुओं में इतना बल है कि मैं अकेले उनमें से एक सौ को ज़मीन पर सुला सकता हूँ। हैदर का बेटा ऐसे गीदड़ों से नहीं डर सकता। आओ, ज़रा नाना की क़ब्र की ज़ियारत कर लें।

[दोनों हज़रत मुहम्मद की क़ब्र के सामने खड़े हो जाते हैं, हाथ बाँधकर दुआ पढ़ते हैं, और मस्जिद से निकलकर घर की तरफ़ चलते हैं।]

चौथा दृश्य

[समय—रात। वलीद का दरबार। वलीद और मरवान बैठे हुए हैं।]

मरवान : अब तक नहीं आए! मैंने आपसे कहा कि वह हरगिज़ न आएँगे।

वलीद : आएँगे, और ज़रूर आएँगे। मुझे उनके क़ौल पर पूरा भरोसा है।

मरवान : कहीं ऐसा तो नहीं हुआ कि उन्हें अमीर की वफ़ात की ख़बर लग गई हो, और वह अपने साथियों को जमा करके हमसे जंग करने आ रहे हों।

[हुसैन का प्रवेश। वलीद सम्मान के भाव से खड़ा हो जाता है, और दरवाज़े पर आकर हाथ मिलाता है। मरवान अपनी जगह पर बैठा रहता है।]

हुसैन : ख़ुदा की तुम पर रहमत हो। *(मरवान को बैठे देखकर)* मेल फूट से और प्रेम द्वेष से बहुत अच्छा है। मुझे क्यों याद किया है?

वलीद : इस तकलीफ़ के लिए माफ़ कीजिए, आपको यह सुनकर अफ़सोस होगा कि अमीर मुआविया ने वफ़ात पाई।

मरवान : और ख़लीफ़ा यज़ीद ने हुक्म दिया है कि आपसे उनके नाम की बैयत ली जाए।

हुसैन : मेरे नज़दीक यह मुनासिब नहीं है कि मुझ-जैसा आदमी छुपे-छुपे बैयत ले। यह न मेरे लिए मुनासिब है, और न यज़ीद के लिए काफ़ी। बेहतर है, आप एक आम जलसा करें, और शहर के सब रईसों और आलिमों को बुलाकर यज़ीद की बैयत का सवाल पेश करें। मैं भी उन लोगों के साथ रहूँगा, और उस वक़्त सबके पहले जवाब देनेवाला मैं हूँगा।

वलीद : मुझे आपकी सलाह माक़ूल मालूम होती है। बेशक, आपके बैयत लेने से वह नतीजा न निकलेगा, जो यज़ीद की मंशा है। कोई कहेगा कि आपने बैयत ली, और कोई कहेगा कि नहीं। और, इसकी तसदीक़ करने में बहुत वक़्त लगेगा। तो जलसा करूँ?

मरवान : अमीर, मैं आपको ख़बरदार किए देता हूँ कि इनकी बातों में न आइए। बग़ैर बैयत लिये इन्हें यहाँ से न जाने दीजिए, वरना इनसे उस वक़्त तक बैयत न ले सकेंगे, जब तक ख़ून की नदी न बहेगी। यह चिनगारी की तरह उड़कर सारी ख़िलाफ़त में आग लगा देंगे।

वलीद : मरवान, मैं तुमसे मिन्नत करता हूँ, चुप रहो।

मरवान : हुसैन, मैं ख़ुदा को गवाह करके कहता हूँ कि मैं आपका दुश्मन नहीं हूँ। मेरी दोस्ताना सलाह यह है कि आप यज़ीद की बैयत मंज़ूर कर लीजिए, ताकि आपको कोई नुक़सान न पहुँचे। आपस का फ़साद मिट जाए, और हज़ारों ख़ुदा के बन्दों की जानें बच जाएँ। ख़लीफ़ा आपके बैयत की ख़बर सुनकर बेहद ख़ुश होंगे, और आपके साथ ऐसे सलूक करेंगे कि ख़िलाफ़त में कोई आदमी आपकी बराबरी न कर सकेगा। मैं आपको यक़ीन दिलाता हूँ कि आपकी जागीरें और वज़ीफ़े दोचन्द करा दूँगा, और आप मदीने में इज़्ज़त के साथ रसूल के क़दमों से लगे हुए दीन और दुनिया में सुर्ख़रू होकर ज़िन्दगी बसर करेंगे।

हुसैन : बस करो मरवान, मैं तुम्हारी दोस्ताना सलाह सुनने के लिए नहीं आया हूँ। तुमने कभी अपनी दोस्ती का सबूत नहीं दिया, और इस मौक़े पर मैं तुम्हारी सलाह को दोस्ताना न समझकर दग़ा समझूँ, तो मेरा दिल और मेरा ख़ुदा मुझसे नाख़ुश न होगा। आज इस्लाम इतना कमज़ोर हो गया है कि रसूल का बेटा यज़ीद की बैयत लेने के लिए मजबूर हो!

मरवान : उनकी बैयत से आपको क्या एतराज़ है?

हुसैन : इसलिए कि वह शराबी, झूठा, दग़ाबाज़, हरामकार और ज़ालिम है। वह दीन के आलिमों की तौहीन करता है। जहाँ जाता है, एक गधे पर एक बन्दर को आलिमों के कपड़े पहनाकर साथ ले जाता है। मैं ऐसे आदमी की बैयत अख़्तियार नहीं कर सकता।

मरवान : या अमीर, आप इनसे बैयत लेंगे या नहीं?

हुसैन : मेरी बैयत किसी के अख़्तियार में नहीं है।

मरवान : क़सम ख़ुदा की, आप बैयत क़बूल किए बिना नहीं जा

सकते। मैं तुम्हें यहीं क़त्ल कर डालूँगा। *(तलवार खींचकर बढ़ता है।)*

हुसैन : *(डपटकर)* तू मुझे क़त्ल करेगा, तुझमें इतनी हिम्मत नहीं है! दूर रह। एक क़दम भी आगे रखा, तो तेरा नापाक सिर ज़मीन पर होगा।

[अब्बास 30 सशस्त्र आदमियों के साथ तलवार खींचे हुए घुस आते हैं।]

अब्बास : *(मरवान की तरफ़ झपटकर)* मलऊन, यह ले; तेरे लिए दोज़ख का दरवाज़ा खुला हुआ है।

हुसैन : *(मरवान के सामने खड़े होकर)* अब्बास, तलवार म्यान में करो। मेरी लड़ाई मरवान से नहीं, यज़ीद से है। मैं ख़ुश हूँ कि यह अपने आक़ा का ऐसा वफ़ादार ख़ादिम है।

अब्बास : इस मरदूद की इतनी हिम्मत कि आपके मुबारक जिस्म पर हाथ उठाए! क़सम ख़ुदा की, इसका ख़ून पी जाऊँगा।

हुसैन : मेरे देखते ही नहीं, मुसलमान पर मुसलमान का ख़ून हराम है।

वलीद : *(हुसैन से)* मैं सख़्त नादिम हूँ कि मेरे सामने आपकी तौहीन हुई। ख़ुदा इसका अजाब मुझे दे।

हुसैन : वलीद, मेरी तक़दीर में अभी बड़ी-बड़ी सख़्तियाँ झेलनी बदी हैं। यह उस मार्के की तमहीद है, जो पेश आने वाला है। हम और तुम शायद फिर न मिलें, इसलिए रुख़सत। मैं तुम्हारी मुरौवत और भलमनसी को कभी न भूलूँगा। मेरी तुमसे सिर्फ़ इतनी अर्ज़ है कि मेरे यहाँ से जाने में ज़रा भी रोक-टोक न करना।

[दोनों गले मिलकर बिदा होते हैं। अब्बास और तीसों आदमी बाहर चले जाते हैं।]

मरवान : वलीद, तुम्हारी बदौलत मुझे यह ज़िल्लत हुई।

वलीद : तुम नाशुक्रे हो। मेरी बदौलत तुम्हारी जान बच गई; वरना तुम्हारी लाश फ़र्श पर तड़पती नज़र आती।

मरवान : तुमने यज़ीद की ख़िलाफ़त यज़ीद से छीनकर हुसैन को दे दी। तुमने आबूसिफ़ियान की औलाद होकर उसके ख़ानदान से दुश्मनी की। तुम ख़ुदा की दरगाह में उस क़त्ल और

ख़ून के ज़िम्मेदार होगे, जो आज की ग़फ़लत या नरमी का नतीजा होगा।

[मरवान चला जाता है।]

पाँचवाँ दृश्य

[समय—आधी रात। हुसैन और अब्बास मस्जिद के सहन में बैठे हुए हैं।]

अब्बास : बड़ी ख़ैरियत हुई, वरना मलऊन ने दुश्मनों का काम ही तमाम कर दिया था।

हुसैन : तुम लोगों की जतन बड़े मौक़े पर काम आई। मुझे गुमान न था कि ये सब मेरे साथ इतनी दग़ा करेंगे। मगर यह जो कुछ हुआ, आगे चलकर इससे भी ज़्यादा होगा। मुझे ऐसा मालूम हो रहा है कि हमें अब चैन से बैठना नसीब न होगा। मेरा भी वही हाल होनेवाला है, जो भैया इमाम हसन का हुआ।

अब्बास : ख़ुदा न करे, ख़ुदा न करे।

हुसैन : अब मदीने में हम लोगों का रहना काँटे पर पाँव रखना है। भैया, शायद नबियों की औलाद शहीद होने ही के लिए पैदा होती है। शायद नबियों को भी होनहार की ख़बर नहीं होती; नहीं तो क्या नाना की मसनद पर वे लोग बैठते, जो इस्लाम के दुश्मन हैं, और जिन्होंने सिर्फ़ अपनी ग़रज़ पूरी करने के लिए इस्लाम का स्वाँग भरा है। मैं रसूल ही से पूछता हूँ कि वह मुझे क्या हुक्म देते हैं? मदीने ही में रहूँ या कहीं और चला जाऊँ? *(हज़रत मुहम्मद की क़ब्र पर जाकर)* ऐ ख़ुदा, यह तेरे रसूल मुहम्मद की ख़ाक है, और मैं उनकी बेटी का बेटा हूँ। तू मेरे दिल का हाल जानता है। मैंने तेरी और तेरे रसूल की मरज़ी पर हमेशा चलने की कोशिश की है। मुझ पर रहम कर और उस पाक नबी के नाते, जो इस क़ब्र में सोया हुआ है, मुझे हिदायत कर कि इस वक़्त मैं क्या करूँ?

[रोते हैं, और क़ब्र पर सिर रखकर बैठ जाते हैं। एक क्षण में चौंककर उठ बैठते हैं।]

अब्बास : भैया, अब यहाँ से चलो। घर के लोग घबरा रहे होंगे।

हुसैन : नहीं अब्बास, अब मैं लौटकर घर न जाऊँगा। अभी मैंने ख़्वाब देखा कि नाना आए हैं, और मुझे छाती से लगाकर कहते हैं—"बहुत थोड़े दिनों में तू ऐसे आदमियों के हाथों शहीद होगा, जो अपने को मुसलमान कहते होंगे, और मुसलमान न होंगे। मैंने तेरी शहादत के लिए कर्बला का मैदान चुना है, उस वक़्त तू प्यासा होगा, पर तेरे दुश्मन तुझे एक बूँद पानी भी न देंगे। तेरे लिए यहाँ बहुत ऊँचा रुतबा रखा गया है, पर वह रुतबा शहादत के बग़ैर हासिल नहीं हो सकता।" यह कहकर नाना ग़ायब हो गए।

अब्बास : *(रोकर)* भैया, हाय भैया, यह ख़्वाब या पेशीनगोई?

[मुहम्मद हंफ़िया का प्रवेश।]

मुहम्मद : हुसैन, तुमने क्या फ़ैसला किया?

हुसैन : ख़ुदा की मरज़ी है कि मैं क़त्ल किया जाऊँ।

मुहम्मद : ख़ुदा की मरज़ी ख़ुदा ही जानता है। मेरी सलाह तो यह है कि तुम किसी दूसरे शहर चले जाओ, और वहाँ से अपने क़ासिदों को उस जवार में भेजो। अगर लोग तुम्हारी बैयत मंज़ूर कर लें, तो ख़ुदा का शुक्र करना, वरना यों भी तुम्हारी आबरू क़ायम रहेगी। मुझे ख़ौफ़ यही है कि कहीं तुम ऐसी जगह न जा फँसो, जहाँ कुछ लोग तुम्हारे दोस्त हों, और कुछ तुम्हारे दुश्मन। कोई चोट बग़ली घूँसों की तरह नहीं होती, कोई साँप इतना क़ातिल नहीं होता, जितना आस्तीन का, कोई कान इतना तेज़ नहीं होता, जितना दीवार का, और कोई दुश्मन इतना ख़ौफ़नाक नहीं होता, जितनी दग़ा। इससे हमेशा बचते रहना।

हुसैन : आप मुझे कहाँ जाने की सलाह देते हैं?

मुहम्मद : मेरे ख़याल में मक्का से बेहतर कोई जगह नहीं है। अगर क़ौम ने बैयत मंज़ूर की, तो पूछना ही क्या? वरना पहाड़ियों की घाटियाँ तुम्हारे लिए क़िलों का काम देंगी, और थोड़े-से मददगारों के साथ तुम आज़ादी से ज़िन्दगी बसर करोगे।

ख़ुदा चाहेगा, तो लोग बहुत जल्द यज़ीद से बेज़ार होकर तुम्हारी पनाह में आएँगे।

हुसैन : अज़ीज़ों को यहाँ छोड़ दूँ?

मुहम्मद : हरगिज़ नहीं। सबको अपने साथ ले जाओ।

हुसैन : यहाँ की हालत का मुझे जल्द से जल्द इत्तिला देते रहिएगा।

मुहम्मद : इसका इतमीनान रखो।

[मुहम्मद हुसैन से गले मिलकर चले जाते हैं।]

अब्बास : भैया, अब तो घर चलिए, क्या सारी रात जागते रहिएगा?

हुसैन : अब्बास, मैं पहले ही कह चुका हूँ कि लौटकर घर न जाऊँगा।

अब्बास : अगर आपकी इजाज़त हो, तो मैं भी कुछ अर्ज़ करूँ। आप मुझे अपना सच्चा दोस्त समझते हैं या नहीं?

हुसैन : ख़ुदा पाक की क़सम, तुमसे ज़्यादा सच्चा दोस्त दुनिया में नहीं है।

अब्बास : क्यों न आप इस वक़्त यज़ीद की बैयत मंज़ूर कर लीजिए? ख़ुदा कारसाज़ है, मुमकिन है, थोड़े दिनों में यज़ीद ख़ुद ही मर जाए, तो आपको ख़िलाफ़त आप-ही-आप मिल जाएगी। जिस तरह आपने मुआविया के ज़माने में सब्र किया, उसी तरह यज़ीद के ज़माने को भी सब्र के साथ काट दीजिए। यह भी मुमकिन है कि थोड़े ही दिनों में यज़ीद के ज़ुल्म से तंग आकर लोग बग़ावत कर बैठें, और आपके लिए मौक़ा निकल आए। सब्र सारी मुश्किलों को आसान कर देता है।

हुसैन : अब्बास, यह क्या कहते हो? अगर मैं ख़ौफ़ से यज़ीद की बैयत क़बूल कर लूँ, तो इस्लाम का मुझसे बड़ा दुश्मन और कोई न होगा। मैं रसूल को, वालिद को, भैया हसन को क्या मुँह दिखाऊँगा! अब्बाजान ने शहीद होना क़बूल किया, पर मुआविया की बैयत न मंज़ूर की। भैया ने भी मुआविया की बैयत को हराम समझा, तो मैं क्यों ख़ानदान में दाग़ लगाऊँ? इज़्ज़त की मौत बेइज़्ज़ती की ज़िन्दगी से कहीं अच्छी है।

अब्बास : *(विस्मित होकर)* ख़ुदा की क़सम, यह हुसैन की आवाज़ नहीं, रसूल की आवाज़ है, और ये बातें हुसैन की नहीं, अली की हैं। भैया! आपको ख़ुदा ने अक़्ल दी है, मैं तो

आपका ख़ादिम हूँ, मेरी बातें आपको नागवार हुई हों, तो माफ़ करना।

हुसैन : *(अब्बास को छाती से लगाकर)* अब्बास, मेरा ख़ुदा मुझसे नाराज़ हो जाए, अगर मैं तुमसे ज़रा भी मलाल रखूँ। तुमने मुझे जो सलाह दी, वह मेरी भलाई के लिए दी। इसमें मुझे ज़रा भी शक नहीं। मगर तुम इस मुग़ालते में हो कि यज़ीद के दिल की आग मेरे बैयत ही से ठंडी हो जाएगी, हालाँकि यज़ीद ने मुझे क़त्ल करने का यह हीला निकाला है। अगर वह जानता कि मैं बैयत ले लूँगा, तो वह कोई और तदबीर सोचता।

अब्बास : अगर उसकी यह नीयत है, तो कलाम पाक की क़सम, मैं आपके पसीने की जगह अपना ख़ून बहा दूँगा, और आपसे आगे बढ़कर इतनी तलवारें चलाऊँगा कि मेरे दोनों हाथ कटकर गिर जाएँ।

[जैनब, शहरबानू और घर के अन्य लोग आते हैं।]

जैनब : अब्बास, बातें न करो। *(हुसैन से)* भैया, मैं आपके पैरों पड़ती हूँ। आप यह इरादा तर्क कर दीजिए, और मदीने में रसूल की क़ब्र से लगे हुए ज़िन्दगी बसर कीजिए, और अपनी गरदन पर इस्लाम की तबाही का इल्ज़ाम न लीजिए।

हुसैन : जैनब, ऐसी बातों पर तुफ़ है! जब तक ज़मीन और आसमान क़ायम है, मैं यज़ीद की बैयत नहीं मंज़ूर कर सकता। क्या तुम समझती हो कि मैं ग़लती पर हूँ?

जैनब : नहीं भैया, आप ग़लती पर नहीं हैं। अल्लाहताला अपने रसूल के बेटे को ग़लत रास्ते पर नहीं ले जा सकता, मगर आप जानते हैं कि ज़माने का रंग बदला हुआ है। ऐसा न हो, लोग आपके ख़िलाफ़ उठ खड़े हों।

हुसैन : बहन, इनसान सारी दुनिया के ताने बरदाश्त कर सकता है, पर अपने ईमान का नहीं। अगर तुम्हारा यह ख़याल है कि मेरे बैयत न लेने से इस्लाम में तफ़रक़ा पड़ जाएगा, तो यह समझ लो कि इत्तिफ़ाक़ कितनी ही अच्छी चीज़ हो, लेकिन रास्ती उससे कहीं अच्छी है। रास्ती को छोड़कर मेल को क़ायम रखना वैसा ही है, जैसे जान निकल जाने

के बाद जिस्म क़ायम रखना। रास्ती क़ौम की जान है, उसे छोड़कर कोई क़ौम बहुत दिनों तक ज़िन्दा नहीं रह सकती। इस बारे में मैं अपनी राय क़ायम कर चुका, अब तुम लोग मुझे रुख़सत करो। जिस तरह मेरी बैयत से इस्लाम का वक़ार मिट जाएगा, उसी तरह मेरी शहादत से उसका वक़ार क़ायम रहेगा। मैं इस्लाम की हुरमत पर निसार हो जाऊँगा।

शहरबानू : *(रोकर)* क्या आप हमें अपने क़दमों से जुदा करना चाहते हैं?

अली अकबर : अब्बाजान, अगर शहीद ही होना है, तो हम भी वह दर्जा क्यों न हासिल करें?

मुसलिम : या अमीर, हम आपके क़दमों पर निसार होना ही अपनी ज़िन्दगी का हासिल समझते हैं। आप न ले जाएँगे, तो हम जबरन आपके साथ चलेंगे।

अली असग़र : अब्बा, मैं आपके पीछे खड़े होकर नमाज़ पढ़ता था। अब यहाँ छोड़ देंगे, तो मैं नमाज़ कैसे पढ़ूँगा?

जैनब : भैया, क्या कोई उम्मीद नहीं? क्या मदीने में रसूल के बेटे पर हाथ रखनेवाला, रसूल की बेटियों की हुरमत पर जान देनेवाला, हक़ पर सिर कटानेवाला कोई नहीं है? इसी शहर से वह नूर फैला, जिससे सारा जहान रोशन हो गया। क्या वह हक़ की रोशनी इतनी जल्द ग़ायब हो गई? आप यहीं से हिजाज़ और यमन की तरफ़ क़ासिदों को क्यों नहीं रवाना फ़रमाते?

हुसैन : अफ़सोस है जैनब, ख़ुदा को कुछ और ही मंज़ूर है। मदीने में हमारे लिए अब अमन नहीं है। यहाँ अगर हम आज़ादी से खड़े हैं, तो यह वलीद की शराफ़त है; वरना यज़ीद की फ़ौजों ने हमको घेर लिया होता। आज मुझे सुबह होते-होते यहाँ से निकल जाना चाहिए। यज़ीद को मेरे अज़ीज़ों से दुश्मनी नहीं, उसे ख़ौफ़ सिर्फ़ मेरा है। तुम लोग मुझे यहाँ से रुख़सत करो। मुझे यक़ीन है कि यज़ीद तुम लोगों को तंग न करेगा। उसके दिल में चाहे न हो, मगर मुसलमान के दिल में ग़ैरत बाक़ी है। वह रसूल की बहू-बेटियों की आबरू लुटते देखेंगे, तो उनका ख़ून ज़रूर गरम हो जाएगा।

जैनब : भैया, यह हरगिज़ न होगा। हम भी आपके साथ चलेंगी।

अगर इस्लाम का बेटा अपनी दिलेरी से इस्लाम का वक़ार क़ायम रखेगा, तो हम अपने सब्र से, ज़ब्त से और बरदाश्त से उसकी शान निभाएँगे। हम पर जिहाद हराम है, लेकिन हम मौक़ा पड़ने पर मरना जानती हैं। रसूल पाक की क़सम, आप हमारी आँखों में आँसू न देखेंगे, हमारे लबों से फ़रियाद न सुनेंगे, और हमारे दिलों से आह न निकलेगी। आप हक़ पर जान देकर इस्लाम की आबरू रखना चाहते हैं, तो हम भी एक बेदीन और बदकार की हिमायत में रहकर इस्लाम के नाम पर दाग़ लगाना नहीं चाहती।

[सिपाहियों का एक दस्ता सड़क पर आता दिखाई पड़ता है।]

हुसैन : अब्बास, यज़ीद के आदमी हैं। वलीद ने भी दग़ा दी। आह! हमारे हाथों में तलवार भी नहीं। ऐ ख़ुदा मदद!

अब्बास : कलाम पाक की क़सम, ये मरदूद आपके क़रीब न आने पाएँगे।

जैनब : भैया, तुम सामने से हट जाओ।

हुसैन : जैनब, घबराओ मत, आज मैं दिखा दूँगा कि अली का बेटा कितनी दिलेरी से जान देता है।

[अब्बास बाहर निकलकर फ़ौज के सरदार से।]

ऐ सरदार, किसकी बदनसीबी है कि तू उसके नज़दीक जा रहा है?

सरदार : या हज़रत, हमें शहर में गश्त लगाने का हुक्म हुआ है कि कहीं बाग़ी तो जमा नहीं हो रहे हैं।

हुसैन : अब देर करने का मौक़ा नहीं है। चलूँ, अम्माजान से रुख़सत हो लूँ। *(फ़ातिमा की क़ब्र पर जाकर)* ऐ मादरे-जहान, तेरा बदनसीब बेटा—जिसे तूने गोद में प्यार से खिलाया था, जिसे तूने सीने से दूध पिलाया था—आज तुझसे रुख़सत हो रहा है, और फिर शायद उसे तेरी जियारत नसीब न हो।

[रोते हैं।]

[मदीने के सब नगरवासियों का प्रवेश।]

नागरिक : ऐ अमीर, आप हमें अपने क़दमों से क्यों जुदा करते हैं? हम आपका दामन न छोड़ेंगे। आपके क़दमों से लगे हुए ग़ुरबत की ख़ाक छानना इससे कहीं अच्छा है कि एक बदकार और ज़ालिम ख़लीफ़ा की सख़्तियाँ झेलें। आप नबी के ख़ानदान के आफ़ताब हैं। उसकी रोशनी से दूर होकर हम अँधेरे में ख़ौफ़नाक जानवरों से क्योंकर अपनी जान बचा सकेंगे? कौन हमें हक़ और दीन की राह सुझाएगा? कौन हमें अपनी नसीहतों का अमृत पिलाएगा? हमें अपने क़दमों से जुदा न कीजिए। *(रोते हैं।)*

हुसैन : मेरे प्यारे दोस्तो, मैं यहाँ से ख़ुद नहीं जा रहा हूँ। मुझे तक़दीर लिये जा रही है। मुझे वह दर्दनाक नज़ारा देखने की ताब नहीं है कि मदीने की गलियाँ इस्लाम और रसूल के दोस्तों के ख़ून से रँगी जाएँ। मैं प्यारे मदीने को उस तबाही और ख़ून से बचाना चाहता हूँ। तुम्हें मेरी यही आख़िरी सलाह है कि इस्लाम की हुरमत क़ायम रखना, माल और ज़र के लिए अपनी क़ौम और अपनी मिल्लत से बेवफ़ाई न करना, ख़ुदा के नज़दीक इससे बड़ा गुनाह नहीं है। शायद हमें फिर मदीने के दर्शन न हों, शायद हम फिर इन सूरतों को न देख सकें। हाँ, शायद फिर हमें उन बुज़ुर्गों की सूरत देखनी नसीब न हो, जो हमारे नाना के शरीक और हमदर्द रहे, जिनमें से कितनों ही ने मुझे गोद में खेलाया है। भाइयो, मेरी ज़बान में इतनी ताक़त नहीं है कि उस रंज और ग़म को ज़ाहिर कर सकूँ, जो मेरे सीने में दरिया की लहरों की तरह उठ रहा है। मदीने की ख़ाक से जुदा होते हुए जिगर के टुकड़े हुए जाते हैं। आपसे जुदा होते आँखों में अँधेरा छा जाता है, मगर मजबूर हूँ। ख़ुदा की और रसूल की यही मंशा है कि इस्लाम का पौधा मेरे ख़ून से सींचा जाए, रसूल की खेती रसूल की औलाद के ख़ून से हरी हो, और मुझे उनके सामने सिर झुकाने के सिवा और कोई चारा नहीं।

नागरिक : या अमीर, हमें अपने क़दमों से जुदा न कीजिए। हाय अमीर, हाय रसूल के बेटे, हम किसका मुँह देखकर जिएँगे। हम क्योंकर सब्र करें, अगर आज न रोएँ, तो फिर किस दिन के लिए आँसुओं को उठा रखें? आज से ज़्यादा मातम का और कौन दिन होगा?

हुसैन : *(मुहम्मद की क़ब्र पर जाकर)* ऐ रसूल-ख़ुदा, रुख़सत। आपका नवासा मुसीबत में गिरफ़्तार है। उसका बेड़ा पार कीजिए।

सब लोग मुझे छोड़के पहले ही सिधारे;
मिलता नहीं आराम नवासे को तुम्हारे।
ख़ादिम को कोई अमन की अब जा नहीं मिलती;
राहत कोई साइत मेरे मौला, नहीं मिलती।
दुख कौन-सा और कौन-सी ईजा नहीं मिलती;
हैं आप जहाँ, राह वह मुझको नहीं मिलती।
दुनिया में मुझे कोई नहीं और ठिकाना;
आज आख़िरी रुख़सत को गुलाम आया है नाना!
बन जाऊँ जो, पास अपने बुला लीजिए नाना;
तुरबत में नवासे को छिपा लीजिए नाना!

(भाई की क़ब्र पर जाकर)

सुन लीजिए शब्बीर की रुख़सत है बिरादर,
हज़रत को तो पहलू हुआ अम्मा का मयस्सर।
क़ब्रें भी जुदा होंगी यहाँ अब तो हमारी;
देखें हमें ले जाए कहाँ ख़ाक हमारी!

मैं नहीं चाहता कि मेरे साथ एक चिउँटी की भी जान ख़तरे में पड़े। अपने अज़ीज़ों से, अपनी मस्तूरात से, अपने दोस्तों से यही सवाल है कि मेरे लिए ज़रा भी ग़म न करो, मैं वहीं जाता हूँ, जहाँ ख़ुदा की मरज़ी लिये जाती है।

अब्बास : या हज़रत, ख़ुदा के लिए हमारे ऊपर यह सितम न कीजिए। हम जीते-जी कभी आपसे जुदा न होंगे।

जैनब : भैया, मेरी जान तुम पर फ़िदा हो। अगर औरतों को तुमने छोड़ दिया, तो लौटकर उन्हें जीता न पाओगे। तुम्हारी तीनों फूल-सी बेटियाँ ग़म से मुरझाई जा रही हैं। शहरबानू का हाल देख ही रहे हो। तुम्हारे बग़ैर मदीना सूना हो जाएगा, और घर की दीवारें हमें फाड़ खाएँगी। हमारे ऊपर इस बदनामी का दाग़ न लगाओ कि मुसीबत में रसूल की बेटियों ने अपने सरदार से बेवफ़ाई की। तुम्हारे साथ के फ़ाक़े यहाँ के मीठे

लुक़्मों से ज़्यादा मीठे मालूम होंगे। जिस्म को तकलीफ़ होगी, पर दिल को तो इतमीनान रहेगा।

अली अकबर : अब्बा, मैं इस मुसीबत का सारा मज़ा आपको अकेले न उठाने दूँगा। इसमें मेरा भी हिस्सा है। कौन हमारे नेजों की चमक देखेगा? किसे हम अपनी दिलेरी के जौहर दिखाएँगे? नहीं, हम यह ग़म की दावत आपको अकेले न खाने देंगे।

अली असग़र : अब्बा, मुझे अपने आगे घोड़ों पर बिठाकर रास मेरे हाथों में दे दीजिएगा। मैं उसे ऐसा दौड़ाऊँगा कि हवा भी हमारी गर्द को न पहुँचेगी।

हुसैन : हाय, अगर मेरी तक़दीर की मंशा है कि मेरे जिगर के टुकड़े मेरी आँखों के सामने तड़पें, तो मेरा क्या बस है। अगर ख़ुदा को यही मंज़ूर है कि मेरा बाग़ मेरी नज़रों के सामने उजाड़ा जाए, तो मेरा क्या चारा है। ख़ुदा गवाह रहना कि इस्लाम की इज़्ज़त पर रसूल की औलाद कितनी बेदरदी से क़ुरबान की जा रही है!

छठा दृश्य

[समय—संध्या। कूफ़ा शहर का एक मकान। अब्दुल्लाह, क़मर, वहब बातें कर रहे हैं।]

अब्दुल्लाह : बड़ा ग़ज़ब हो रहा है। शामी फ़ौज के सिपाही शहरवालों को पकड़-पकड़ ज़ियाद के पास ले जा रहे हैं, और वहाँ जबरन उनसे बैयत ली जा रही है।

क़मर : तो लोग क्यों उसकी बैयत क़बूल करते हैं?

अब्दुल्लाह : न करें, तो क्या करें। अमीरों और रईसों को तो जागीर और मंसब की हवस ने फोड़ लिया। बेचारे ग़रीब क्या करें। नहीं बैयत लेते, तो मारे जाते हैं, शहरबदर किए जाते हैं। जिन गिने-गिनाए रईसों ने बैयत नहीं ली, उन पर भी सख़्ती करने की तैयारियाँ हो रही हैं। मगर ज़ियाद चाहता है कि कूफ़ावाले आपस ही में लड़ जाएँ। इसीलिए उसने अब तक कोई सख़्ती नहीं की है।

क़मर : यज़ीद को ख़िलाफ़त का कोई हक़ तो है नहीं, महज़ तलवार का ज़ोर है। शरा के मुताबिक़ हमारे ख़लीफ़ा हुसैन हैं।

अब्दुल्लाह : वह तो ज़ाहिर ही है, मगर यहाँ के लोगों को तो जानते हो न। पहले तो ऐसा शोर मचाएँगे, गोया जान देने पर आमादा हैं, पर ज़रा किसी ने लालच दिखलाया, और सारा शोर ठंडा हो गया! गिने हुए आदमियों को छोड़कर सभी बैयत ले रहे हैं।

क़मर : तो फिर हमारे ऊपर भी तो वही मुसीबत आनी है।

अब्दुल्लाह : इसी फ़िक्र में तो पड़ा हूँ। कुछ सूझता ही नहीं।

क़मर : सूझना ही क्या है। यज़ीद की बैयत हरगिज़ मत क़बूल करो।

अब्दुल्लाह : अपनी ख़ुशी की बात नहीं है।

क़मर : क्या होगा?

अब्दुल्लाह : वज़ीफ़ा बन्द हो जाएगा।

क़मर : ईमान के सामने वज़ीफ़े की कोई हस्ती नहीं।

अब्दुल्लाह : जागीर ज़्यादा नहीं, तो परवरिश तो हो ही जाती है। वह फ़ौरन छिन जाएगी। कितनी मेहनत से हमने मेवों का बाग़ लगाया है। यह कब गवारा होगा कि हमारी मेहनत का फल दूसरे खाएँ। कलाम पाक की क़सम, मेरे बाग़ पर बड़ों-बड़ों को रश्क है।

क़मर : बाग़ के लिए ईमान बेचना पड़े, तो बाग़ की तरफ़ आँख उठाकर देखना भी गुनाह है।

अब्दुल्लाह : क़मर, मामला इतना आसान नहीं है, जितना तुमने समझ रखा है। जायदाद के लिए इनसान अपनी जान देता है, भाई-भाई दुश्मन हो जाते हैं, बाप-बेटों में, मियाँ-बीबी में निफ़ाक़ पड़ जाता है। अगर उसे लोग इतनी आसानी से छोड़ सकते, तो दुनिया जन्नत बन जाती।

क़मर : यह सही है, मगर ईमान के मुक़ाबले जायदाद ही की नहीं, ज़िन्दगी की भी कोई हस्ती नहीं। दुनिया की चीज़ें एक दिन छूट जाएँगी, मगर ईमान तो हमेशा साथ रहेगा।

अब्दुल्लाह : शहरबदर होना पड़ा, तो यह मकान हाथ से निकल जाएगा। अभी पिछले साल बनकर तैयार हुआ है। देहातों में, जंगल में बद्दुओं की तरह मारे-मारे घूमना पड़ेगा। क्या जलावतनी कोई मामूली चीज़ है?

क़मर : दीन के लिए लोगों ने सल्तनतें तर्क कर दी हैं, सिर कटाए हैं, और हँसते-हँसते सूलियों पर चढ़ गए हैं। दीन की दुनिया पर हमेशा जीत रही है, और रहेगी।

अब्दुल्लाह : वहब, अपनी अम्माजान की बातें सुन रहे हो?

वहब : जी हाँ, सुन रहा हूँ, और दिल में फ़ख़्र कर रहा हूँ कि मैं ऐसी दीन-परवर माँ का बेटा हूँ। मैं आपसे सच अर्ज़ करता हूँ कि क़ीस, हज्जाज, हुर, अशअस-जैसे रऊसा को बैयत कबूल करते देखकर मैं भी नीम राज़ी हो गया था, पर आपकी बातों ने हिम्मत मज़बूत कर दी। अब मैं सब कुछ झेलने को तैयार हूँ।

अब्दुल्लाह : वहब, दीन हम बूढ़ों के लिए है, जिन्होंने दुनिया के मज़े उठा लिये। जवानों के लिए दुनिया है। तुम अभी शादी करके लौटे हो, बहू की चूड़ियाँ भी मैली नहीं हुईं। जानते हो, वह एक रईस की बेटी है, नाजों में पली है, क्या उसे भी ख़ानावीरानी की मुसीबतों में डालना चाहते हो? हम और क़मर तो हज करने चले जाएँगे। तुम मेरी जायदाद के वारिस हो, मुझे यह तसकीन रहेगा कि मेरी मेहनत रायगाँ नहीं हुई। तुमने माँ की नसीहत पर अमल किया, तो मुझे बेहद सदमा होगा। पहले जाकर नसीमा से पूछो तो?

वहब : मुझे अपने ईमान के मामले में किसी से पूछने की ज़रूरत नहीं। मुझे यक़ीन है कि ख़िलाफ़त के हक़दार हज़रत हुसैन हैं। यज़ीद की बैयत कभी न क़बूल करूँगा, जायदाद रहे या न रहे, जान रहे या न रहे।

क़मर : बेटा, तेरी माँ तुझ पर फ़िदा हो, तेरी बातों ने दिल ख़ुश कर दिया। आज मेरी जैसी ख़ुशनसीब माँ दुनिया में न होगी। मगर बेटा, तुम्हारे अब्बाजान ठीक कहते हैं, नसीमा से पूछ लो, देखो, वह क्या कहती है। मैं नहीं चाहती कि हम लोगों की दीन-परवरी के बाइस उसे तकलीफ़ हो, और जंगलों की ख़ाक छाननी पड़े। उसकी दिलजोई करना तुम्हारा फ़र्ज़ है।

वहब : आप फ़रमाती हैं, तो मैं उससे भी पूछ लूँगा। मगर मैं साफ़ कहे देता हूँ कि उसकी रज़ा का ग़ुलाम न बनूँगा। अगर उसे दीन के मुक़ाबले में ऐश व आराम ज़्यादा पसन्द है, तो शौक़ से रहे, लेकिन मैं बैयत की ज़िल्लत न उठाऊँगा।

[दरवाज़ा खोलकर बाहर चला जाता है।]

सातवाँ दृश्य

[अरब का एक गाँव—एक विशाल मन्दिर बना हुआ है, तालाब है, जिसके पक्के घाट बने हुए हैं, मनोहर बग़ीचा, मोर, हरिण, गाय आदि पशु-पक्षी इधर-उधर विचर रहे हैं। साहसराय और उनके बन्धु तालाब के किनारे संध्या-हवन, ईश्वर-प्रार्थना कर रहे हैं।]

गाना [स्तुति]

हरि, धर्म प्राण से प्यारा हो।
अखिलेश, अनंत विधाता हो, मंगलमय, मोदप्रदाता हो;
भय-भंजन शिव जन त्राता हो, अविनाशी अद्‌भुत ज्ञाता हो।
तेरा ही एक सहारा हो;
हरि, धर्म प्राण से प्यारा हो!
बल, वीर्य, पराक्रम त्वेष रहे, सद्धर्म धरा पर शेष रहे;
श्रुति-भानु, एकता-वेश रहे, धन-ज्ञान-कला-युत देश रहे।
सर्वत्र प्रेम की धारा हो;
हरि, धर्म प्राण से प्यारा हो।
भारत तन-मन-धन सारा हो, उसकी सेवा सब द्वारा हो;
निज मान-समान दुलारा हो, सबकी आँखों का तारा हो।
जीवन-सर्वस्व हमारा हो;
हरि, धर्म प्राण से प्यारा हो।

[साहसराय प्रार्थना करते हैं।]

भगवान्, हमें शक्ति प्रदान कीजिए कि सदैव अपने व्रत का पालन करें। अश्वत्थामा की सन्तान का, निरन्तर सेवा-मार्ग का अवलम्बन करें, उनका रक्त सदैव दीनों की रक्षा में बहता रहे, उनके सिर सदैव न्याय और सत्य पर बलिदान होते रहें। और, प्रभो! वह दिन आए कि हम प्रायश्चित्त-संस्कार से मुक्त होकर तपोभूमि भारत को पयान करें, और ऋषियों के सेवा-सत्कार में मग्न होकर अपना जीवन सफल करें। हे नाथ, हमें सद्‌बुद्धि दीजिए कि निरन्तर कर्म-पथ पर स्थिर रहें, और उस कलंक-कालिमा को, जो हमारे आदि पुरुष ने

हमारे मुख पर लगा दी है, अपनी सुकीर्ति से धोकर अपना मुख उज्ज्वल करें। जब हम स्वदेश-यात्रा करें, तो हमारे मुख पर आत्मगौरव का प्रकाश हो, हमारे स्वदेश-बन्धु सहर्ष हमारा स्वागत करें, और हम वहाँ पतित बनकर नहीं, समाज के प्रतिष्ठित अंग बनकर जीवन व्यतीत करें।

[सेवक का प्रवेश।]

सेवक : दीनानाथ, समाचार आया है, अमीर मुआविया के बेटे यज़ीद ने ख़िलाफ़त पर अधिकार कर लिया।

साहसराय : यज़ीद ने ख़िलाफ़त पर अधिकार कर लिया! यह कैसा? उसका ख़िलाफ़त पर क्या स्वत्व था? ख़िलाफ़त तो हज़रत अली के बेटे इमाम हुसैन को मिलनी चाहिए थी।

हरजसराय : हाँ, हक़ तो हुसैन ही का है। मुआविया से पहले से इसी शर्त पर सन्धि हुई थी।

सिंहदत्त : यज़ीद की शरारत है। मुझे मालूम है, वह अभिमानी, तामसी और विलास-भोगी मनुष्य है। विषयवासना में मग्न रहता है। हम ऐसे दुर्जन की ख़िलाफ़त कदापि स्वीकार नहीं कर सकते।

पुण्यराय : *(सेवक से)* कुछ मालूम हुआ, हुसैन क्या कर रहे हैं?

सेवक : दीनबन्धु, वह मदीना से भागकर मक्का चले गए हैं।

सिंहदत्त : यह उनकी भूल है, तुरन्त मदीनावासियों को संगठित करके यज़ीद के नाज़िम का वध कर देना चाहिए था, इसके पश्चात् अपनी ख़िलाफ़त की घोषणा कर देनी थी। मदीना को छोड़कर उन्होंने अपनी निर्बलता स्वीकार कर ली।

रामसिंह : हुसैन धर्मनिष्ठ पुरुष हैं। अपने बन्धुओं का रक्त नहीं बहाना चाहते।

ध्रुवदत्त : जीव-हिंसा महापाप है। धर्मात्मा पुरुष कितने ही संकट में पड़े, किन्तु अहिंसा-व्रत को नहीं त्याग सकता।

भीरुदत्त : न्याय-रक्षा के लिए हिंसा करना पाप नहीं। जीव-हिंसा न्याय-हिंसा से अच्छी है।

साहसराय : अगर वास्तव में यज़ीद ने ख़िलाफ़त का अपहरण कर लिया है, तो हमें अपने व्रत के अनुसार न्याय-पक्ष ग्रहण करना पड़ेगा। यज़ीद शक्तिशाली है, इसमें सन्देह नहीं, पर हम न्याय-व्रत का उल्लंघन नहीं कर सकते। हमें उसके पास

दूत भेजकर इसका निश्चय कर लेना चाहिए कि हमें किस पथ का अनुसरण करना उचित है।

सिंहदत्त : जब यह सिद्ध है कि उसने अन्याय किया, तो उसके पास दूत भेजकर विलम्ब क्यों किया जाए? हमें तुरन्त उससे संग्राम करना चाहिए। अन्याय को भी अपने पक्ष का समर्थन करने के लिए युक्तियों का अभाव नहीं होता।

हरजसराय : मैं पूछता हूँ, अभी समर की बात ही क्यों की जाए। राजनीति के तीनों सिद्धान्तों की परीक्षा कर लेने के पश्चात् ही शस्त्र ग्रहण करना चाहिए। विशेषकर इस समय हमारी आर्थिक स्थिति ऐसी नहीं है कि हम आत्मगौरव की दुहाई देते हुए रणक्षेत्र में कूद पड़ें। शस्त्र-ग्रहण सर्वदा अन्तिम उपाय होना चाहिए।

सिंहदत्त : धन आत्मा की रक्षा के लिए ही है।

हरजसराय : आत्मा बहुत ही व्यापक शब्द है। धन केवल धर्म की रक्षा के लिए है।

रामसिंह : धर्म की रक्षा रक्त से नहीं होती, शील, विनय, सदुपदेश, सहानुभूति, सेवा, ये सब उसके परीक्षित साधन हैं, और हमें स्वयं इन साधनों की सफलता का अनुभव हो चुका है।

सिंहदत्त : राजनीति के क्षेत्र में ये साधन उसी समय सफल होते हैं, जब शस्त्र उनके सहायक हों। अन्यथा युद्ध-लाभ से अधिक उनका मूल्य नहीं होता।

साहसराय : हमारा कर्तव्य अपनी वीरता का प्रदर्शन अथवा राज्य-प्रबन्ध को निपुणता दिखाना नहीं है, न हमारा अभीष्ट अहिंसा-व्रत का पालन करना है। हमने केवल अन्याय को दमन करने का व्रत धारण किया है, चाहे उसके लिए किसी उपाय का अवलम्बन करना पड़े। इसलिए सबसे पहले हमें दूतों द्वारा यज़ीद के मनोभाव का परिचय प्राप्त करना चाहिए। उसके पश्चात् हमें निश्चय करना होगा कि हमारा कर्तव्य क्या है। मैं रामसिंह और भीरुदत्त से अनुरोध करता हूँ कि ये आज ही शाम को यात्रा पर अग्रसर हो जाएँ।

दूसरा अंक

पहला दृश्य

[हुसैन का क़ाफ़िला मक्का के निकट पहुँचता है। मक्का की पहाड़ियाँ नज़र आ रही हैं। लोग काबा की मस्जिद के द्वार पर हुसैन का स्वागत करने को खड़े हैं।]

हुसैन : यह लो, मक्काशरीफ़ आ गया। यही वह पाक मुक़ाम है, जहाँ रसूल ने दुनिया में क़दम रखे। ये पहाड़ियाँ रसूल के सिजदों से पाक और उनके आँसुओं से रोशन हो गई हैं। अब्बास, काबा को देखकर मेरे दिल में अजीब-सी धड़कन हो रही है, जैसे कोई ग़रीब मुसाफ़िर एक मुद्दत के बाद अपने वतन में दाख़िल हो।

[सब लोग घोड़ों से उतर पड़ते हैं।]

जुबेर : आइए हज़रत हुसैन, हमारे शहर को अपने क़दमों से रोशन कीजिए।

[हुसैन सबसे गले मिलते हैं।]

हुसैन : मैं इस मेहमाननवाज़ी के लिए आपका मशकूर हूँ।

जुबेर : हमारी जानें आप पर निसार हों। आपको देखकर हमारी आँखों में नूर आ गया है, और हमारे कलेजे ठंडे हो गए हैं। ख़ुदा गवाह है, आपने रसूल पाक ही का हुलिया पाया है। आइए, काबा हाथ फैलाए आपका इन्तज़ार कर रहा है।

[सब लोग मस्जिद में दाख़िल होते हैं। स्त्रियाँ हरम में जाती हैं।]

अली असग़र : अब्बा, इन पहाड़ों पर से तो हमारा घर दिखाई देता होगा?

हुसैन : नहीं बेटा, हम लोग घर से बहुत दूर आ गए हैं। तुमने कुछ नाश्ता नहीं किया?

अली असग़र : मुझे भूख नहीं है। पहले मालूम होती थी, लेकिन अब ग़ायब हो गई।

हुसैन : तो तुम यहीं रहो कि तुम्हें भूख ही न लगे।

हबीब : या हज़रत, आप भी ज़रा आराम फ़रमा लें। हमारी बहुत दिनों से तमन्ना है कि आपके पीछे खड़े होकर नमाज़ पढ़ें।

[जुबेर और अब्बास को छोड़कर सब लोग वजू करने चले जाते हैं।]

हुसैन : क्यों जुबेर, यहाँ के लोगों के क्या ख़यालात हैं?

जुबेर : कुछ न पूछिए, मुझे यहाँ की कैफ़ियत बयान करते शरम आती है। यों ज़ाहिर में तो सब-के-सब आप पर निसार होने के लिए क़सम खाएँगे, बैयत लेने को भी तैयार नज़र आएँगे, मगर दिल किसी का भी साफ़ नहीं।

हुसैन : क्या दग़ा का अंदेशा है?

जुबेर : यह तो मैं नहीं कह सकता, क्योंकि कोई ऐसी बात देखने में नहीं आई, लेकिन इधर-उधर की बातों से पता चलता है कि इनकी नीयत साफ़ नहीं। अजब नहीं कि यज़ीद दौलत और जागीर का लालच देकर इन्हें मिला ले। उस वक़्त ये ज़रूर आपके साथ दग़ा कर जाएँगे। मैं तो आपको यही सलाह दूँगा कि आप मदीने वापस जाएँ।

हुसैन : मुझे तो इनकी तरफ़ से दग़ा का गुमान नहीं होता। दग़ा में एक झिझक होती है, जो यहाँ किसी के चेहरे पर नज़र नहीं आती। दग़ा उसी तरह शक पैदा कर देती है, जैसे हमदर्दी एतबार पैदा करती है।

जुबेर : मगर आपको यह भी तो मालूम होगा कि दग़ा गिरगिट की तरह कभी अपने असली रंग में नहीं दिखाई देती। वह हाथों का बोसा लेती है, पैरों-तले आँखें बिछाती है, और बातों से शक्कर बरसाती है।

अब्बास : दोस्त बनकर सलाह देती है, ख़ुद किनारे पर रहती है, पर दूसरों को दरिया में ढकेल देती है। आप हँसती है, पर दूसरों को रुलाती है, और अपनी सूरत को हमेशा ज़ाहिद

के लिबास में छिपाए रहती है।

जुबेर : ख़ुदा पाक की क़सम, आप मेरी तरफ़ इशारा कर रहे हैं। अगर आप जानते कि मैं हज़रत हुसैन की कितनी इज़्ज़त करता हूँ, तो मुझ पर दग़ा का शक न करते। अगर मैं यज़ीद का दोस्त होता, तो अब तक दौलत से मालामाल हो जाता। अगर ख़ुद बैयत की नीयत रखता, तो अब तक ख़ामोश न बैठा रहता। आप मुझ पर यह शुबहा करके बड़ा सितम कर रहे हैं।

हुसैन : अब्बास, मुझे तुम्हारी बातें सुनकर बड़ी शर्म आती है। जुबेर सबसे अलग-विलग रहते हैं। किसी के बीच में नहीं पड़ते। एकान्त में बैठनेवाले आदमियों पर अक्सर लोग शुबहा करने लगते हैं। तुम्हें शायद यह नहीं मालूम है कि दग़ा गोशे से सोहबत को कहीं ज़्यादा पसन्द करती है!

[हबीब का प्रवेश।]

हबीब : या हज़रत, मुझे अभी मालूम हुआ कि आपके यहाँ तशरीफ़ लाने की ख़बर यज़ीद के पास भेज दी गई है, और मरवान यहाँ का नाज़िम बनाकर भेजा जा रहा है।

हुसैन : मालूम होता है, मरवान हमारी जान लेकर ही छोड़ेगा। शायद हम ज़मीन के परदे में चले जाएँ, तो वहाँ भी हमें आराम न लेने देगा।

अब्बास : यहाँ उसे उसकी शामत ला रही है। कलाम पाक की क़सम, वह यहाँ से जान सलामत न ले जाएगा। काबा में ख़ून बहाना हराम ही क्यों न हो, पर ऐसे रूह-स्याह का ख़ून यहाँ भी हलाल है।

हबीब : वलीद माजूल कर दिया गया। यहाँ का आलिम मदीने जा रहा है।

हुसैन : वलीद की माजूली का मुझे सख़्त अफ़सोस है। वह इस्लाम का सच्चा दोस्त था। मैं पहले ही समझ गया था कि ऐसे नेक और दीनदार आदमी के लिए यज़ीद के दरबार में जगह नहीं है। अब्बास, वलीद की माजूली मेरी शहादत की दलील है।

हबीब : यह भी सुना गया है कि यज़ीद ने अपने बेटे को, जो आपका ख़ैरख़्वाह है, नज़रबन्द कर दिया है। उसने खुल्लमखुल्ला यज़ीद की बेइंसाफ़ी पर एतराज़ किया था। यहाँ तक कहा

था कि ख़िलाफ़त पर तुम्हारा कोई हक़ नहीं है। यज़ीद यह सुनकर आगबबूला हो गया। उसे क़त्ल करना चाहता था, लेकिन रूमी ने बचा लिया।

अब्बास : ऐसे ज़ालिम का क़त्ल कर देना ऐन सवाब है।

हुसैन : अब्बास, यह ख़ुदा की मंशा की दूसरी दलील है। यह उसकी बदनसीबी है कि तक़दीर ने उसे मेरी शहादत का वसीला बनाया है। अपने बेटे को क़ैद करने से किसी को ख़ुशी नहीं हो सकती। जो आदमी अपने बेटे की ज़बान से अपनी तौहीन सुने, उससे ज़्यादा बदनसीब दुनिया में और कौन होगा?

जुबेर : मेरे ख़याल में अगर आप कूफ़े की तरफ़ जाएँ, तो वहाँ आपको मददगारों की कमी न रहेगी।

हबीब : या हज़रत, मैं कूफ़ा के क़रीब का रहनेवाला हूँ, और कूफ़ियों की आदत से ख़ूब वाक़िफ़ हूँ। दग़ा उनकी ख़मीर में मिली हुई है। आप उनसे बचे रहिएगा। वे आपके पास अपनी बैयत के पैग़ाम भेजेंगे। उनके क़ासिद-पर-क़ासिद आएँगे, और आपको चैन न लेने देंगे। उनके ख़तों से ऐसा मालूम होगा कि सारा मुल्क आप पर फ़िदा होने के लिए तैयार है। पर आप उनकी बातों में हरगिज़ न आइएगा। भूलकर भी कूफ़ा की तरफ़ रुख़ न कीजिएगा। मेरी आपसे यही अर्ज़ है कि काबा से बाहर क़दम न रखिएगा, जब तक आप यहाँ रहेंगे, आप सब बलाओं से बचे रहेंगे। कूफ़ावाले वफ़ादारी से उतना ही महरूम हैं, जैसे चिड़ियाँ दूध से।

हुसैन : मैं कूफ़ावालों से ख़ूब वाक़िफ़ हूँ। तुमने और भी ख़बरदार कर दिया, इसके लिए मैं तुम्हारा मशकूर हूँ।

हबीब : मैं यही अर्ज़ करने के लिए आपकी ख़िदमत में हाज़िर हुआ हूँ। अगर वे लोग रोते हुए आकर आपके पैरों पर गिर पड़ें, तो भी आप उन्हें ठुकरा दीजिएगा। इसमें शक नहीं कि वे दिलेर हैं, दीनदार हैं, मेहमाननवाज़ हैं, पर दौलत के ग़ुलाम हैं। इस ऐब ने उनकी सारी ख़ूबियों पर परदा डाल दिया है। वज़ीफ़े और जागीर के लालच और वज़ीफ़े तथा जागीर की ज़ब्ती का ख़ौफ़ उनसे ऐसे क़ौल करा सकता है, जिसकी इनसान से उम्मीद नहीं की जा सकती।

हुसैन : हबीब, मैं तुम्हारी सलाह को हमेशा याद रखूँगा।

जुबेर : हबीब, तुमने कूफ़ियों के बारे में जो कुछ कहा, वह बहुत कुछ दुरुस्त है, लेकिन तुम हज़रत हुसैन के दोस्त हो, तुमसे कहने में कोई ख़ौफ़ नहीं कि मक्कावाले भी इस मामले में कूफ़ावालों ही के भाई-बन्द हैं। इनके क़ौल और फ़ेल का भी कोई एतबार नहीं। कूफ़े की आबादी ज़्यादा है, वे अगर दिल से किसी बात पर आ जाएँ, तो यज़ीद के दाँत खट्टे कर सकते हैं। मक्का की थोड़ी-सी आबादी अगर वफ़ादार भी रहे, तो उससे भलाई की कोई उम्मीद नहीं हो सकती। शाम की दो हज़ार फ़ौज इन्हें घेर लेने को काफ़ी है। भलाई या बुराई किसी ख़ास मुल्क या क़ौम का हिस्सा नहीं होती। वही सिपाह जो एक बार मैदान में दिलेरी के जौहर दिखाती है, दूसरी बार दुश्मन को देखते ही भाग खड़ी होती है। इसमें सिपाह की ख़ता नहीं; उसके फ़ेल की ज़िम्मेदारी उसके सरदार पर है। वह अगर दिलेर है, तो सिपाह में दिलेरी की रूह फूँक सकता है; कम-हिम्मत है, तो सिपाह की हिम्मत को भी पस्त कर देगा। आप रसूल के बेटे हैं, आपको भी ख़ुदा ने वही अक़्ल और कमाल अता किया है। यह क्योंकर मुमकिन है कि आपकी सोहबत का उन पर असर न पड़े। कूफ़ा तो क्या, आप हक़ को भी रास्ते पर ला सकते हैं। मेरे ख़याल में आपको किसी से बदगुमान होने की ज़रूरत नहीं।

अब्बास : जुबेर, सलाह कितनी भी माक़ूल हो, लेकिन उसमें ग़रज़ की बू आते ही उसकी मंशा फ़ौत हो जाती है।

हुसैन : अगर तुम्हारा इरादा यहाँ लोगों से बैयत लेने का हो, तो शौक़ से लो, मैं ज़रा भी दख़ल न दूँगा।

जुबेर : या हज़रत, मेरा ख़ुदा गवाह है कि मैं आपके मुक़ाबले में अपने ख़िलाफ़त के लायक़ नहीं समझता। मैं यज़ीद की बैयत न करूँगा। लेकिन ख़ुदा मुझे नजात न दे, अगर मेरे दिल में आपका मुक़ाबला करने का ख़याल भी आया हो।

हबीब : या इमाम, अगर तकलीफ़ न हो, तो सहन में तशरीफ़ लाइए। अज़ान हो चुकी। लोग आपकी राह देख रहे हैं।

[सब लोग नमाज़ पढ़ने जाते हैं।]

दूसरा दृश्य

[यज़ीद का दरबार—यज़ीद, ज़ुहाक, मुआविया, रूमी, हुर और अन्य सभासद बैठे हुए हैं। दो वेश्याएँ शराब पिला रही हैं।]

यज़ीद : तुममें से कोई बता सकता है, जन्नत कहाँ है?

हुर : रसूल ने तो चौथे आसमान पर फ़रमाया।

शम्स : मैं चौथे-पाँचवें आसमान का क़ायल नहीं। ख़ुदा का फ़ज़ल और करम ही जन्नत है।

रूमी : ख़ुदा की निगाह कोई क़ब्रिस्तान नहीं है कि वहाँ मुर्दे दफ़न हों। जन्नत वहीं होगी, जहाँ लाशें दफ़न की जाती होंगी।

यज़ीद : उस्ताद, तुम भी चूक गए, फिर ज़ोर लगाना। अबकी ज़ुहाक की बारी है। कहिए शेख़जी, जन्नत कहाँ है?

ज़ुहाक : बतलाऊँ? इस शराब के प्याले में।

यज़ीद : पते पर पहुँचे, पर अभी कुछ कसर है। ज़रा और ज़ोर लगाओ।

ज़ुहाक : उस प्याले में, जो किसी नाज़नीन के हाथ से मिले।

यज़ीद : लाना हाथ। बस, वही जन्नत है। मए-गुलफ़ाम हो, और किसी नाज़नीन का पंजए-मरजान हो। इस एक जन्नत पर रसूल की हज़ारों जन्नतें क़ुरबान हैं। अच्छा, अब बताओ, दोज़ख़ कहाँ है?

हुर : या ख़लीफ़ा, आपको दीन-हक़ की तौहीन मुनासिब नहीं।

यज़ीद : हुर, तुमने सारा मज़ा किरकिरा कर दिया। आँखों की क़सम है, तुम मेरी मजलिस में बैठने के क़ाबिल नहीं हो। सारा मज़ा ख़ाक में मिला दिया। यज़ीद के सामने दीन का नाम लेना मना है। दीन उन मुल्लाओं के लिए है, जो मस्जिदों में पड़े हुए गोश्त की हड्डियों को तरसते हैं; दीन उनके लिए है, जो मुसीबतों के सबब से ज़िन्दगी से बेज़ार हैं, जो मुहताज हैं, बेबस हैं, भूखों मरते हैं, जो ग़ुलाम हैं, दुर्रे खाते हैं। दीन बूढ़े मर्दों के लिए, राँड़ औरतों के लिए, दिवालिए सौदागरों के लिए है। इस ख़याल से उनके आँसू पुछते हैं, दिल को तसकीन होती है। बादशाहों के लिए दीन नहीं है। उनकी नजात रसूल और ख़ुदा के निगाह-करम की मुहताज

नहीं। उनकी नजात उनके हाथों में है। दोस्तो, बतलाना, हमारा पीर कौन है?

ज़ुहाक : पीर मुगाँ *(साक़ी)*।

यज़ीद : लाना हाथ। हमारा पीर साक़ी है, जिसके दस्ते-करम से हमें यह नियामत मयस्सर हुई है। अच्छा, कौन मेरे ख़याल का जवाब देता है, दोज़ख़ कहाँ है?

शम्स : किसी सूदख़ोर की तोंद में।

यज़ीद : बिलकुल ग़लत।

रूमी : ख़लीफ़ा के ग़ुस्से में।

यज़ीद : *(मुस्कराकर)* इनाम के क़ाबिल जवाब है, मगर ग़लत।

क़ीस : किसी मुल्ला की नमाज़ में, जो ज़मीन पर माथा रगड़ते हुए ताकता रहता है कि कहीं से रोटियाँ आ रही हैं या नहीं।

यज़ीद : वल्ला, ख़ूब जवाब है, मगर ग़लत।

ज़ुहाक : किसी नाज़नीन के रूठने में।

यज़ीद : ठीक-ठीक, बिलकुल ठीक। लाना हाथ। दिल ख़ुश हो गया—*(वेश्याओं से)* नरगिस, इस जवाब की दाद दो, जुहरा, शेख़जी के हाथों में बोसा दो। वह गीत गाओ, जिसमें शराब की बू हो, शराब का नशा हो, शराब की गरमी हो।

नरगिस : आज ख़लीफ़ा से कोई बड़ा इनाम लूँगी।

[गाती है।]

हाँ खुले साक़ी दरे-मैखाना आज,
ख़ैर हा, भर दे मेरा पैमाना आज।
नाज करता झूमता मस्ताना वार,
अब्र आता है, सूए-मैखाना आज।
बोसए-लब हुस्न के सदके में दे,
ओ बुते तरसा हमें तरसा न आज।
इश्के चश्मे-मस्त का देखो असर,
पाँव पड़ता है मेरा मस्ताना आज।
मेरे सीरो की इलाही ख़ैर हो,
है बहुत मुज़तर दिले दीवाना आज।
मुहतसिब का डर नहीं 'बिस्मिल' तुम्हें,
सूए-मस्जिद जाते हो रंदाना आज।

[एक क़ासिद का प्रवेश।]

क़ासिद : अस्सलामअलेक या इमाम, बिन ज़ियाद ने मुझे कूफ़ा से आपकी ख़िदमत में भेजा है।

यज़ीद : ख़त लाया है?

क़ासिद : ख़त इस ख़ौफ़ से नहीं लाया कि कहीं रास्ते में बाग़ियों के हाथ गिरफ़्तार न हो जाऊँ।

यज़ीद : क्या पैग़ाम लाया है?

क़ासिद : बिन ज़ियाद ने गुज़ारिश की है कि यहाँ के लोग हुज़ूर की बैयत क़बूल नहीं करते, और बग़ावत पर आमादा हैं। हुसैन बिन अली को अपनी बैयत लेने को बुला रहे हैं। तीन क़ासिद जा चुके हैं, मगर अभी तक हुसैन आने पर रज़ामन्द नहीं हुए, अब शहर के कई रऊसा ख़ुद जा रहे हैं।

यज़ीद : बिन ज़ियाद से कहो, जो आदमी मेरी बैयत न मंज़ूर करे, उसे क़त्ल कर दें। मुझसे पूछने की ज़रूरत नहीं।

रूमी : दुश्मन के साथ मुतलिक़ रियायत की ज़रूरत नहीं। ज़ियाद को चाहिए कि तलवार का इस्तेमाल करने में दरेग़ न करे।

हुर : मुझे ख़ौफ़ है कि बग़ावत हो जाएगी।

रूमी : सज़ा और सख़्ती यही हुकूमत के दो गुर हैं। मेरी उम्र बादशाहत के इन्तज़ाम ही में गुज़री है, इससे बेहतर और कारगर कोई तदवीर न नज़र आई। ख़ुदा को भी अपना निज़ाम क़ायम रखने के लिए दोज़ख़ की ज़रूरत पड़ी। दोज़ख़ का ख़ौफ़ ही दुनिया को आबाद रखे हुए है। उसका रहम और इंसाफ़ फ़क़ीरों और बेकसों की तसक़ीन के लिए है। ख़ौफ़ ही सल्तनत की बुनियाद है। नरमी से सल्तनत का वक़ार मिट जाता है, लोग सरकश हो जाते हैं, फ़साद का बाज़ार गरम हो जाता है। ज़ियाद से कहना, क़त्ल करो, और इस तरह क़त्ल करो कि देखनेवालों के दिल थर्रा जाएँ। तीरों से छिदवाओ, कुत्तों से नुचवाओ, ज़िन्दा खाल खिंचवाओ, लाल लोहे से दाग़ दो। जो हुसैन का नाम ले, उसकी ज़बान तालू से खींच ली जाए। वह सज़ा सज़ा नहीं, जो सख़्त न हो।

यज़ीद : मैं इस हुक्म की ताईद करता हूँ। जा, और फिर ऐसी छोटी-छोटी बातों के लिए मेरे आराम में बाधा न डालना।

[क़ासिद का प्रस्थान।]

हुसैन का कूफ़ा आना मेरे लिए मौत के आने से कम नहीं। क़सम है आँखों की, वह कूफ़ा न आने पाएगा, अगर मेरा बस है।

शम्स : ताज्जुब यही है कि कूफ़ावालों ने तीन क़ासिद भेजे, और हुसैन जाने पर राज़ी नहीं हुए।

यज़ीद : तैयारियाँ कर रहा होगा। वलीद अगर मेरे चचा का बेटा न होता, तो मैं अपने हाथों से उसकी आँखें निकाल लेता। उसने जानबूझकर हुसैन को मक्का जाने दिया। मदीना ही में क़त्ल कर देता, तो मुझे आज इतनी परेशानी क्यों होती? कौन जाकर उसे गिरफ़्तार कर सकता है?

हुर : मैं इस ख़िदमत के लिए हाज़िर हूँ।

यज़ीद : अगर तुम यह काम पूरा कर दिखाओ, तो इसके सिले में मैं तुम्हें एक सूबा दूँगा, जिस पर जन्नत भी फ़िदा हो। मेरी फ़ौज से एक हज़ार चुने हुए आदमी ले लो, और जब आफ़ताब निकले, तो तुम्हें यहाँ से बीस फ़र्सख़ पर देखें।

हुर : इंशाअल्लाह?

यज़ीद : जैसे शिकारी शिकार की तलाश करता है, उसी तरह हुसैन की तलाश करना। बीहड़ रास्ते, अँधेरी घाटियाँ, घने जंगल, रेतीले मैदान, सब छान डालना। दिन की फ़िक्र नहीं, पर रात को अपनी आँखों से नींद को यों भगा देना, जैसे कोई दीनदार आदमी अपने दरवाज़े से कुत्ते को भगाता है।

हुर : हुक्म की तामील करूँगा। *(स्वगत)* यज़ीद बदकार है, बेदीन है, शराबी है; मगर ख़िलाफ़त को सँभाले हुए तो है। हुसैन की बैयत मुसलमानों में दुश्मनी पैदा कर देगी, ख़ून का दरिया बहा देगी, और ख़िलाफ़त का निशान मिटा देगी। ख़िलाफ़त क़ायम करना व देखना मेरा पहला फ़र्ज़ है। ख़लीफ़ा कौन और कैसा हो, यह बाद को देखा जाएगा।

[हुर का प्रस्थान]

यज़ीद : नरगिस, रिंदों में एक ज़ाहिद था, वह खिसका, अब कोई मस्त करनेवाली ग़ज़ल गाओ। काश सल्तनत की फ़िक्र न

होती, तो तुम्हारे हाथों शराब के प्याले पीता उम्र गुज़ार देता।

नरगिस : ख़ौफ़ से काँपती हुई बुलबुल मस्ताना ग़ज़लें नहीं गा सकती। शाख़ पर है, तो उड़ जाएगी, क़फ़स में है, तो मर जाएगी। मैंने ख़ौफ़ से गुलशन को आबाद होते नहीं, वीरान देखा है। मेरा वतन कूफ़ा है, और मैं कूफ़ियों को ख़ूब जानती हूँ। उन पर सख़्तियाँ करके आप हुसैन को बुला रहे हैं। हुसैन कूफ़े में दाख़िल हो गए, तो फिर आप हमेशा के लिए इराक़ से हाथ धो बैठेंगी। कूफ़ावाले रियायतों से, जागीरों से, वज़ीफ़ों से, थपकियों से क़ाबू में आ सकते हैं, सख़्ती से नहीं। अगर एतबार न हो, तो मुझ पर अपनी ताक़त आज़मा लो अगर तुम्हारी दसों उँगलियाँ दस तलवारें हो जाएँ, तो भी आप मेरे मुँह से एक सुर भी नहीं निकलवा सकते। कूफ़ा मुसीबत में मुब्तिला है, मैं यहाँ नहीं रह सकती।

[प्रस्थान।]

तीसरा दृश्य

[कूफ़ा की अदालत—क़ाज़ी और अमले बैठे हुए हैं। क़ाज़ी के सिर पर अमामा है, बदन पर कबा, कमर में कमरबन्द, सिपाही नीचे कुरते पहने हुए हैं। अदालत से कुछ दूर पर एक मस्जिद है। मुक़द्दमे पेश हो रहे हैं। कई आदमी एक शरीफ़ आदमी की मुश्कें कसे लाते हैं।]

क़ाज़ी : इसने क्या ख़ता की है?

एक सि. : हुज़ूर, यह आदमी मस्जिद में खड़ा लोगों से कह रहा था कि किसी को फ़ौज में न दाख़िल होना चाहिए।

क़ाज़ी : गवाह है?

एक आ. : हुज़ूर, मैंने अपने कानों सुना है।

क़ाज़ी : इसे ले जाकर क़त्ल कर दो।

मुलजिम : हुज़ूर, बिलकुल बेगुनाह हूँ। ये दोनों सिपाही मेरी दुकान से कपड़े उठाए लाते थे। मैंने छीन लिया, इस पर इन्होंने मुझे

पकड़ लिया। हुज़ूर मेरे पड़ोस के दुकानदारों से पूछ लें बेगुनाह मारा जा रहा हूँ। मेरे बाल-बच्चे तबाह हो जाएँगे।

क़ाज़ी : इसे यहाँ से हटाओ।

मुलजिम : *(चिल्लाकर)* या रसूल, तुम क़यामत के लिए मेरा और इस क़ातिल का फ़ैसला करना।

[दोनों सिपाही उसे ले जाते हैं। मस्जिद की तरफ़ से आवाज़ आती है।]

"या ख़ुदा, हम बेकस तेरी बारगाह में फ़रियाद करने आए हैं। हमें ज़ालिम के फंदे से आज़ाद कर।"

[चार सिपाही 15-20 आदमियों की मुश्कें कसे कोड़े मारते हुए लाते हैं।]

क़ाज़ी : इन पर क्या इलज़ाम है?

एक सि. : हुज़ूर, ये उन आदमियों में हैं, जिन्होंने हुसैन के पास क़ासिद भेजे थे।

क़ाज़ी : संगीन जुर्म है। कोई गवाह?

एक सि. : हुज़ूर, कोई गवाह नहीं मिलता। शहरवालों के डर के मारे कोई गवाही देने पर राज़ी नहीं होता।

क़ाज़ी : इन्हें हिरासत में रखो, और जब गवाह मिल जाएँ, तो फिर पेश करो।

[सिपाही उन आदमियों को ले जाते हैं। फिर दो सिपाही एक औरत की दोनों कलाइयाँ बाँधे हुए लाते हैं।]

क़ाज़ी : इस पर क्या इलज़ाम है?

एक सि. : हुज़ूर, जब हम लोग उन मुलज़िमों को गिरफ़्तार कर रहे थे, जो अभी गए हैं, तो इसने ख़लीफ़ा को ज़ालिम कहा था।

क़ाज़ी : गवाह?

एक औरत : हुज़ूर, ख़ुदा इसका मुँह न दिखाए, बड़ी बदज़बान है।

क़ाज़ी : इसका मकान ज़ब्त कर लो, और इसके सर के बाल नोच लो।

मु. औ. : ख़ुदावन्द, मेरी आँखें फूट जाएँ, जो मैंने किसी को कुछ कहा हो। यह औरत मेरी सौत है। इसने डाह से मुझे फँसा दिया है। ख़ुदा गवाह है कि मैं बेक़सूर हूँ।

क़ाज़ी : इसे फ़ौरन ले जाओ।

एक युवक : *(रोता हुआ)* या क़ाज़ी, मेरी माँ पर इतना जुल्म न कीजिए। आप भी तो किसी माँ के बच्चे हैं। अगर कोई आपकी माँ के बाल नोचवाता, तो आपके दिल पर क्या गुज़रती?

क़ाज़ी : इस मलऊन को पकड़कर दो सौ दुर्रे लगाओ।

[कई सिपाही आदमियों के गोल को बाँधे हुए लाते हैं।]

क़ाज़ी : इन्होंने ख़ुदा के किस हुक्म को तोड़ा है?

एक सि. : हुज़ूर, ये सब आदमी सामनेवाली मस्जिद में खड़े होकर रो रहे थे।

क़ाज़ी : रोना कुफ्र है, इन सबों की आँखें फ़ोड़ डाली जाएँ।

[सैकड़ों आदमी मस्जिद की तरफ़ से तलवारें और भाले लिये दौड़े आते हैं, और अदालत को घेर लेते हैं।]

सुलेमान : क़त्ल कर दो इस मरदूद मक्कार को, जो अदालत के मसनद पर बैठा हुआ अदालत का ख़ून कर रहा है।

मूसा : नहीं, पकड़ लो। इसे ज़िन्दा जलाएँगे।

[कई आदमी क़ाज़ी पर टूट पड़ते हैं।]

क़ाज़ी : शरा के मुताबिक़ मुसलमान पर मुसलमान का ख़ून हराम है।

सुलेमान : तू मुसलमान नहीं! इन सिपाहियों में से एक भी न जाने पाए।

एक सि. : या सुलेमान, हमारी क्या ख़ता है? जिस आक़ा के ग़ुलाम हैं, उसका हुक्म न मानें, तो रोटियाँ क्योंकर चलें?

मूसा. : जिस पेट के लिए तुम्हें ख़ुदा के बन्दों को ईज़ा पहुँचानी पड़े, उसको चाक कर देना चाहिए।

[सिपाहियों और बाग़ियों में लड़ाई होने लगती है।]

सुलेमान : भाइयो, आपने इन ज़ालिमों के साथ वही सलूक किया, जो वाजिब था, मगर भूल न जाइए कि ज़ियाद इसकी इत्तिला यज़ीद को ज़रूर देगा, और हमें कुचलने के लिए शाम से फ़ौज आएगी। आप लोग उसका मुक़ाबला करने को तैयार हैं?

[एक आवाज़]

"अगर तैयार नहीं हैं, तो हो जाएँगे।"

सुलेमान : हमने अभी तक यज़ीद की बैयत नहीं क़बूल की, और न करेंगे। इमाम हुसैन की ख़िदमत में बार-बार क़ासिद भेजे गए, मगर वह तशरीफ़ नहीं लाए। ऐसी हालत में हमें क्या करना चाहिए?

हानी : इसमें से चन्द ख़ास आदमी ख़ुद जाएँ, और उन्हें साथ लाएँ।

मुख़्तार : हम लोगों ने रसूल की औलाद के साथ बार-बार ऐसी दग़ा की है कि हमारा एतबार उठ गया। मुझे ख़ौफ़ है कि हज़रत हुसैन यहाँ हरगिज़ न आएँगे।

सुलेमान : एक बार आख़िरी कोशिश करना हमारा फ़र्ज़ है। हम लोग चलकर उनसे अर्ज़ करें कि हम क़त्ल किए जा रहे हैं, लूटे जा रहे हैं, हमारी औरतों की आबरू भी सलामत नहीं। हमारी मुसीबत की कहानी सुनकर हुसैन को ज़रूर तरस आएगा, उनका दिल इतना सख़्त नहीं हो सकता।

मुख़्तार : मगर वह आपकी मुसीबतों पर तरस खाकर आए, और तुमने उनको मदद न की, तो सब-के-सब रूस्याह कहलाओगे। हमने पहले जो दवाएँ की हैं, उनका फल पा रहे हैं, और फिर वही हरकत की, तो हम दुनिया और दीन में कहीं भी मुँह न दिखा सकेंगे। ख़ूब सोच लो, आख़ीर तक तुम अपने इरादे पर क़ायम रह सकोगे। अगर तुम्हारा दिल हामी भरे, तो मैं दावे से कह सकता हूँ कि उन्हें खींच लाऊँगा। लेकिन अगर तुम्हारे दिल कच्चे हैं, तुम अपनी जानें निसार करने को तैयार नहीं हो, अगर तुम्हें ख़ौफ़ है कि तुम लालच के शिकार बन जाओगे, तो तुम उन्हें मक्के में पड़े रहने दो।

हज्जाज : ख़ुदा की क़सम, हम उनके पैरों पर अपनी जानें निछावर कर देंगे।

हारिस : हम अपनी बदनामी के दाग़ मिटा देंगे।

मुख़्तार : ख़ुदा को हाज़िर जानकर वादा करो कि अपने क़ौल पर क़ायम रहोगे।

[कई आदमी एक साथ]

"अल्लाहोअकबर! हम हुसैन पर फ़िदा हो जाएँगे।"

सुलेमान : तो मैं उनकी ख़िदमत में ख़त लिखता हूँ।

[ख़त लिखता है।]

हज्जाज : इतना ज़रूर लिख देना कि हम आपके नाना मुहम्मद मुस्तफ़ा का वास्ता देकर आपसे अर्ज़ करते हैं कि हमारे ऊपर रहम कीजिए।

हारिस : यह और लिख देना कि हम बेशुमार अर्ज़ियाँ आपकी ख़िदमत में भेज चुके, और आप तशरीफ़ न लाए। अगर आप अब भी न आए, तो हम कल क़यामत के रोज़ रसूल के हज़ूर में आपका दामन पकड़ेंगे।

हज्जाज : और कहेंगे या ख़ुदा, हुसैन ने हम पर ज़ुल्म किया था। क्योंकि हम पर ज़ुल्म होते देखकर वह ख़ामोश बैठे रहे, तो उस वक़्त आप क्या जवाब देंगे, और रसूल को क्या मुँह दिखाएँगे।

क़ीस : मेरे क़बीले में एक हज़ार जवान हैं, जो हुसैन के इन्तज़ार में बैठे हुए हैं।

हज्जाज : शायद शाम तक ज़ियाद कुछ आदमी जमा कर ले।

हारिस : अभी वह ख़ामोश रहेगा। यज़ीद की फ़ौज आ जाएगी, तब हमारे ऊपर हमला करेगा।

शिमर : क्यों न लगे हाथ उसका भी ख़ात्मा कर दें, क़िस्सा पाक हो?

हारिस : वाह, अब तक वह यहाँ बैठा होगा?

सुलेमान : मैंने सारी दास्तान लिख दी। कौन इस ख़त को ले जाएगा।

शिमर : मैं हाज़िर हूँ।

सुलेमान : किसके पास ऐसी साँड़नी है, जो थकान न जानती हो, जो इस तरह दौड़ सकती हो, जैसे ज़ियाद लूट के माल की तरफ़?

एक युवक : मेरे पास ऐसी साँड़नी है, जो तीन दिन में इस ख़त का जवाब ला सकती है। यह ख़िदमत बजा लाने का हक़ मेरा है, क्योंकि मुझसे ज़्यादा मज़लूम और कोई न होगा, जिसकी माँ के बाल क़ाज़ी के हुक्म से अभी-अभी नोचे गए हैं।

सुलेमान : बेशक, तुम्हारा हक़ सबसे ज़्यादा है। यह ख़त लो, और इसके पहले कि हमारा पसीना ठंडा हो, मक्का की तरफ़ रवाना हो जाओ।

[युवक चला जाता है।]

आइए, हम लोग मस्जिद में नमाज़ अदा कर लें। ख़त का जवाब तीन दिन में आएगा। हज़रत हुसैन के आने में अभी एक महीने की देर है। ज़ियाद भी शायद उसके पहले नहीं लौट सकता। ये दिन हमें अपनी तैयारियों में सर्फ़ करने चाहिए, क्योंकि यज़ीद की ख़िलाफ़त का फ़ैसला कूफ़ा में होगा। या तो वह ख़िलाफ़त के मसनद पर बैठेगा, या जाहिलों की इबादत का मज़ार बनेगा। अगर कूफ़ा ने ख़िलाफ़त को नबी के ख़ानदान में वापस कर दिया, तो उसका नाम हमेशा रोशन रहेगा।

[सब जाते हैं।]

चौथा दृश्य

[स्थान—काबा, मरदाना बैठक। हुसैन, जुबेर, अब्बास, मुसलिम, अली असग़र आदि बैठे दिखाई देते हैं।]

हुसैन : यह पाँचवीं सफ़ारत है। एक हज़ार से ज़्यादा ख़तूत आ चुके हैं। उन पर दस्तख़त करनेवालों की तादाद पन्द्रह हज़ार से कम नहीं है।

मुस. : और सभी बड़े-बड़े क़बीलों के सरदार हैं। सुलेमान, हारिस, हज्जाज, शिमर, मुख़्तार, हानी, ये मामूली आदमी नहीं हैं।

जुबेर : मैं तो अर्ज़ कर चुका कि मुसल्लम इराक़ आपकी बैयत कबूल करने के लिए बेक़रार है।

हुसैन : मुझे तो अभी तक उनकी बातों पर एतबार नहीं होता। ख़ुदा जाने, क्यों मेरे दिल में उनकी तरफ़ से दग़ा का शुबहा घुसा हुआ है। मुझे हबीब की बातें नहीं भूलतीं, जो उसने चलते-चलते कही थीं।

मुस. : गुस्ताख़ी तो है, पर आपका उन पर शक करना बेजा है। आख़िर आप उनकी वफ़ादारी का और क्या सबूत चाहते हैं? वे क़समें खाते हैं, वादे करते हैं, साफ़ लिखते हैं कि

आपकी मदद के लिए बीस हज़ार सूरमा तैयार बैठे हुए हैं। अब और क्या चाहिए?

जुबेर : कम-से-कम मैं तो ऐसे सबूत पाकर पल की भी देर न करता।

अब्बास : मुझे तो इन कूफ़ियों पर उस वक़्त भी एतबार न आएगा, अगर उनके बीसों हज़ार आदमी यहाँ आकर आपकी बैयत की क़सम खा लें। अगर वह क़ुरान शरीफ़ हाथ में लेकर क़समें खाएँ, तो भी मैं उनसे दूर भागूँ।

[तारिक आता है।]

तारिक : अस्सलामअलेक या हुसैन।

हुसैन : ख़ुदा तुम पर रहमत करे। कहाँ से आ रहे हो?

तारिक : कूफ़ा के मज़लूमों ने अपनी फ़रियाद सुनाने के लिए आपकी ख़िदमत में भेजा है। आफ़ताब डूबते चला था, और आफ़ताब डूबते आया हूँ, और आफ़ताब निकलने के पहले यहाँ से जाना है।

मुस. : हवा पर आए हो या तख़्तए-सुलेमान पर? क़सम है पाक रसूल की कि मैं उस घोड़े के लिए पाँच हज़ार दीनार पेश कर सकता हूँ।

तारिक : हुज़ूर, घोड़ी नहीं, साँड़नी है, जो सफ़र में खाना और थकना नहीं जानती।

[हुसैन के हाथ में ख़त देता है।]

हुसैन : *(ख़त पढ़कर)* आह, कितना दर्द भरा ख़त है। ज़ालिमों ने दिल निकालकर रख दिया है। यह कितना ग़ज़ब का जुमला है कि अगर आप न आएँगे, तो हम आक़बत में आपसे इंसाफ़ का दावा करेंगे। आह! उन्होंने नाना का वास्ता दिया है। मैं नाना के नाम पर अपनी जान को यों फ़िदा कर सकता हूँ, जैसे कोई हरीस अपना ईमान फ़िदा कर देता है। इतना ज़ुल्म! इतनी सख़्ती! दिन-दहाड़े लूट!! दिन-दहाड़े औरतों की बेआबरूई! ज़रा-ज़रा-सी बातों पर लोगों का क़त्ल किया जाना! अब्बास, अब मुझे सब्र की ताब नहीं है। मैं अपनी बैयत के लिए हरगिज़ न जाता, पर मुसीबतज़दों की हिमायत के लिए न जाऊँ, यह मेरी ग़ैरत गवारा नहीं करती।

मुस. : या बिरादर, आप इसका कुछ ग़म न करें, मैं इसी क़ासिद

के साथ वहाँ जाऊँगा, और वहाँ की कैफ़ियत की इत्तिला दूँगा। मेरा ख़त देखकर आप मुनासिब फ़ैसला कीजिएगा।

हुसैन : तब तक यज़ीद उन ग़रीबों पर ख़ुदा जाने क्या-क्या सितम ढाए। उसका अज़ाब मेरी गरदन पर होगा। सोचो, जब क़यामत के दिन वे लोग फ़रियादी होंगे, तो मैं नाना को क्या मुँह दिखाऊँगा। वह जब मुझसे पूछेंगे कि तुझे जान इतनी प्यारी थी कि तूने मेरे बन्दों पर ज़ुल्म होते देखे, और ख़ामोश बैठा रहा, उस वक़्त मैं उन्हें क्या जवाब दूँगा। मुसलिम, मेरा जी चाहता है कि मैं भी तुम्हारे साथ चलूँ।

मुस. : मुझे तो इसका यक़ीन है कि सुलेमान-जैसा आदमी कभी दग़ा नहीं कर सकता।

जुबेर : हरगिज़ नहीं।

मुस. : पर मैं यही मुनासिब समझता हूँ कि पहले वहाँ जाकर अपना इतमीनान कर लूँ।

हुसैन : बच्चों को ग़ैब का इल्म होता है। इसका फ़ैसला अली असग़र पर छोड़ दिया जाए। क्यों बेटा, मैं भी मुसलिम के साथ जाऊँ, या उनके ख़त का इन्तज़ार करूँ?

अली असग़र : नहीं अब्बाजान, अभी, मुसलिम चाचा ही को जाने दीजिए। आप चलेंगे, तो कई दिन तैयारियों में लग जाएँगे। ऐसा न हो, इतने दिनों में वे बेचारे निराश हो जाएँ।

अब्बास : बेटा, तेरी उम्र दराज़ हो। तूने ख़ूब फ़ैसला किया। ख़ुदां तुझे बुरी नज़र से बचाए।

हुसैन : अच्छी बात है, मुसलिम, तुम सबेरे रवाना हो जाओ। अपने साथ पाँच ग़ुलाम लेते जाओ। रास्ते में शायद इनकी ज़रूरत पड़े। मैं कूफ़ावालों के नाम यह ख़त लिख देता हूँ, उन्हें दिखा देना। इंशा अल्लाह, हम तुमसे जल्दी ही मिलेंगे। वहाँ बड़े एहतियात से काम लेना, अपने को छिपाए रखना, और किसी ऐसे आदमी के घर उतरना, जो सबसे ज़्यादा एतबार के लायक़ हो। मेरे पास एक ख़त रोज़ाना भेजना।

मुस. : ख़ुदा से दुआ कीजिए कि वह मेरी हिदायत करे। मैं बड़ी भारी ज़िम्मेदारी लेकर जा रहा हूँ। सुबह की नमाज़ पढ़कर मैं रवाना हो जाऊँगा। तब तक तारिक की साँड़नी भी आराम कर लेगी।

[हुसैन ख़त लिखकर मुसलिम को देते हैं। मुसलिम दरवाज़े की तरफ़ चलते हैं।]

हुसैन : *(मुसलिम के साथ दरवाज़े तक आकर)* रात तो अँधेरी है।

मुस. : उम्मीद की रोशनी तो दिल में है।

हुसैन : *(मुसलिम से बग़लगी होकर)* अच्छा भैया, जाओ। मेरा दिल तुम्हारे साथ रहेगा। जो कुछ होनेवाला है, जानता हूँ। इसकी ख़बर मिल चुकी है। तक़दीर से कोई चारा नहीं, नहीं जानता, यह तक़दीर क्या है! अगर ख़ुदा का हुक्म है, तो छुपकर, सूरत बदलकर, दग़ाबाज़ों की तरह क्यों आती है। ख़ुदा क्या साफ़ और खुले हुए अल्फ़ाज़ में अपना हुक्म नहीं भेजता। अपने बेकस बच्चों का शिकार टट्टी की आड़ से क्यों करता है। जाओ, कहता हूँ, पर जी चाहता है, न जाने दूँ। काश, तुम कह देते कि मैं न जाऊँगा। मगर तक़दीर ने तुम्हारी ज़बान बन्द कर रखी है। अच्छा, रुख़सत। उम्मीद है कि अल्लाह हम दोनों को एक साथ शहादत का दर्जा देगा।

[मुसलिम बाहर चला जाता है। हुसैन आँखें पोंछते हुए हरम में दाख़िल होते हैं।]

जैनब : भैया, आज फिर कोई क़ासिद आया था क्या?

हुसैन : हाँ जैनब, आया था। यज़ीद कूफ़ावालों पर बड़ा ज़ुल्म कर रहा है। मेरा वहाँ जाना लाज़िमी है। अभी तो मैंने मुसलिम को वहाँ भेज दिया है, पर ख़ुद भी बहुत जल्द जाना चाहता हूँ।

जैनब : आपने एकाएक क्यों अपनी राय बदल दी? कम-से-कम मुसलिम के ख़त के आने का इन्तज़ार कीजिए। मैं तो आपको हरगिज़ न जाने दूँगी। आपको वह ख़्वाब याद है, जो आपने रसूल की क़ब्र पर देखा था?

हुसैन : हाँ जैनब, ख़ूब याद है, और इसी वजह से मैं जाने की जल्दी कर रहा हूँ। उस ख़्वाब ने मेरी तक़दीर को मेरे सामने खोलकर रख दिया। तक़दीर से बचने की भी कोई तदबीर है? ख़ुदा का हुक्म भी टल सकता है। ख़िलाफ़त की तमन्ना को दिल से मिटा सकता हूँ, पर ग़ैरत को तो नहीं मिटा

सकता, बेकसों की इमदाद से तो मुँह नहीं मोड़ सकता।

शहरबानू : आप जो कुछ करते हैं, उसमें ख़ुदा और तक़दीर को क्यों खींच लाते हैं। जब आपको मालूम है कि कूफ़ा में लोग आपके साथ दग़ा करेंगे, तो वहाँ जाइए ही क्यों? तक़दीर आपको खींच तो न ले जाएगी? बेकसों की इमदाद ज़रूर आपका और आप ही का नहीं, हर एक इनसान का फ़र्ज़ है, लेकिन आपके कुनबे की भी तो कोई ख़बर लेनेवाला हो? इनसान पर दुनिया से पहले ख़ानदान का हक़ होता है।

हुसैन : ज़रा इस ख़त को पढ़ लो और तब कहो कि मैंने जो फ़ैसला किया है, वह मुनासिब है या नहीं। *(शहरबानू के हाथ में ख़त देकर)* देखा! इससे क्या साबित होता है? लेकिन जितने आदमियों ने इस पर दस्तख़त किए हैं, उसके आधे भी मेरे साथ हो जाएँगे, तो मैं यज़ीद का काफ़िया तंग कर दूँगा। इस्लाम की ख़िलाफ़त इतना आला रुतबा है कि उसकी कोशिश में जान दे देना भी ज़िल्लत नहीं। जब मेरे हाथों में एक स्याहकार बेदीन आदमी को सज़ा देने का मौक़ा आया है, तो उससे फ़ायदा न उठाना पहले सिरे की पस्तहिम्मती है। घर में आग लगते देखकर उसमें कूद पड़ना नादानी है, लेकिन पानी मिल रहा हो, तो उससे आग को न बुझाना उससे भी बड़ी नादानी है।

सकीना : मगर अब्बाजान, अब तो मुहर्रम का महीना आ रहा है। फूफीजान की बहुत दिनों से आरज़ू थी कि इस महीने में यहाँ रहतीं।

हुसैन : तुम लोगों को ले जाने का मेरा इरादा नहीं है।

जैनब : भैया, ऐसा भी हो सकता है कि आप वहाँ जाएँ, और हम यहाँ रहें! ख़ुदा जाने, कैसी पड़े, कैसी न पड़े।

सकीना : अब्बाजान दिल्लगी करते हैं, और आप लोग सच समझ गईं।

कुलसुम : और कोई चले, चाहे न चले, मैं तो ज़रूर ही जाऊँगी। मेरे दिल से लगी हुई है कि एक बार यज़ीद को ख़ूब आड़े हाथों लेती।

सकीना : मैं अपनी फ़तह का कसीदा लिखने के लिए बेताब हूँ।

शहरबानू : आप समझते हैं कि हमारे साथ रहने से आपको तरद्दुद होगा, पर मैं पूछती हूँ, आपको वहाँ फँसाकर दुश्मनों ने इधर

हमला कर दिया, तो हमारी हिफ़ाज़त की फ़िक्र आपको चैन लेने देगी?

जैनब : असग़र हुड़क-हुड़ककर जान दे देगा।

सकीना : हम अपने ऊपर इस बदनामी का दाग़ नहीं लगा सकतीं कि रसूल के बेटों ने तो इस्लाम की हिमायत में जान दी, और बेटियाँ हरम में बैठी रहीं।

हुसैन : *(स्वगत)* शहरबानू ने मार्के की बात कही, अगर दुश्मनों ने हरम पर हमला कर दिया, तो हम वहाँ बैठे-बैठे क्या करेंगे? इन्हें यहाँ छोड़ देना अपने क़िले की दीवार में शिग़ाफ़ कर देने से कम ख़तरनाक नहीं। *(प्रकट)* नहीं, मैं तुम लोगों पर जब्र नहीं करता, अगर चलना चाहती हो, तो शौक़ से चलो।

पाँचवाँ दृश्य

[यज़ीद का दरबार। मुआविया बेड़ियाँ पहने हुए बैठा हुआ है। चार ग़ुलाम नंगी तलवारें लिये उसके चारों तरफ़ खड़े हैं। यज़ीद के तख़्त के क़रीब सरजून रूमी बैठा हुआ है।]

मुआविया : *(दिल में)* नबी की औलाद पर यह ज़ुल्म! मुझी से तो इसका बदला लिया जाएगा। बाप का क़र्ज़ बेटे ही को तो अदा करना पड़ता है! मगर मेरे ख़ून से इस ज़ुल्म का दाग़ न मिटेगा। हरगिज़ नहीं, इस ख़ानदान का निशान मिट जाएगा। कोई फातिहा पढ़नेवाला भी न रहेगा। आह! नबी की औलाद पर यह ज़ुल्म! जिनके क़दमों की ख़ाक आँखों में लगानी चाहिए थी। तबाही के सामान हैं। ऐ रसूल पाक, मैं बेगुनाह हूँ, *(प्रकट)* आप जानते हैं। मौलाना रूमी के वालिद का मुझे कब तक इन्तज़ार करना पड़ेगा?

रूमी : आते ही होंगे। ज़ियाद से कुछ बातें हो रही हैं।

मुआविया : वालिद मुझसे चाहते हैं कि मैं इस मार्के में शरीक हो जाऊँ, लेकिन अगर ज़ालिमों के हाथ से अख़्तियार छीनने के लिए, हक़ की हिमायत के लिए यह पहलू अख़्तियार किया जाता,

तो सबसे पहले मेरी तलवार म्यान से निकलती, सबसे पहले मैं जिहाद का झंडा उठाता, पर हक़ का ख़ून करने के लिए मेरी तलवार कभी बाहर न निकलेगी, और मेरी ज़बान उस वक़्त तक मलामत करती रहेगी, जब तक वह तालू से खींच न ली जाए। नबी की मसनद पर *(जिसने दुनिया को हिदायत का चिराग़ दिखलाया, जिसने इस्लामी क़ौम की बुनियाद डाली)* उस शख़्स को बैठने का मज़ाज नहीं है, जो दीन को पैरों-तले कुचलता हो, जो इनसानियत के नाम को दाग़ लगाता हो, चाहे वह मेरा बाप ही क्यों न हो। इस्लाम का ख़लीफ़ा उसे होना चाहिए, जिस पर इनसानियत को ग़रूर हो, जो दीनदार हो, हक़परस्त हो, बेदार हो, बेलौस हो, दूसरों के लिए नमूना हो, जो ताक़त से नहीं, फ़ौज से नहीं, अपने कमाल से, अपने सिफ़ात से दूसरों पर अपना वक़ार जमाए।

[यज़ीद, ज़ुहाक, ज़ियाद, शरीक, शम्स आदि आते हैं।]

यज़ीद : आप लोग देखिए, यह मेरा सपूत बेटा है, जो अपने बाप को कुत्ते से भी ज़्यादा नापाक समझता है। मेरी फूलों की सेज में यही एक काँटा है, मेरे नियामतों के थाल में यही एक मक्खी है। आप लोग इसे समझाएँ, इसे क़ायल करें, इसीलिए मैंने इसे यहाँ बुलाया है। इसको समझाइए कि ख़लीफ़ा के लिए दीनदारी से ज़्यादा मुल्कदारी की ज़रूरत है। दीन मुल्लाओं के लिए है, बादशाहों के लिए नहीं। दीनदारी और मुल्कदारी दो अलग-अलग चीज़ें हैं, और एक ही जात में दोनों का मेल मुमकिन नहीं।

मुआविया : अगर हुकूमत करने के लिए दीन और हक़ का ख़ून करना ज़रूरी है, तो मैं गदागरी करने को उससे बेहतर समझता हूँ। मुल्कदारी की मंशा इंसाफ़ और सचाई की हिफ़ाज़त करना है, उसका ख़ून करना नहीं।

यज़ीद : आप लोग सुनते हैं इसकी बातें। यह मुझे मुल्कदारी का सबक़ सिखा रहा है। इसके सिर से अभी सौदा नहीं उतरा। इसे फिर वहीं ले जाओ। ऐसे आदमी को आज़ाद रखना ख़तरनाक है, चाहे वह तख़्त का वारिस ही क्यों न हो। बाज़ हालतें ऐसी होती हैं, जब इनसान को अपने ही से बचाना

ज़रूरी होता है। दीवाने को न रोको, तो वह अपना गोश्त काट खाता है। *(ग़ुलाम मुआविया को ले जाता है।)* ज़ियाद, अब तुम अपनी दास्तान कहो। जब तक तुम मुझे इसका यक़ीन न दिला दोगे कि तुम कूफ़ा से अपनी जान के ख़ौफ़ से नहीं, मेरे फ़ायदे के ख़याल से आए हो, मैं तुम्हें मुआफ़ न करूँगा। ऐसे नाज़ुक मौक़े पर जब शहर में बग़ावत का हंगामा गरम हो सल्तनत के हर एक मुलाज़िम का—चाहे वह सूबे का आमिल हो या शाही महल का दरबान—यही फ़र्ज़ है वह अपनी जगह पर आख़िर तक खड़ा रहे, चाहे उसका जिस्म तीरों से छलनी क्यों न हो जाए।

ज़ियाद : या ख़लीफ़ा, मैं अपने फ़र्ज़ से वाक़िफ़ हूँ, पर मैं सिर्फ़ यह अर्ज़ करने के लिए हाज़िर हुआ हूँ कि इस वक़्त रियाया पर सख़्ती करने से हालत और भी नाज़ुक हो जाएगी। जब सल्तनत को किसी दूसरे मुद्दई का ख़ौफ़ हो, तो बादशाह को रियाया के साथ नरमी का बर्ताव करके उसे अपना दोस्त बना लेना मुनासिब है। बिगड़ी हुई रियाया तिनके की तरह है, जो एक चिनगारी से जल उठती है। मेरी अर्ज़ है कि हमें इस वक़्त रियाया का दिल अपने हाथ में कर लेना चाहिए, उसकी गरदनें एहसानों से दबा देनी चाहिए, ताकि वह सिर न उठा सके।

यज़ीद : मेरी फ़ौज बाग़ियों का सिर कुचलने के लिए काफ़ी है।

रूमी : नाज़ुक मौक़े पर अगर कोई चीज़ सल्तनत को बचा सकती है, तो वह सख़्ती है। शायद और किसी हालत में सख़्ती की इतनी ज़्यादा ज़रूरत नहीं होती।

ज़ुहाक : बादशाह की रियाया उसकी ज़ौजा की तरह है। ज़ौजा पर हम निसार होते हैं, उसके तलवे सहलाते हैं, उसकी बलाएँ लेते हैं, लेकिन जब उसे किसी रकीब से मुख़ातिब होते देखते हैं, तो उस वक़्त उसकी बलाएँ नहीं लेते। हमारी तलवार म्यान से निकल आती है, और या तो रकीब की गरदन पर गिरती है या बीबी की गरदन पर, या दोनों की गरदनों पर।

रूमी : बेशक, कूफ़ा को कुचल दो, कूफ़ा को कोफ़्त कर दो।

यज़ीद : कूफ़ा को कोफ़्त में डाल दो। यहाँ से जाते-ही-जाते फ़ौजी क़ानून जारी कर दो। एक हज़ार आदमियों को तैयार रखो। जो आदमी ज़रा भी गरम हो, उसे फ़ौरन क़त्ल कर दो।

सरदारों को एकबारगी गिरफ़्तार कर लो, फ़ौज को रोज़ाना शहर में गश्त करने का हुक्म दो, सबकी ज़बान बन्द कर दो, यहाँ तक कि कोई शायर शेर न पढ़ने पाए, मस्जिदों में ख़ुतबे न होने पाएँ, मकतबों में कोई लड़का न जाने पाए। रईसों को ख़ूब ज़लील करो। ज़िल्लत सबसे बड़ी सज़ा है।

[एक क़ासिद आता है।]

शम्स : कहाँ से आते हो?

क़ासिद : ख़लीफ़ा को मेरा सलाम हो, मुझे मक्का के अमीर ने आपकी ख़िदमत में यह अर्ज़ करने को भेजा है कि हुसैन का चचेरा भाई मुसलिम कूफ़ा की तरफ़ रवाना हो गया है।

यज़ीद : कोई ख़त भी लाया है?

क़ासिद : आमिल ने ख़त इसलिए नहीं दिया कि कहीं मुझे दुश्मन गिरफ़्तार न कर लें।

यज़ीद : ज़ियाद, तुम इसी वक़्त कूफ़ा चले जाओ। तुम्हें मेरे सबसे तेज़ घोड़े को ले जाने का अख़्तियार है। अगर मेरा क़ाबू होता, तो तुम्हें हवा के घोड़े पर सवार कराता।

ज़ियाद : ख़लीफ़ा पर मेरी जान निसार हो, मुझे इस मुहिम पर जाने से मुआफ़ रखिए। ज़ुहाक या शम्स को तैनात फ़रमाएँ।

यज़ीद : इसके मानी यह है कि मैं अपनी एक आँख फोड़ लूँ।

रूमी : आख़िर तुम क्या चाहते हो?

ज़ियाद : मेरा सवाल सिर्फ़ इतना है कि इस मौक़े पर रियाया के साथ मुलायमियत का बर्ताव किया जाए, सरदारों को जागीरें दी जाएँ, उनके वज़ीफ़े बढ़ाए जाएँ, यतीमों और बेवाओं की परवरिश का इन्तज़ाम किया जाए। मैंने कूफ़ावालों की ख़सलत का ग़ौर से मुताला किया है, वे हयादार नहीं हैं, दिलेर नहीं हैं, दीनदार नहीं हैं। चन्द ख़ास आदमियों को छोड़कर, सब-के-सब लोभी और ख़ुदग़र्ज़ हैं। बात पर अड़ना नहीं जानते, शान पर मरना नहीं जानते, थोड़े से फ़ायदे के लिए भाई भाई का गला काटने पर आमादा हो जाते हैं। कुत्तों को भगाने के लिए लाठी से ज़्यादा आसान हड्डी का एक टुकड़ा होता है। सब-के-सब उस पर टूट पड़ते और एक दूसरे को भँभोड़ खाते हैं। ख़लीफ़ा का ख़ज़ाना दस-बीस हज़ार दीनारों के निकल जाने से ख़ाली न हो जाएगा, पर

एक क़ौम हमारे हाथ आ जाएगी। सख़्ती कमज़ोरी के हक़ में वही काम करती है, जो ऐंठन तिनके के साथ। हम ऐंठन के बदले हवा के एक झोंके से तिनकों को बिखेर सकते हैं। फ़ौज से फ़ौज कुचली जा सकती है, एक क़ौम नहीं।

रूमी : मैं तो हमेशा सख़्ती का हामी रहा, और रहूँगा।

शरीक : कामिल हकीम वह है, जो मरीज़ के मिज़ाज के मुताबिक़ दवा में तब्दीली करता रहे। आपने उस हकीम का क़िस्सा नहीं सुना, जो हमेशा फ़स्द खोलने की तजवीज़ किया करता था। एक बार एक दीवाने का फ़स्द खोलने गया। दीवाने ने हकीम की गरदन इतने ज़ोर से दबाई कि हकीम साहब की ज़बान बाहर निकल आई। मुल्कदारी के आईन मौक़े और ज़रूरत के मुताबिक़ बदलते रहते हैं।

यज़ीद : ज़ियाद, मैं इस मुआमले में तुम्हें मुख़्तार बनाता हूँ। मुझे भी कुछ-कुछ अंदेशा हो रहा है कि कहीं हुसैन के वादे कूफ़ावालों को लुभा न लें। तुम जो मुनासिब समझो, करो। लेकिन याद रखो, अगर कूफ़ा गया, तो तुम्हारी जान उसके साथ जाएगी। यह शर्त मंज़ूर है?

ज़ियाद : मंज़ूर है।

यज़ीद : हुर को ताक़ीद कर दो कि बहुत नमाज़ न पढ़े, और मुसलिम को इस तरह तलाश करे, जैसे कोई बख़ील अपनी खोई मुर्ग़ी को तलाश करता है। तुम्हारी नरमी कमज़ोरों की नरमी नहीं होनी चाहिए, जिसे ख़ुशामद कहते हैं। उसमें हुकूमत की शान क़ायम रहनी चाहिए। बस, जाओ।

[ज़ियाद, शरीक और क़ासिद चले जाते हैं।]

ज़ुहाक : नरगिस को बुलाओ, ज़रा ग़म ग़लत करे। *(गुलाब के हाथ से शराब का प्याला लेकर)* यह मेरी फ़तह का जाम है।

रूमी : मुबारक हो, *(दिल में)* ज़ियाद तुम्हें डुबा देगा, तब नरमी का मज़ा मालूम होगा।

[नरगिस ज़ुहाक की पीठ पर बैठी हुई आती है।]

यज़ीद : शाबाश नरगिस, शाबाश, क्या ख़ूब खच्चर है। इसकी कोई तशबीह *(उपमा)* देना शम्स।

शम्स : मुर्ग़े के सिर पर ताज है।

रूमी : लीद पर मक्खी बैठी हुई है।

नरगिस : *(गरदन पर से कूदकर)* लाहौल-विला-कूवत।

यज़ीद : वल्लाह, इस तशबीह से दिल ख़ुश हो गया। नरगिस, बस, इसी बात पर एक मस्ताना ग़ज़ल सुनाओ। ख़ुदा तुम्हारे दीवानों को तुम पर निसार करे।

नरगिस गाती है—

शबे-वस्ल वह रूठ जाना किसी का,
वह रूठे को अपने मनाना किसी का।
कोई दिल को देखे न तिरछी नज़र से,
ख़ता कर न जाए निशाना किसी का।
अभी थाम लोगे तुम अपने जिगर को,
सुनो, तो सुनाएँ फ़साना किसी का।
ज़रा देख ले चलके सैयाद, तू भी
कि उठता है अब आब-दाना किसी का।
वह कुछ सोचकर हो लिए उसके पीछे,
जनाज़ा हुआ जब रवाना किसी का।
बुरा वक़्त जिस वक़्त आता है 'बिस्मिल',
नहीं साथ देता ज़माना किसी का।

[परदा गिरता है।]

छठा दृश्य

[संध्या का समय। सूर्यास्त हो चुका है। कूफ़ा का शहर—कोई सारवान ऊँट का ग़ल्ला लिये दाख़िल हो रहे हैं।]

पहला : यार, गलियों से चलना, नहीं तो किसी सिपाही की नज़र पड़ जाए, तो महीनों बेगार झेलनी पड़े।

दूसरा : हाँ-हाँ, वे बला के मूज़ी हैं। कुछ लादने को नहीं होता, तो यों ही बैठ जाते हैं, और दस-बीस कोस का चक्कर लगाकर लौट आते हैं। ऐसा अंधेर पहले कभी न होता था। मजूरी तो

भाड़ में गई, ऊपर से लात और गालियाँ खाओ।

तीसरा : यह सब महज़ पैसे आँटने के हथकंडे हैं। न जाने कहाँ के कुत्ते आके सिपाहियों में दाख़िल हो गए। छोटे-बड़े एक ही रंग में रँगे हुए हैं।

चौथा : अमीर के पास फ़रियाद लेकर जाओ, तो उलटे और बौछार पड़ती है। अजीब मुसीबत का सामना है। हज़रत हुसैन जब तक न आएँगे, हमारे सिर से यह बला न टलेगी।

[मुसलिम पीछे से आते हैं।]

मुस. : क्यों यारो, इस शहर में कोई ख़ुदा का बन्दा ऐसा है, जिसके यहाँ मुसाफ़िरों के ठहरने को जगह मिल जाए?

पहला : यहाँ के रईसों की कुछ न पूछो। कहने को दो-चार बड़े आदमी हैं, मगर किसी के यहाँ पूरी मजूरी नहीं मिलती। हाँ, ज़रा गालियाँ कम देते हैं।

मुस. : सारे शहर में एक भी सच्चा मुसलमान नहीं है?

दूसरा : जनाब, यहाँ कोई शहर के क़ाज़ी तो हैं नहीं, हाँ, मुख़्तार की निस्बत सुनते हैं कि बड़े दीनदार आदमी हैं। हैसियत तो ऐसी नहीं, मगर ख़ुदा ने हिम्मत दी है। कोई ग़रीब चला जाए, तो भूखा न लौटेगा।

तीसरा : सुना है, उनकी जागीर ज़ब्त कर ली गई है।

मुस. : यह क्यों?

तीसरा : इसीलिए कि उन्होंने अब तक यज़ीद की बैयत नहीं ली।

मुस. : तुममें से मुझे कोई उनके घर तक पहुँचा सकता है?

चौथा : जनाब, यह ऊँटनियों के दुहने का वक़्त है; हमें फ़ुरसत नहीं। सीधे चले जाइए, आगे लाल मस्जिद मिलेगी, वहीं उनका मकान है।

मुस. : ख़ुदा तुम पर रहमत करे। अब चला जाऊँगा।

[परदा बदलता है। मस्जिद के क़रीब मुख़्तार का मकान।]

मुस. : *(एक बुड्ढे से)* यही मुख़्तार का मकान है न?

बुड्ढा : जी हाँ, ग़रीब ही का नाम मुख़्तार है। आइए, कहाँ से तशरीफ़ ला रहे हैं?

मुस. : मक्केशरीफ़ से।

मुख़्तार : *(मुसलिम के गले से लिपटकर)* मुआफ़ कीजिएगा। बुढ़ापे की बीनाई शराबी की तोबा की तरह कमज़ोर होती है। आज बड़ा मुबारक दिन है। बारे हज़रत ने हमारी फ़रियाद सुन ली। ख़ैरियत से हैं न?

मुस. : *(घोड़े से उतरकर)* जी हाँ, सब ख़ुदा का फ़ज़ल है।

मुख़्तार : ख़ुदा जानता है, आपको देखकर आँखें शाद हो गईं। हज़रत का इरादा कब तक आने का है?

मुस. : *(ख़त निकालकर मुख़्तार को देते हैं।)* इसमें उन्होंने सब कुछ मुफ़स्सल लिख दिया है।

मुख़्तार : *(ख़त को छाती और आँखों से लगाकर पढ़ता है।)* ख़ुशनसीब कि हज़रत के क़दमों से यह शहर पाक होगा। मेरी बैयत हाज़िर है, और मेरे दोस्तों की तरफ़ से भी कोई अंदेशा नहीं।

[ग़ुलाम को बुलाता है।]

ग़ुलाम : जनाब ने क्यों याद फ़रमाया?

मुख़्तार : देखो, इसी वक़्त हारिस, हज्जाज, सुलेमान, शिमर, क़ीस, शैस और हानी के मकान पर जाओ, और मेरा यह रुक़्क़ा दिखाकर जवाब लाओ।

[ग़ुलाम रुक़्क़ा लेकर चला जाता है।]

पहले मुझे ऐसा मालूम होता था कि हज़रत का कोई क़ासिद आएगा, तो मैं शायद दीवाना हो जाऊँगा, पर इस वक़्त आपको सामने देखकर भी ख़ामोश बैठा हुआ हूँ। किसी शायर ने सच कहा है—'जो मज़ा इन्तज़ार में देखा, वह नहीं वस्ले-यार में देखा।' जन्नत का ख़याल कितना दिलफ़रेब है, पर शायद उसमें दाख़िल होने पर इतनी ख़ुशी न रहे। आइए, नमाज़ अदा कर लें। इसके बाद कुछ आराम फ़रमा लीजिए। फिर दम मारने की फ़ुरसत न मिलेगी।

[दोनों मकान के अन्दर चले जाते हैं। परदा बदलता है।]

[मुसलिम और मुख़्तार बैठे हुए हैं।]

मुस. : कितने आदमी बैयत लेने के लिए तैयार हैं?

मुख़्तार : देखिए, सब अभी आ जाते हैं। अगर यज़ीद की जानिब से

ज़ुल्म और सख़्ती इसी तरह होती रही, तो हमारे मददगारों की तादाद दिन-दिन बढ़ती जाएगी। लेकिन कहीं उसने दिलजोई शुरू कर दी, तो हमें इतनी आसानी से कामयाबी न होगी।

[सुलेमान का प्रवेश।]

सुलेमान : अस्सलामअलेक हज़रत मुसलिम, आपको देखकर आँखें रोशन हो गईं; मेरे क़बीले के सौ आदमी बैयत लेने को हाज़िर हैं। और, सब-के-सब अपनी बात पर पर मिटनेवाले आदमी हैं।

मुस. : आपको ख़ुदा नजात दे। इन आदमियों से कहिए, कल जामा मस्जिद में जमा हों। आपका ख़त पढ़कर भैया को बहुत रंज हुआ। उन्होंने तो फ़ैसला कर लिया था कि रसूल के मज़ार पर बैठे हुए ज़िन्दगी गुज़ार दें, पर आपके आख़िरी ख़त ने उन्हें बेक़रार कर दिया। सायल की हिमायत से वह कभी नहीं मुँह मोड़ सकते।

[शैस, क़ीस, शिमर, साद और हज्जाज का प्रवेश।]

शैस : अस्सलामअलेक हज़रत, आपको देखकर जिगर ठंडा हो गया।

क़ीस : अस्सलामअलेक, आपके क़दमों से हमारे वीरान घर आबाद हो गए।

हज्जाज : अस्सलामअलेक, आपको देखकर हमारे मुर्दा तन में जान आ गई।

मुस. : *(सबसे गले मिलकर)* हज़रत इमाम ने मुझे यह ख़त देकर आपकी ख़िदमत में भेजा है।

[शिमर ख़त लेकर ऊँची आवाज़ से पढ़ता है, और सब लोग सिर झुकाए सुनते हैं।]

शैस : हमारे ज़हे नसीब, मैं तो अभी दस्तरख़्वान पर था। ख़बर पाते ही आपकी ज़ियारत करने दौड़ा।

हज्जाज : मैं तो अभी-अभी बसरे से लौटा हूँ, दम भी न मारने पाया था कि आपके तशरीफ़ लाने की ख़बर पाई। मेरे क़बीले के बहुत से आदमी बैयत लेने को बाहर खड़े हैं।

मुस. : उन्हें कल जामा मस्जिद में बुलाइए।

शिमर : वह कौन-सा दिन होगा कि मलऊन यज़ीद के ज़ुल्म से नजात होगी।

शैस : हज़रत हुसैन ने हम ग़रीबों की आवाज़ सुन ली। अब हमारे बुरे दिन न रहेंगे।

क़ीस : हमारी क़िस्मत के सितारे अब रोशन होंगे। मेरी दिली तमन्ना है कि ज़ियाद का सिर अपने पैरों के नीचे देखूँ।

शिमर : मैंने तो मिन्नत मानी है कि मलऊन ज़ियाद के मुँह में कालिख लगाकर सारे शहर में फिराऊँ।

क़ीस : मैं तो यज़ीद की नाक काटकर उसकी हथेली पर रख देना चाहता हूँ।

[हानी, कसीर और अशअस का प्रवेश।]

हानी : या बिरादर हुसैन, आप पर, ख़ुदा की रहमत हो।

क़ीस : अल्लाहताला आप पर साया रखे। हम सब आपकी राह देख रहे थे।

मुस. : भाई साहब ने मुझे यह ख़त देकर आपकी तसक़ीन के लिए भेजा है।

[हानी ख़त लेकर आँखों से लगाता है, और आँखों में ऐनक लगाकर पढ़ता है।]

शिमर : अब ज़ियाद की ख़बर लूँगा।

क़ीस : मैं तो यज़ीद की आँखों में मिर्च डालकर उसका तड़पना देखूँगा।

मुस. : आप लोग भी कल अपने क़बीलेवालों को जामा मस्जिद में बुलाएँ। कल तीन-चार हज़ार आदमी आ जाएँगे?

शैस : ख़ुदा झूठ न बुलवाए, तो इसके दसगुने हो जाएँगे।

हानी : नबी की औलाद की शान और ही है। वह हुस्न, वह इख़लाक़, वह शराफ़त कहीं नज़र ही नहीं आती।

क़ीस : यज़ीद को देखो, ख़ासा हब्शी मालूम होता है।

हज्जाज : ज़ियाद तो ख़ासा सारवान है।

मुस. : तो कल शाम को जामा मस्जिद में आने की ठहरी।

शिमर : तो हम लोग चलकर अपने क़बीलों को तैयार करें, ताकि जो लोग इस वक़्त यहाँ न हों, वे भी आ जाएँ।

[सब लोग चले जाते हैं।]

मुस. : *(दिल में)* ये सब कूफ़ा के नामी सरदार हैं। हमारी फ़तह ज़रूर होगी, और एक बार तक़दीर को जक उठानी पड़ेगी। बीस हज़ार आदमियों की बैयत मिल गई, तो फिर हुसैन को ख़िलाफ़त की मसनद पर बैठने से कौन रोक सकता है, ज़रूर बैठेंगे।

सातवाँ दृश्य

[क़ूफ़ा के चौक में कई दुकानदार बातें कर रहे हैं।]

पहला : सुना, आज हज़रत हुसैन तशरीफ़ लानेवाले हैं।

दूसरा : हाँ, कल मुख़्तार के मकान पर बड़ा जमघट था। मक्का से कोई साहब उनके आने की ख़बर लाए हैं।

तीसरा : ख़ुदा करे, जल्द आवें। किसी तरह इन ज़ालिमों से पीछा छूटे। मैंने बैयत तो यज़ीद की ले ली है, लेकिन हज़रत आएँगे, तो फ़ौरन फिर जाऊँगा।

चौथा : लोग कहते थे, बड़ी धूम-धाम से आ रहे हैं। पैदल और सवार फ़ौजें हैं। ख़ेमे वग़ैरह ऊँटों पर लदे हुए हैं।

पहला : दुकान बढ़ाओ, हम लोग भी चलें। तक़दीर में जो कुछ बिकना था, बिक चुका। आक़बत की भी तो कुछ फ़िक्र करनी चाहिए। *(चौंककर)* अरे बाजे की आवाज़ें कहाँ से आ रही हैं?

दूसरा : आ गए शायद।

[सब दौड़ते हैं। ज़ियाद का जलूस सामने से आता है। ज़ियाद मिंबर पर खड़ा हो जाता है।]

कई आवाज़ें : मुबारक हो, मुबारक हो, या हज़रत हुसैन!

ज़ियाद : दोस्तो, मैं हुसैन नहीं हूँ। हुसैन का अदना ग़ुलाम रसूल पाक के क़दमों पर निसार होनेवाला आपका नाचीज़ ख़ादिम बिन ज़ियाद हूँ।

एक आवाज़ : ज़ियाद है, मलऊन ज़ियाद है।

दूसरा : गिरा दो मिंबर पर से; उतार दो मरदूद को।

तीसरा : लगा दो तीर का निशाना। ज़ालिम की ज़बान बन्द हो जाए।

चौथा : ख़ामोश, ख़ामोश। सुनो, क्या कहता है?

ज़ियाद : अगर आप समझते हैं कि मैं ज़ालिम हूँ, तो बेशक, मुझे तीर का निशाना बनाइए, पत्थरों से मारिए, क़त्ल कीजिए, हाज़िर हूँ। ज़ालिम गरदनज़दनी है, और जो ज़ुल्म बरदाश्त करे, वह बेग़ैरत है। मुझे ग़रूर है कि आपमें ग़ैरत है, जोश है।

कई आवाज़ें : सुनो-सुनो, ख़ामोश।

ज़ियाद : हाँ, मैं ग़ैरत से, ग़रूर से नहीं डरता, क्योंकि यही वह ताक़त है, जो किसी क़ौम को ज़ालिम के हाथ से बचा सकती है। ख़ुदा के लिए उस ज़ुल्म की नाक़दरी न कीजिए, जिसने आपकी ग़ैरत को जगाया। यही मेरी मंशा थी, यही यज़ीद की मंशा थी, और ख़ुदा का शुक्र कि हमारी तमन्ना पूरी हुई। अब हमें यक़ीन हो गया कि हम आपके ऊपर भरोसा कर सकते हैं। ज़ालिम उस्ताद की भी कभी-कभी ज़रूरत होती है। हज़रत हुसैन-जैसा पाक-नीयत, दीनदार बुज़ुर्ग आपको यह सबक़ न दे सकता था। यह हम-जैसे कमीना, ख़ुदग़र्ज़ आदमियों ही का काम था। लेकिन अगर हमारी नीयत ख़राब होती, तो आप आज मुझे यहाँ खड़े होकर उन रियायतों का एलान करते न देखते, जो मैं अभी-अभी करनेवाला हूँ। इन एलानों से आप पर मेरे क़ौल की सचाई रोशन हो जाएगी।

कई आवाज़ें : ख़ामोश-ख़ामोश, सुनो सुनो!

ज़ियाद : ख़लीफ़ा यज़ीद का हुक्म है कि कूफ़ा और बसरा का हर एक बालिग़ मर्द पाँच सौ दिरहम सालाना ख़ज़ाने से पाए।

बहुत-सी आवाज़ें : सुभानअल्लाह, सुभानअल्लाह।

ज़ियाद : और कूफ़ा व बसरे की हर एक बालिग़ औरत दो सौ दिरहम पाए, जब तक उसका निकाह न हो।

बहुत-सी आवाज़ें : सुभानअल्लाह, सुभानअल्लाह।

ज़ियाद : और हर एक बेवा को सौ दिरहम सालाना मिलें, जब तक उसकी आँखें बन्द न हो जाएँ, या वह दूसरा निकाह न कर ले।

बहुत-सी आवाज़ें : सुभानअल्लाह, सुभानअल्लाह।

ज़ियाद : यह मेरे हाथ में ख़लीफ़ा का फ़रमान है। देखिए, जिसे यक़ीन न हो। हर एक यतीम को बालिग़ होने तक सौ

दिरहम सालाना मुक़र्रर किया गया है। हर एक जवान मर्द और औरत को शादी के वक़्त एक हज़ार दिरहम एकमुश्त ख़र्च के लिए दिया जाएगा।

बहुत-सी आवाज़ें : ख़ुदा ख़लीफ़ा यज़ीद को सलामत रखे। कितनी फ़ैयाज़ी की है।

ज़ियाद : अभी और सुनिए, तब फ़ैसला कीजिए कि यज़ीद ज़ालिम है या रियाया-परवर? उसका हुक्म है कि हर एक क़बीले के सरदार को दरिया के किनारे की उतनी ज़मीन अता की जाए, जितनी दूर उसका तीर जा सके।

बहुत-सी आवाज़ें : हम यज़ीद की बैयत मंज़ूर करते हैं। यज़ीद हमारा ख़लीफ़ा है।

ज़ियाद : नहीं, यज़ीद बैयत के लिए आपको रिश्वत नहीं देता। बैयत आपके अख़्तियार में है, जिसे जी चाहे दीजिए, यज़ीद हुसैन से दुश्मनी करना नहीं चाहता। उसका हुक्म है कि नदियों के घाट का महसूल मुआफ़ कर दिया जाए।

बहुत-सी आवाज़ें : हम यज़ीद को अपना ख़लीफ़ा तसलीम करते हैं।

ज़ियाद : नहीं-नहीं, यज़ीद कभी हुसैन के हक़ को जायल न करेगा। हुसैन मालिक हैं, फ़ाज़िल हैं, आबिद हैं, ज़ाहिद हैं, यज़ीद को इनमें से कोई सिफ़र रखने का दावा नहीं। यज़ीद में अगर कोई सिफ़त है, तो यह कि वह ज़ुल्म करना जानता है, ख़ासकर नाज़ुक वक़्त पर, जब माल और जान की हिफ़ाज़त करनेवाला कोई न हो, जब सब अपने हक़ और दावे पेश करने में मसरूफ़ हों।

बहुत-सी आवाज़ें : ज़ालिम यज़ीद ही हमारा अमीर है। दिल से उसकी बैयत क़बूल करते हैं।

ज़ियाद : सोचिए, और ग़ौर से सोचिए। अगर ख़िलाफ़त के दूसरे दावेदारों की तरह यज़ीद भी किसी गोशे में बैठे हुए बैयत की फ़िक्र करते, तो आज मुल्क की क्या हालत होती? आपकी जान व माल की हिफ़ाज़त कौन करता? कौम मुल्क को बाहर के हमलों से और अन्दर की लड़ाइयों से बचाता? कौन सड़कों और बन्दरगाहों को डाकुओं से महफ़ूज़ रखता? कौन क़ौम की बहू-बेटियों की हुरमत का ज़िम्मेदार होता? जिस एक आदमी की ज़ात से क़ौम और मुल्क को नाज़ुक मौक़े पर कितने फ़ायदे पहुँचे हों, और जिसने ख़लीफ़ा चुने

जाने का इन्तज़ार न करके ये बड़ी-बड़ी ज़िम्मेदारियाँ सिर पर ले ली हों, क्या वह इसी क़ाबिल है कि उसे मलऊन और मरदूद कहा जाए, उसे सरे-बाज़ार गालियाँ दी जाएँ?

एक आवाज़ : हम बहुत नादिम हैं। ख़ुदा हमारा गुनाह मुआफ़ करे।

शिमर : हमने ख़लीफ़ा यज़ीद के साथ बड़ी बेइंसाफ़ी की है।

ज़ियाद : हाँ, आपने ज़रूर बेइंसाफ़ी की है। मैं यह बिला ख़ौफ़ कहता हूँ, ऐसा आदमी इससे कहीं अच्छे बर्ताव के लायक़ था। हुसैन की इज़्ज़त यज़ीद के और मेरे दिल में उससे ज़रा भी कम नहीं है, जितनी और किसी के दिल में होगी। अगर आप उन्हें अपना ख़लीफ़ा तसलीम करते हैं, तो मुबारक हो। हम ख़ुश, हमारा ख़ुदा ख़ुश। यज़ीद सबसे पहले उनकी बैयत मंज़ूर करेगा, उसके बाद मैं हूँगा। रसूल पाक ने ख़िलाफ़त के लिए इन्तख़ाब की शर्त लगा दी है। मगर हुसैन के लिए इसकी क़ैद नहीं।

क़ीस : है। यह क़ैद सबके लिए एकसाँ है।

ज़ियाद : अगर है, तो इन्तख़ाब का बेहतर और कौन मौक़ा होगा। आप अपनी रज़ा और रग़बत से किसी का लिहाज़ और मुरौवत किए बग़ैर जिसे चाहें, ख़लीफ़ा तसलीम कर लें। मैं कसरत राय को मानकर यज़ीद को इसकी इत्तिला दे दूँगा।

एक तरफ़ से : हम यज़ीद को ख़लीफ़ा मानते हैं।

दूसरी तरफ़ से : हम यज़ीद की बैयत क़बूल करते हैं।

तीसरी तरफ़ से : यज़ीद, यज़ीद, यज़ीद।

ज़ियाद : ख़ामोश, हुसैन को कौन ख़लीफ़ा मानता है?

[कोई आवाज़ नहीं आती।]

ज़ियाद : आप जानते हैं, यज़ीद आबिद नहीं।

कई आवाज़ें : हमें आबिद की ज़रूरत नहीं।

ज़ियाद : यज़ीद आलिम नहीं, फ़ाज़िल नहीं, हाफ़िज़ नहीं।

कई आवाज़ें : हमें आलिम-फ़ाज़िल की ज़रूरत नहीं।

हज्जाज : कितना फ़ैयाज़ है।

शिमर : किसी ख़लीफ़ा ने इतनी फ़ैयाज़ी नहीं की।

शैस : आबिद कभी फ़ैयाज़ नहीं होता।

अशअस : अजी, कुछ न पूछो, मस्जिदों के मुल्लाओं को देखो, रोटियों पर जान देते हैं।

ज़ियाद : अच्छा, यज़ीद को आपने अपना ख़लीफ़ा तो मान लिया, लेकिन हेजाज, मिस्र, यमन के लोग किसी और को ख़लीफ़ा मान लें, तो?

ब. आ. : हम ख़लीफ़ा यज़ीद के लिए जान दे देंगे।

ज़ियाद : बहुत मुमकिन है कि हज़रत हुसैन ही को वे लोग अपना ख़लीफ़ा बनाएँ, तो आप अपना क़ौल निभाएँगे?

ब. आ. : निभाएँगे। यज़ीद के सिवा और कोई ख़लीफ़ा नहीं हो सकता।

ज़ियाद : मैंने सुना है, हज़रत हुसैन ने अपने चचेरे भाई मुसलिम को आपकी बैयत लेने के लिए भेजा है। और, शायद ख़ुद भी आ रहे हैं। यज़ीद को गोशे में बैठकर, ख़ुदा की याद करना इससे कहीं अच्छा मालूम होगा कि वह इस्लाम में निफ़ाक़ की आग भड़काएँ। अभी मौक़ा है, आप लोग ख़ूब ग़ौर कर लें।

शिमर : हमने ख़ूब ग़ौर कर लिया है।

हज्जाज : हुसैन को न जाने क्यों ख़िलाफ़त की हवस है। बैठे हुए ख़ुदा की इबादत क्यों नहीं करते?

क़ीस : हुसैन मदीनावालों के साथ जो सलूक करेंगे, वह कभी हमारे साथ नहीं कर सकते।

शैस : उनका आना बला का आना है।

ज़ियाद : अगर आप चाहते हैं कि मुल्क में अमन रहे, तो ख़बरदार, इस वक़्त एक आदमी भी जामा मस्जिद में न जाए। हुसैन आएँ, हमारे सिर-आँखों पर। हम उनकी ताजीम करेंगे, उनकी ख़िदमत करेंगे, लेकिन उन्हें ख़िलाफ़त का दावा पेश करते देखेंगे, तो मुल्क में अमन रखने के लिए हमें आपकी मदद की ज़रूरत होगी। यही आपकी आज़माइश का वक़्त होगा, और इसी में पूरे उतरने पर इस्लाम की ज़िदगी का दारोमदार है।

[मिंबर पर से उतर आता है।]

शैस : बड़ी ग़लती हुई कि हुसैन को ख़त लिखा।

शिमर : मैं तो अब जामा मस्जिद न जाऊँगा।

क़ीस : यहाँ कौन जाता है।

शैस : काश, इन्हीं रियायतों का चन्द रोज़ पहले एलान कर दिया गया होता, तो ख़त लिखने की नौबत ही क्यों आती।

शिमर : दीन की फ़िक्र मोटे आदमी करें, यहाँ दुनिया की फ़िक्र काफ़ी है।

[सब जाते हैं।]

आठवाँ दृश्य

[नौ बजे रात का समय। कूफ़ा की जामा मस्जिद। मुसलिम, मुख़्तार, सुलेमान और हानी बैठे हुए हैं। कुछ आदमी द्वार पर बैठे हुए हैं।]

सुलेमान : अब तक लोग नहीं आए?

हानी : अब आने की कम उम्मीद है।

मुस. : आज ज़ियाद का लौटना सितम हो गया। उसने लोगों को वादों के सब्ज़बाग़ दिखाए होंगे।

सुलेमान : इसी को तो सियासत का आईन कहते हैं।

मुस. : इन ज़ालिमों ने सियासत को ईमान से बिलकुल जुदा कर दिया है। दूसरे ख़लीफ़ों ने इन दोनों को मिलाया था। सियासत को दग़ा से पाक कर दिया था।

मुख़्तार : हज़रत मुसलिम, अब आप अपनी तक़रीर शुरू कीजिए, शायद लोग जमा हो जाएँ।

[मुसलिम मिंबर पर चढ़कर भाषण देते हैं।]

"शुक्र है उस पाक ख़ुदा का, जिसने हमें आज दीन इस्लाम के लिए एक ऐसे बुज़ुर्ग को ख़लीफ़ा चुनने का मौक़ा दिया है, जो इस्लाम का सच्चा दोस्त...।"

[बहुत से आदमी मस्जिद में घुस पड़ते हैं।]

पहला : बस हज़रत मुसलिम, ज़बान बन्द कीजिए।

दूसरा : जनाब, आप चुपके से मदीने की राह लें। यज़ीद हमारे ख़लीफ़ा हैं, और यज़ीद हमारा इमाम है।

सुलेमान : मुझे मालूम है कि ज़ियाद ने आज तुम्हारी पीठ पर ख़ूब हाथ फेरे हैं, और हरी-हरी घास दिखाई है, पर याद रखो,

घास के नीचे जाल बिछा हुआ है।

[बाहर से ईंट और पत्थर की वर्षा होने लगती है।]

एक आवाज़ : मारो-मारो, यह क़ौम का दुश्मन है।

सुलेमान : ज़ालिमो, यह ख़ुदा का घर है। इसकी हुरमत का तो ख़याल रखो।

दूसरी आवाज़ : ख़ुदा का घर नहीं; इस्लाम के दुश्मनों का अड्डा है।

तीसरा : मारो-मारो, अभी तक इसकी ज़बान बन्द नहीं हुई।

[सुलेमान ज़ख़्मी होकर गिर पड़ते हैं। मुसलिम बाहर आकर कहते हैं।]

"ऐ बदनसीब क़ौम, अगर तू इतनी जल्दी रसूल की नसीहतों को भूल सकती है, और तुझमें नेक व बद की तमीज़ नहीं रही, अगर तू इतनी जल्द ज़ुल्म और ज़िल्लत को भूल सकती है, तो तू दुनिया में कभी सुर्ख़रू न होगी।"

एक आवाज़ : इस्लाम का दुश्मन है।

दूसरा : नहीं-नहीं, हज़रत हुसैन के चचेरे भाई हैं। इनकी तौहीन मत करो।

तीसरा : इन्हें पकड़कर शहर की किसी अँधेरी गली में छोड़ दो। हम इनके ख़ून से हाथ न रँगेंगे।

[कई आदमी मुसलिम पर टूट पड़ते और उन्हें खींचते हुए ले जाते हैं, और साथ ही परदा भी बदलता है।]

मुस. : *(दिल में)* ज़ालिमों ने कहाँ लाकर छोड़ दिया। कुछ नहीं सूझता। रास्ता नहीं मालूम। कहाँ जाऊँ? कोई आदमी नज़र नहीं आता कि उससे रास्ता पूछूँ।

[हानी आता हुआ दिखाई देता है।]

मुस. : ऐ ख़ुदा के नेक बन्दे, मुझे यहाँ से निकलने का रास्ता बता दो।

हानी : हज़रत मुसलिम! क्या अभी आप यहीं खड़े हैं?

मुस. : आप हैं, हानी? रसूल पाक की क़सम, इस वक़्त तन में जान पड़ गई। मुझे तो कई आदमियों ने पकड़ लिया, और यहाँ छोड़कर चल दिए।

हानी : वे मेरे ही आदमी थे। मैंने वहाँ की हालत देखी, तो आपको वहाँ से हटा देना मुनासिब समझा। मैंने उन्हें तो ताकीद की थी कि आपको मेरे घर पहुँचा दें।

मुस. : पहले आपके आदमी होंगे, अब नहीं हैं। ज़ियाद की तक़रीर ने उन पर भी असर किया है।

हानी : ख़ैर, कोई मुज़ायका नहीं, मेरा मकान क़रीब है; आइए। हम सियासत के मैदान में ज़ियाद से नीचा खा गए। उसने यह ख़बर मशहूर कर दी है कि हुसैन आ रहे हैं। इस हीले से लोग जमा हो गए, और उसे उनको फ़रेब देने का मौक़ा मिल गया।

मुस. : मुझे तो अब चारों तरफ़ अँधेरा-ही-अँधेरा नज़र आता है।

हानी : ज़ियाद की तक़रीर ने सूरत बदल दी। जिन आदमियों ने हज़रत के पास ख़त भेजने पर ज़ोर दिया था, वे भी फ़रेब में आ गए।

[सुलेमान और मुख़्तार आते हैं। सुलेमान के सिर में पट्टी बँधी हुई है।]

मुख़्तार : शुक्र है, आप ख़ैरियत से पहुँच गए। ज़ियाद के आदमी आपको तलाश करते फिरते हैं।

मुस. : हानी, ऐसी हालत में यहाँ रहकर मैं आपको ख़तरे में नहीं डालना चाहता। मुझे रुख़सत कीजिए। रात को किसी मस्जिद में पड़ रहूँगा।

हानी : मुआज अल्लाह, यह आप क्या फ़रमाते हैं! यह आपका घर है। मैं और मेरा सब कुछ हज़रत हुसैन के क़दमों पर निसार है।

[शरीक का प्रवेश।]

शरीक : अस्सलामअलेक या हज़रत मुसलिम। मैं भी हुसैन के ग़ुलामों में हूँ।

हानी : हज़रत मुसलिम, आपने शरीक का नाम सुना होगा। आप हज़रत अली के पुराने ख़ादिम हैं, और उनकी शान में कई क़सीदे लिख चुके हैं।

मुस. : *(शरीक से गले मिलकर)* ऐसा कौन बदनसीब होगा, जिससे आपका क़लाम न देखा गया हो।

शरीक : मैं हज़रत का ख़ादिम और नबी का ग़ुलाम हूँ। बसरेवालों की फ़रियाद लेकर यज़ीद के पास गया था। वहाँ मालूम हुआ कि आप मक्का से रवाना हो गए हैं। मैं ज़ियाद के साथ ही इधर चल पड़ा कि शायद आपकी कुछ ख़िदमत कर सकूँ। यज़ीद ने अब सख़्ती की जगह नरमी और रियायत से काम लेना शुरू किया है। और, आज ज़ियाद की तक़रीर का असर देखकर मुझे यक़ीन हो गया है कि यहाँ के लोग हज़रत हुसैन से ज़रूर दग़ा कर जाएँगे। हमें भी फ़रेब का जवाब फ़रेब ही से देना लाज़िम है।

मुस. : क्योंकर?

शरीक : इसकी आसान तरकीब है। मैं ज़ियाद को अपनी बीमारी की ख़बर दूँगा। वह यहाँ मेरी मिज़ाजपुरसी करने ज़रूर आवेगा, आप उसे क़त्ल कर दीजिए।

मुस. : अल्लाहताला ने फ़रमाया है कि मुसलमान को मुसलमान का ख़ून करना जायज़ नहीं।

शरीक : मगर अल्लाहताला ने यह भी तो फ़रमाया है कि बेदीन को अमन देना साँप का पालना है।

मुस. : पर मेरी इनसानियत इसकी इजाज़त नहीं देती।

शरीक : बेदीन को क़त्ल करना ऐन सवाब है। जिहाद में इनसानियत को दख़ल नहीं, हक़ का रास्ता डाकुओं और लुटेरों से ख़ाली नहीं है। और उनका ख़ौफ़ है, तो इस रास्ते पर क़दम ही न रखना चाहिए। आप इस मामले को सोचिए।

[बाहर से आदमियों का एक गिरोह हानी का दरवाज़ा तोड़कर अन्दर घुस आता है।]

एक आवाज़ : इन्हीं ने हुसैन को ख़त लिखा था। पकड़ लो इन्हें।

मुस. : *(सामने आकर)* यहाँ से चले जाओ।

दूसरी आवाज़ : यही हज़रत मुसलिम हैं। इन्हें गिरफ़्तार कर लो।

मुस. : हाँ, मैं ही मुसलिम हूँ। मैं ही तुम्हारा ख़तावार हूँ। अगर चाहते हो, तो मुझे क़त्ल करो। *(कमर से तलवार फेंककर)* यह लो, अब तुम्हें मुझसे कोई ख़ौफ़ नहीं है। अगर तुम्हारा ख़लीफ़ा मेरे ख़ून से ख़ुश हो, तो उसे ख़ुश करो। मगर ख़ुदा के लिए हुसैन को लिख दो कि आप यहाँ न आएँ। उन्हें ख़िलाफ़त की हवस नहीं है। उनकी मंशा सिर्फ़ आपकी

हिमायत करना था। वह आप पर अपनी जान निसार करना चाहते थे। उनके पास फ़ौज नहीं थी, हथियार नहीं थे, महज़ आपके लिए अपनी जान दे देने का जोश था, इसीलिए उन्होंने अपने गोशे को छोड़ना मंज़ूर किया। अब आपको उनकी ज़रूरत नहीं है, तो उन्हें मना कर दीजिए कि यहाँ मत आओ। उन्हें बुलाकर शहीद कर देने से आपको नदामत और अफ़सोस के सिवा और कुछ हाथ न आएगा। उनकी जान लेनी मुश्किल नहीं; यहाँ की कैफ़ियत देखकर वह इस सदमे से ख़ुद ही मर जाएँगे। वह इसे आपका क़सूर नहीं, अपना क़सूर समझेंगे कि वही उम्मत, जो मेरे नाना पर जान देती थी, अगर आज मेरे ख़ून की प्यासी हो रही है, तो यह मेरी ख़ता है। यह ग़म उनका काम तमाम कर देगा। आपका और आपके अमीर का मंशा ख़ुद-ब-ख़ुद पूरा हो जाएगा। बोलो, मंज़ूर है? उन्हें लिख दूँ कि आपने जिनकी हिमायत के लिए शहीद होना क़बूल किया था, वह अब आपको शहीद करने की फ़िक्र में हैं। आप इधर रुख़ न कीजिए।

[कोई नहीं बोलता।]

ख़ामोशी नीम रज़ा है। आप कहते हैं कि यह कैफ़ियत उन्हें लिख दी जाए।

कई आवाज़ें : नहीं-नहीं, इसकी ज़रूरत नहीं।

मुस. : तो क्या आप यहीं उनकी लाश को अपनी आँखों के सामने तड़पती देखना चाहते हैं?

एक आवाज़ : मुआज़अल्लाह, हम हज़रत हुसैन के क़ातिल न होंगे।

मुस. : ऐसा न कहिए, वरना रसूल को जन्नत में भी तकलीफ़ होगी। आप अपनी ख़रज़ के ग़ुलाम हैं, दौलत के ग़ुलाम हैं। रसूल ने आपको हमेशा सब्र और सन्तोष की हिदायत की। आप जानते हैं, वह ख़ुद कितनी सादगी से ज़िन्दगी बसर करते थे। आपको पहले ख़लीफ़ा का हाल मालूम है, हज़रत फ़ारूक़ के हालात से भी आप वाक़िफ़ हैं। अफ़सोस! आप उस वसूल को भूल गए, जो तवहीद के बाद इस्लाम का सबसे पाक वसूल है, वरना आप वसीक़ों और जागीरों के जाल में न फँस जाते। आपने एक पल के लिए भी ख़याल नहीं किया कि वे जागीरें और वसीक़े किसके घर से आएँगे। दूसरों से,

जो कई पुश्तों से अपनी ज़मीन पर क़ाबिज़ हैं, वे ज़मीनें छीनकर आपको दी जाएँगी। दूसरों से जबरन रुपये वसूल करके आपको वसीक़े दिए जाएँगे। आपको ख़ुश करने के लिए दूसरों को तबाह करने का बहाना हाथ आ जाएगा। आप अपने भाइयों के हक़ छीनकर अपनी हवस की प्यास बुझाना चाहते हैं। दीन-परवरी नहीं है, यह भाई-बन्दी नहीं है, इसका कुछ और ही नाम है।

कई आवाज़ें : नहीं-नहीं, हम हराम का माल नहीं चाहते।

मुस. : मैं यज़ीद का दुश्मन नहीं हूँ। मैं ज़ियाद का दुश्मन नहीं हूँ; मैं इस्लाम का दोस्त हूँ। जो आदमी इस्लाम को पैरों से कुचलता है, चाहे वह यज़ीद हो, ज़ियाद हो, या ख़ुद हुसैन हो, उसका दुश्मन हूँ। जो शख़्स क़ुरान की और रसूल की तौहीन करता है, वह मेरा दुश्मन है।

कई आवाज़ें : हम भी उसके दुश्मन हैं। वह मुसलमान नहीं, काफ़िर है।

मुस. : बेशक, और कोई मुसलमान—अगर वह मुसलमान है, काफ़िर को ख़लीफ़ा न तसलीम करेगा, चाहे वह उसका दामन हीरे व जवाहर से भर दे।

कई आवाज़ें : बेशक, बेशक।

मुस. : उससे एक सच्चा दीनदार आदमी कहीं अच्छा ख़लीफ़ा होगा, चाहे वह चिथड़े ही पहने हुए हो।

कई आवाज़ें : बेशक, बेशक।

मुस. : तो अब आप तसलीम करते हैं कि ख़लीफ़ा उसे होना चाहिए, जो इस्लाम का सच्चा पैरोकार हो। वह नहीं, जो एक का घर लूटकर दूसरे का दिल भरता हो।

कई आवाज़ें : बेशक, बेशक।

मुस. : किसी मुसलमान के लिए इससे बड़ी शरम की बात नहीं हो सकती कि वह किसी को महज़ दौलत या हुकूमत की बदौलत अपना इमाम समझे। इमाम के लिए सबसे बड़ी शर्त क्या है? इस्लाम का सच्चा पैरोकार होना। इस्लाम ने दौलत को हमेशा हक़ीर समझा है। वह इस्लाम की मौत का दिन होगा, जब वह दौलत के सामने सिर झुकाएगा। ख़ुदा हमको और आपको वह दिन देखने के लिए ज़िन्दा न रखे। हमारा दुनिया से मिट जाना इससे कहीं अच्छा है। तुम्हारा फ़र्ज़ है कि बैयत लेने से पहले तहक़ीक़ कर लो,

जिसे तुम ख़लीफ़ा बना रहे हो, वह रसूल की हिदायतों पर अमल करता है या नहीं। तहक़ीक़ करो, वह शराब तो नहीं पीता।

कई आवाज़ें : क्या तहक़ीक़ करना तुम्हारा काम है। जाँच करो कि तुम्हारा ख़लीफ़ा ज़िनाकार तो नहीं?

कई आवाज़ें : क्या यज़ीद ज़िनाकार है?

मुस. : यह जाँच करना तुम्हारा काम है। दर्याफ़्त करो कि वह नमाज़ पढ़ता है, रोज़े रखता है, आलिमों की इज़्ज़त करता है, ख़ज़ाने का बेजा इस्तेमाल तो नहीं करता? अगर इन बातों की जाँच किए बग़ैर तुम महज़ जागीरों और वसीक़ों की उम्मीद पर किसी की बैयत क़बूल करते हो, तुम तो क़यामत के रोज़ ख़ुदा के सामने शर्मिन्दा होगे। जब वह पूछेगा कि तुमने इन्तख़ाब के हक़ का क्यों बेजा इस्तेमाल किया, तो तुम कैसे क्या जवाब दोगे? जब रसूल तुम्हारा दामन पकड़कर पूछेंगे कि तुमने उसकी अमानत को, जो मैंने तुम्हें दी थी, क्यों मिटा दिया, तो तुम उन्हें कौन-सा मुँह दिखाओगे?

कई आवाज़ें : हमें ज़ियाद ने धोका दिया। हम यज़ीद की बैयत से इनकार करते हैं।

मुस. : पहले ख़ूब जाँच लो। मैं किसी पर इल्ज़ाम नहीं लगाता। कौन खड़ा होकर कह सकता है कि यज़ीद इन बुराइयों से पाक है।

कई आवाज़ें : हम जाँच कर चुके।

मुस. : तो तुम्हें किसकी बैयत मंज़ूर है?

शोर : हुसैन की! रसूल के नवासे की।

मुस. : उनके बारे में तुमने उन बातों की जाँच कर ली? तुम्हें यक़ीन है कि हुसैन उन बुराइयों से पाक है?

कई आवाज़ें : हमने जाँच कर ली। हुसैन में कोई बुराई नहीं। हम हुसैन को अपना ख़लीफ़ा तसलीम करते हैं। ज़ियाद ने हमें गुमराह कर दिया था।

एक आदमी : पहले ज़ियाद को क़त्ल कर दो।

दूसरी आवाज़ : बेशक, उसी ने गुमराह किया था।

मुस. : नहीं, तुम्हें रसूल का वास्ता है। मोमिन पर मोमिन का ख़ून हराम है।

[सब आदमी वहीं बैठ जाते हैं, और मुसलिम के हाथों पर हुसैन की बैयत करते हैं।]

नवाँ दृश्य

[दोपहर का समय। हानी का मकान। शरीक एक चारपाई पर पड़े हुए हैं। सामने ताक़ पर शीशियाँ और दवा के प्याले रखे हुए हैं। मुसलिम और हानी फ़र्श पर बैठे हैं।]

शरीक : ज़ियाद अब आता ही होगा। मुसलिम, तलवार को तेज़ रखना।

हानी : मैं ख़ुद उसे क़त्ल करता, पर जईफ़ी ने हाथों में क़ूवत बाक़ी नहीं रखी।

शरीक : इसमें पसोपेश की मुतलक ज़रूरत नहीं। हक़ की हिमायत के लिए, इस्लाम की हिमायत के लिए, क़ौम की हिमायत के लिए, अगर ख़ून का दरिया बहा दिया जाए, तो उसमें फ़रिश्ते वजू करेंगे। औलिया की रूहें उसमें नहाएँगी। जो हाथ हक़ की हिमायत में न उठे, वह अंधी आँखों से, बुझे हुए चिराग़ से, दिन के चाँद से भी ज़्यादा बेकार है। इस्लाम की ख़िदमत का इससे बेहतर मौक़ा आपको फिर न मिलेगा—शायद फिर कभी किसी को न मिलेगा। कूफ़ा और बसरा पर क़ब्ज़ा करके आप यज़ीद की बड़ी-से-बड़ी फ़ौज का मुक़ाबला कर सकते हैं। यज़ीद की ख़िलाफ़त इस्लाम को दुनियादारी और इस्लाम की तरफ़ ले जाएगी, और हुसैन की ख़िलाफ़त हक़ और सचाई की तरफ़ क्या यह आपको मंज़ूर है कि यज़ीद के हाथों इस्लाम तबाह हो जाए।

[ज़ियाद आता है, और मुसलिम बग़ल की कोठरी में छिप जाते हैं।]

ज़ियाद : अस्सलामअलेक या शरीक, तुम्हारी हालत तो बहुत ख़राब नज़र आती है।

हानी : कल से आँखें नहीं खोलीं। सारी रात कराहते गुज़री है।

शरीक : ख़ुदा फ़रमाता है—हक़ के वास्ते जो तलवार उठाता है, उसके लिए जन्नत का दरवाज़ा खुला हुआ है।

ज़ियाद : शरीक, शरीक! कैसी तबियत है?

शरीक : शौक़ कहता था कि हाँ, हसरत यह कहती थी, नहीं; मैं
इधर मुश्किल में था, क़ातिल उधर मुश्किल में था।

हानी : आँखें खोलो। अमीर तुम्हारी मुलाक़ात को आए हैं।

शरीक : सल्ब की क़ूवत, तड़पने की, तड़पता किस तरह;
एक दिल में दूसरा ख़ंजर क़फे-क़ातिल में था।

ज़ियाद : क्या रात भी यही इनकी हालत थी?

हानी : जी हाँ, यों ही बकते रहे।

शरीक : गले पर छुरी क्यों नहीं फेर देते,
हक़ीक़त पर अपनी नज़र करनेवाले।

ज़ियाद : किसी हकीम को बुलाना चाहिए।

शरीक : कौन आया है, ज़ियाद!

हुजूमे आरजू से बढ़ गईं बेताबियाँ दिल की;
अरे वो छिपनेवाले, यह हिजाबे जाँ सिताँ कब तक।

ज़ियाद : तुम्हारे घरवालों को ख़बर दी जाए?

शरीक : मैं यहीं मरूँगा, मैं यहीं मरूँगा।

मेरी ख़ुशी पर आसमाँ हँसता है, और हँसे न क्यों;
बैठा हूँ जाके चैन से दोस्त की वज्मे-नाज़ में।

ज़ियाद : ख़ुदा किसी ग़रीब को बेवतनी में मरीज़ न बनाए। हानी, मैंने सुना है, मुसलिम मक्के से यहाँ आए हैं। ख़लीफ़ा ने मुझे सख़्त ताक़ीद की है कि उन्हें गिरफ़्तार कर लूँ। आप शहर के रईस हैं, उनका कुछ सुराग़ मिले, तो मुझे इत्तिला दीजिएगा। मुझे आपके ऊपर पूरा भरोसा है। आप समझ सकते हैं कि उनके आने से मुल्क में कितना शोर-शर पैदा होगा। क़सम है कलाम पाक की, इस वक़्त जो उनका सुराग़ लगा दे, उसका दामन जवाहरात से भर दूँ। मैं इसी फ़िक्र में जाता हूँ। आप भी तलाश में रहिए।

[चला जाता है।]

शरीक : हज़रत मुसलिम, आपसे आज जो ग़लती हुई है, उस पर आप मरते दम तक पछताएँगे, और आपके बाद मुसलमान क़ौम इसका ख़मियाज़ा उठाएगी। तुम क़यास नहीं कर सकते कि तुमने इस्लाम को आज कितना बड़ा नुक़सान पहुँचाया है। शायद ख़ुदा को यही मंज़ूर है कि रसूल का लगाया हुआ बाग़ यज़ीद के हाथों बरबाद हो जाए।

मुस. : शरीक, मैंने कभी दग़ा नहीं की, और मुझे यक़ीन है कि हज़रत हुसैन मेरी इस हरकत को कभी पसन्द न करते। इस्लाम का दरख़्त हक़ के बीज से उगा है। दग़ा से उसकी आबपाशी करने में अंदेशा है कि कहीं दरख़्त सूख न जाए। हक़ पर क़ायम रहते हुए अगर इस्लाम का नामोनिशान दुनिया से मिट जाए, तो भी इससे कहीं बेहतर है कि उसे ज़िन्दा रहने के लिए दग़ा का सहारा लेना पड़े। *(हानी से)* भाई साहब को इत्तिला दे दूँ कि यहाँ 18 हज़ार आदमियों ने आपकी बैयत क़बूल कर ली है।

हानी : ज़रूर। मेरा ग़ुलाम इस ख़िदमत के लिए हाज़िर है।

मुस. : *(दिल में)* यह ग़ैरमुमकिन है कि इतने आदमी बैयत लेकर फिर उसे तोड़ दें। कल मुझे चारों तरफ़ अँधेरा-ही-अँधेरा नज़र आता था। आज चारों तरफ़ रोशनी नज़र आती है। मेरी ही तहरीक पर हुसैन यहाँ आने के लिए राज़ी हुए। ख़ुदा का हज़ार शुक्र है कि मेरा दावा सही निकला, और मेरी उम्मीद पूरी हुई।

दसवाँ दृश्य

[संध्या का समय। ज़ियाद का दरबार।]

ज़ियाद : तुम लोगों में ऐसा एक आदमी भी नहीं है, जो मुसलिम का सुराग़ लगा सके। मैं वादा करता हूँ कि पाँच हज़ार दीनार उसकी नज़र करूँगा।

एक दर. : हुज़ूर, कहीं सुराग़ नहीं मिलता। इतना पता तो मिलता है कि कई हज़ार आदमियों ने उनके हाथ पर हुसैन की बैयत

की है। पर वह कहाँ ठहरे हैं, इसका पता नहीं चलता।

[मुअक्किल का प्रवेश।]

मुअक्किल : हुज़ूर को ख़ुदा सलामत रखे, एक ख़ुशख़बरी लाया हूँ। अपना ऊँट लेकर शहर के बाहर चारा काटने गया था कि एक आदमी को बड़ी तेज़ी से साँड़नी पर जाते देखा। मैंने पहचान लिया, वह साँड़नी हानी की थी। उनकी ख़िदमत में कई साल रह चुका हूँ। शक हुआ कि यह आदमी इधर कहाँ जा रहा है। उसे एक हीले से रोककर पकड़ लिया। जब मारने की धमकी दी, तो उसने क़बूल किया कि मुसलिम का ख़त लेकर मक्के जा रहा हूँ। मैंने वह ख़त उससे छीन लिया, यह हाज़िर है। हुक्म हो, तो क़ासिद को पेश करूँ।

ज़ियाद : *(ख़त पढ़कर)* क़सम ख़ुदा की, मैं मुसलिम को ज़िन्दा न छोड़ूँगा। मैं यहाँ मौजूद रहूँ, और 18 हज़ार आदमी हुसैन की बैयत क़बूल कर लें *(क़ासिद से)* तू किसका नौकर है?

क़ासिद : अपने आक़ा का।

ज़ियाद : तेरा आक़ा कौन है?

क़ासिद : जिसने मुझे मिस्रियों के हाथ से ख़रीदा था।

ज़ियाद : किसने तुझे ख़रीदा?

क़ासिद : जिसने रुपये दिए।

ज़ियाद : किसने रुपये दिए?

क़ासिद : मेरे आक़ा ने।

ज़ियाद : तेरा आक़ा कहाँ रहता है?

क़ासिद : अपने घर में।

ज़ियाद : उसका घर कहाँ है?

क़ासिद : जहाँ उसके बुज़ुर्गों ने बनवाया था।

ज़ियाद : क़सम ख़ुदा की, तू एक ही शैतान है। मैं जानता हूँ कि तुझ-जैसे आदमियों के साथ कैसा बर्ताव करना चाहिए। *(जल्लाद से)* इसे ले जाकर क़त्ल कर दे।

मुअक्किल : हुज़ूर, मैं ख़ूब पहचानता हूँ कि यह साँड़नी हानी की है।

ज़ियाद : अगर तू मुसलिम का सुराग़ लगा दे, तो तुझे आज़ाद कर दूँ, और पाँच हज़ार दीनार इनाम दूँ।

मुअक्किल : *(दिल में)* ये बड़े-बड़े हाकिम बड़ी-बड़ी थैलियाँ हड़प करने ही के लिए हैं। अक़्ल ख़ाक नहीं होती। जब साँड़नी

मौजूद है, तो उसके मालिक का पता लगाना क्या मुश्किल है? आज किसी भले आदमी का मुँह देखा था। चलकर साँड़नी पर बैठ जाता हूँ, और उसकी नकेल छोड़ देता हूँ। आप ही अपने घर पहुँच जाएगी। वहीं मुसलिम का पता लग जाएगा।

[चला जाता है!]

ज़ियाद : *(दिल में)* अगर यह साँड़नी हानी की है, तो साफ़ ज़ाहिर है कि वह भी इस साज़िश में शरीक हैं। मैं अब तक उसे अपना दोस्त समझता था। ख़ुदा, कुछ नहीं मालूम होता कि कौन मेरा दोस्त है, और कौन दुश्मन। मैं अभी उसके घर गया था। अगर शरीक भी हानी का मददगार है, तो यही कहना पड़ेगा कि दुनिया में किसी पर भी एतबार नहीं क़िया जा सकता।

ग्यारहवाँ दृश्य

[10 बजे रात का समय। ज़ियाद के महल के सामने सड़क पर सुलेमान, मुख़्तार और हानी चले आ रहे हैं।]

सुलेमान : ज़ियाद के बर्ताव में अब कितना फ़र्क़ नज़र आता है।

मुख़्तार : हाँ, वरना हमें मशविरा देने के लिए क्यों बुलाता।

हानी : मुझे तो ख़ौफ़ है कि उसे मुसलिम की बैयत लेने की ख़बर मिल गई है। कहीं उसकी नीयत ख़राब न हो।

मुख्तार : शक और एतबार साथ-साथ नहीं होता। वरना वह आज आपके घर न जाता।

हानी : उस वक़्त भी शायद भेद लेने ही के इरादे से गया हो। मुझसे ग़लती हुई कि अपने क़बीले के कुछ आदमियों को साथ न लाया, तलवार भी नहीं ली।

सुलेमान : यह आपका बहम है।

[ज़ियाद के मकान में वे सब दाख़िल होते हैं। वहाँ क़ीस, शिमर, हज्जाज आदि बैठे हुए हैं।]

ज़ियाद : अस्सलामअलेक। आइए, आप लोगों से एक ख़ास मुआमले में सलाह लेनी है। क्यों शेख़ हानी, आपके साथ ख़लीफ़ा यज़ीद ने जो रियायतें कीं, क्या उनका यह बदला होना चाहिए था कि आप मुसलिम को अपने घर में ठहराएँ, और लोगों को हुसैन की बैयत करने पर आमादा करें? हम आपका रुतबा और इज़्ज़त बढ़ाते हैं, और आप हमारी जड़ खोदने की फ़िक्र में हैं?

हानी : या अमीर, ख़ुदा जानता है, मैंने मुसलिम को ख़ुद नहीं बुलाया, वह रात को मेरे घर आए, और पनाह चाही। यह इनसानियत के ख़िलाफ़ था कि मैं उन्हें घर से निकाल देता। आप ख़ुद सोच सकते हैं कि इसमें मेरी क्या ख़ता थी।

ज़ियाद : तुम्हें मालूम था कि हुसैन ख़लीफ़ा यज़ीद के दुश्मन हैं।

हानी : अगर मेरा दुश्मन भी मेरी पनाह में आता, तो मैं दरवाज़ा न बन्द करता।

ज़ियाद : अगर तुम अपनी ख़ैरियत चाहते हो, तो मुसलिम को मेरे हवाले कर दो। वरना कलाम पाक की क़सम, तुम फिर आफ़ताब की रोशनी न देखोगे।

हानी : या अमीर, अगर आप मेरे जिस्म के टुकड़े-टुकड़े कर डालें, और उन टुकड़ों को आग में जला डालें, तो भी मैं मुसलिम को आपके हवाले न करूँगा। मुरौवत इसे कभी क़बूल नहीं करती कि अपनी पनाह में आनेवाले आदमी को दुश्मन के हवाले किया जाए। यह शराफ़त के ख़िलाफ़ है। अरब की आन के ख़िलाफ़ है। अगर मैं ऐसा करूँ, तो अपनी ही निगाह में गिर जाऊँगा। मेरे मुँह पर हमेशा के लिए स्याही का दाग़ लग जाएगा। और, आनेवाली नस्लें मेरे नाम पर नालत करेंगी।

क़ीस : *(हानी को एक किनारे ले जाकर)* हानी, सोचो, इसका अंजाम क्या होगा? तुम पर, तुम्हारे ख़ानदान पर, तुम्हारे क़बीले पर आफ़त आ जाएगी। इतने आदमियों को क़ुरबान करके एक आदमी की जान बचाना कहाँ की दानाई है?

हानी : क़ीस, तुम्हारे मुँह से ये बातें जेबा नहीं देतीं? मैं हुसैन के चचेरे भाई के साथ कभी दग़ा न करूँगा, चाहे मेरा सारा ख़ानदान क़त्ल कर दिया जाए।

ज़ियाद : शायद तुम अपनी ज़िन्दगी से बेज़ार हो गए हो।

हानी : आप मुझे अपने मकान पर बुलाकर मुझे क़त्ल की धमकी दे रहे हैं। मैं कहता हूँ कि मेरा एक क़तरा ख़ून इस आलीशान इमारत को हिला देगा। हानी बेकस, बेजार और बेमददगार नहीं है।

ज़ियाद : *(हानी के मुँह पर सोंटे से मारकर)* ख़लीफ़ा का नायब किसी के मुँह से अपनी तौहीन न सुनेगा, चाहे वह दस हज़ार क़बीले का सरदार क्यों न हो।

हानी : *(नाक से ख़ून पोंछते हुए)* ज़ालिम! तुझे शर्म नहीं आती कि एक निहत्थे आदमी पर वार कर रहा है। काश मैं जानता कि तू दग़ा करेगा, तो तू यों न बैठा रहता।

सुलेमान : ज़ियाद! मैं तुम्हें ख़बरदार किए देता हूँ कि अगर हानी को क़ैद किया, तो तू भी सलामत न बचेगा।

[ज़ियाद सुलेमान को मारने उठता है, लेकिन हज्जाज उसे रोक लेता है।]

ज़ियाद : तुम लोग बैठे मुँह क्या ताक रहे हो, पकड़ लो इस बुड्ढे को। *(बाहर की तरफ़ शोर मचता है।)* यह शोर कैसा है?

क़ीस : *(खिड़की से बाहर की तरफ़ झाँककर)* बाग़ियों की एक फ़ौज इस तरफ़ बढ़ती चली आ रही है।

ज़ियाद : कितने आदमी होंगे?

क़ीस : क़सम ख़ुदा की, दस हज़ार से कम नहीं हैं।

ज़ियाद : *(सिपाही को बुलाकर)* हानी को ले जाओ और उस कोठरी में बन्द कर दो, जहाँ कभी आफ़ताब की किरणें नहीं पहुँचतीं।

सुलेमान : ज़ियाद, मैं तुझे ख़बरदार किए देता हूँ कि तुझे ख़ुद न उसी कोठरी में क़ैद होना पड़े।

[सुलेमान और मुख़्तार बाहर चले जाते हैं।]

क़ीस : बाग़ियों की एक फ़ौज बड़ी तेज़ी से बढ़ती चली आ रही है। बीस हज़ार से कम न होगी। मुसलिम झंडा लिये हुए सबके आगे हैं।

ज़ियाद : दरवाज़े बन्द कर लो। अपनी-अपनी तलवारें लेकर तैयार हो जाओ। क़सम ख़ुदा की, मैं इस बग़ावत का मुक़ाबला ज़बान से करूँगा। *(छत पर चढ़कर बाग़ियों से पूछता है।)* तुम लोग क्यों शोर मचाते हो?

एक आवाज़ : हम तुझसे हानी के ख़ून का बदला लेने आए हैं।

ज़ियाद : कलाम पाक की क़सम, जीते-जागते आदमी के ख़ून का बदला आज तक कभी किसी ने न लिया। अगर मैं झूठा हूँ, तो तुम्हारे शहर का क़ाज़ी तो झूठ न बोलेगा। *(क़ाज़ी को नीचे से बुलाकर)* बाग़ियों से कह दो, हानी ज़िन्दा है।

क़ाज़ी : या अमीर! मैं हानी को जब तक अपनी आँखों से न देख लूँ, मेरी ज़बान से यह तसदीक़ न होगी।

ज़ियाद : कलाम पाक की क़सम, मैं तमाम मुल्लाओं को वासिल जहन्नुम कर दूँगा। जा, देख आ, जल्दी कर।

[क़ाज़ी नीचे जाता है, और क्षण-भर में लौट आता है।]

क़ाज़ी : ऐ कूफ़ा के बाशिन्दो! मैं ईमान की रू से तसदीक़ करता हूँ कि शेख़ हानी ज़िन्दा हैं। हाँ, उनकी नाक से ख़ून जारी है।

मुस. : बढ़े चलो। महल पर चढ़ जाओ। क्या कहा, ज़ीने नहीं हैं? जवाँमर्दों को कभी ज़ीने का मुहताज नहीं देखा। तुम आप ज़ीने बन जाओ।

ज़ियाद : *(दिल में)* ज़ालिम एक-दूसरों के कन्धों पर चढ़ रहे हैं। *(प्रकट)* दोस्तो, यह हंगामा किसलिए है? मैं हुसैन का दुश्मन नहीं हूँ। मुसलिम का दुश्मन नहीं हूँ, अगर तुमने हुसैन की बैयत क़बूल की है, तो मुबारक हो। वह शौक़ से आएँ। मैं यज़ीद का ग़ुलाम नहीं हूँ। जिसे क़ौम का ख़लीफ़ा बनाए, उसका ग़ुलाम हूँ, लेकिन इसका तसफिया हंगामे से न होगा, इस मकान को पस्त करने से न होगा, अगर ऐसा हो, तो सबसे पहले इस पर मेरा हाथ उठेगा। मुझे क़त्ल करने से भी फ़ैसला न होगा, अगर ऐसा हो, तो मैं अपने हाथों अपना सिर क़लम करने को तैयार हूँ। इसका फ़ैसला आपस की सलाह से होगा।

मुस. : ठहरो, बस, थोड़ी कसर और है। ऊपर पहुँचे कि तुम्हारी फ़तह है।

सुलेमान : ऐं! ये लोग भागे कहाँ जाते हैं? ठहरो-ठहरो, क्या बात है?

एक सिपाही : देखिए, क़ीस कुछ कह रहा है।

क़ीस : *(खिड़की से सर निकालकर)* भाइयो, हम और तुम एक

शहर के रहनेवाले। क्या तुम हमारे ख़ून से अपनी तलवारों की प्यास बुझाओगे? तुममें से कितने ही मेरे साथ खेले हुए हैं। क्या यह मुनासिब है कि हम एक-दूसरे का ख़ून बहाएँ! हम लोगों ने दौलत के लालच से, रुतबे के लालच से और हुकूमत के लालच से यज़ीद की बैयत नहीं क़बूल की है, बल्कि महज़ इसलिए कि कूफ़ा की गलियों में ख़ून के नाले न बहें।

कई आवाज़ें : हम ज़ियाद से लड़ना चाहते हैं, अपने भाइयों से नहीं।

मुस. : ठहरो-ठहरो। इस दग़ाबाज़ की बातों में न आओ।

सुलेमान : अफ़सोस, कोई नहीं सुनता। सब भागे चले जाते हैं। वह कौन बदनसीब है, जिसके आदमी इतनी आसानी से बहकाए जा सकते हैं।

मुस. : मेरी नादानी थी कि इन पर एतबार किया।

सुलेमान : मैं हज़रत हुसैन को कौन मुँह दिखाऊँगा। ऐसे लोग दग़ा देते जा रहे हैं, जिनको मैं तक़दीर से ज़्यादा अटल समझता था। क़ीस गया, हज्जाज गया, हारिस गया, शीश ने दग़ा दी, अशअस ने दग़ा दी। जितने अपने थे, सब बेगाने हो गए।

मुख़्तार : अब हमारे साथ कुल तीस आदमी और रह गए। *(यज़ीद के सिपाही महल से निकलते हैं। ख़ुदा, इन मूज़ियों से बचाओ! हज़रत मुसलिम, मुझे अब कोई ऐसा मकान नज़र नहीं आता, जहाँ आपकी हिफ़ाज़त कर सकूँ। मुझे यहाँ की मिट्टी से भी दग़ा की बू आ रही है।)*

कसीर : ग़रीब का मकान हाज़िर है।

मुख़्तार : अच्छी बात है। हज़रत मुसलिम, आप इनके साथ जाएँ। हमें रुख़सत कीजिए। हम दो-चार ऐसे आदमियों का रहना ज़रूरी है, जो हज़रत हुसैन पर अपनी जान निसार कर सकें। हमें अपनी जान प्यारी नहीं, लेकिन हुसैन की ख़ातिर उसकी हिफ़ाज़त करनी पड़ेगी।

[वे दोनों एक गली में ग़ायब हो जाते हैं।]

बारहवाँ दृश्य

[9 बजे रात का समय। मुसलिम एक अँधेरी गली में खड़े हैं। थोड़ी दूर पर एक चिराग़ जल रहा है। तौआ अपने मकान के दरवाज़े पर बैठी हुई है।]

मुसलिम : *(स्वगत)* उफ़! इतनी गरमी मालूम होती है कि बदन का ख़ून आग हो गया। दिन-भर गुज़र गया, कहीं पानी का एक बूँद भी न नसीब हुआ। एक दिन, सिर्फ़ एक दिन, पहले, 20 हज़ार आदमियों ने मेरे हाथों पर हुसैन की बैयत ली थी। आज किसी से एक बूँद पानी माँगते हुए ख़ौफ़ होता है कि कहीं गिरफ़्तार न हो जाऊँ। साए पर दुश्मन का गुमान होता है। ख़ुदा से अब मेरी यही दुआ है कि हुसैन मक्के से न चले हों। आह कसीर! ख़ुदा तुम्हें जन्नत में जगह दे। कितना दिलेर, कितना जाँबाज़! दोस्त की हिमायत का पाक फ़र्ज़ इतनी जवाँमर्दी से किसने पूरा किया होगा! तुम दोनों बाप और बेटे इस दग़ा और फ़रेब की दुनिया में रहने के लायक़ न थे। तुम्हारी मज़ार पर हूरें फ़ातिहा पढ़ने आएँगी। आह! अब प्यास के मारे नहीं रहा जाता। दुश्मन की तलवार से मरना इतना ख़ौफ़नाक नहीं, जितना प्यास से तड़प-तड़पकर मरना। चिराग़ नज़र आता है। वहाँ चलकर पानी माँगूँ, शायद मिल जाए। *(प्रकट)* ऐ नेक बीबी, मेरा प्यास के मारे बुरा हाल है, थोड़ा-सा पानी पिला दो।

तौआ : आओ, बैठो, पानी लाती हूँ।

[वह पानी लाती है, और मुसलिम पीकर, दीवार से लगकर बैठते हैं।]

तौआ : ऐ ख़ुदा के बन्दे, क्या तूने पानी नहीं पिया?

मुस. : पी चुका।

तौआ : तो अब घर जाओ। यहाँ अकेले पड़ा रहना मुनासिब नहीं है। ज़ियाद के सिपाही चक्कर लगा रहे हैं, ऐसा न हो, तुम्हें शुबहे में पकड़ लें।

मुस. : चला जाऊँगा।

तौआ : हाँ बेटा, ज़माना ख़राब है, अपने घर चले जाओ।

मुस. : चला जाऊँगा।

तौआ : रात गुज़रती जाती है। तुम चले जाओ, तो मैं दरवाज़ा बन्द कर लूँ।

मुस. : चला जाऊँगा।

तौआ : सुभानअल्लाह! तुम भी अजीब आदमी हो। मैं तुमसे बार-बार घर जाने को कहती हूँ, और तुम उठते ही नहीं। मुझे तुम्हारा यहाँ पड़ा रहना पसन्द नहीं। कहीं कोई वारदात हो जाए, तो मैं ख़ुदा के दरगाह में गुनहगार बनूँ।

मुस. : ऐ नेक बीबी, जिसका यहाँ घर ही न हो, वह किसके घर चला जाए। जिसके लिए घरों के दरवाज़े नहीं, सड़कें बन्द हो गई हों, उसका कहाँ ठिकाना है। अगर तुम्हारे घर में जगह और दिल में दर्द हो, तो मुझे पनाह दो। शायद मैं कभी इस नेकी का बदला दे सकूँ।

तौआ : तुम कौन हो?

मुस. : मैं वही बदनसीब आदमी हूँ, जिसकी आज घर-घर तलाश हो रही है। मेरा नाम मुसलिम है।

तौआ : या हज़रत, तुम पर मेरी जान फ़िदा हो। जब तक तौआ ज़िन्दा है, आपको किसी दूसरे घर जाने की ज़रूरत नहीं। ख़ुशनसीब के मरने के वक़्त आपकी ज़ियारत हुई। मैं ज़ियाद से क्यों डरूँ? जिसके लिए मौत के सिवा और कोई आरजू नहीं। आइए, आपको अपने मकान के दूसरे हिस्से में ठहरा दूँ, जहाँ किसी का गुज़र नहीं हो सकता। *(मुसलिम तौआ के साथ जाते हैं।)* यहाँ आप आराम कीजिए, मैं खाना लाती हूँ।

[बलाल का प्रवेश।]

बलाल : अम्मा, आज ज़ियाद ने लोगों की ख़ताएँ माफ़ कर दीं, सबको तसल्ली दी, और इतमीनान दिलाया कि तुम्हारे साथ कोई सख़्ती न की जाएगी। हज़रत मुसलिम का न जाने क्या हाल हुआ।

तौआ : जो हुसैन का दुश्मन है, उसके क़ौल का क्या एतबार!

बलाल : नहीं अम्मा, छोटे-बड़े ख़ातिर से पेश आए। उसकी बातें ऐसी होती हैं कि एक-एक लफ़्ज़ दिल में चुभ जाता है। हज़रत मुसलिम का बचना अब मुझे भी मुश्किल जान पड़ता

है। अब ख़याल होता है, उनके यहाँ आने से हम लोगों में निफ़ाक़ पैदा हो गया। ज़ियाद ने वादा किया है कि जो उन्हें गिरफ़्तार करा देगा, उसे बहुत कुछ इनाम-इकराम मिलेगा।

तौआ : बेटा, कहीं तेरी नियत तो नहीं बदल गई। ख़ुदा की क़सम, मैं तुझे कभी दूध न बख़्शूँगी।

बलाल : अम्मा, ख़ुदा न करे, मेरी नियत में फ़र्क़ आए। मैं तो सिर्फ़ बात कह रहा था। आज सारा शहर ज़ियाद को दुआएँ दे रहा है।

[तौआ प्याले में खाना लेकर मुसलिम को दे आती है।]

बलाल : हज़रत हुसैन तशरीफ़ न लाएँ, तो अच्छा हो। मुझे ख़ौफ़ है कि लोग उनके साथ दग़ा करेंगे।

तौआ : ऐसी बातें मुँह से न निकाल। मुँह-हाथ धो ले। क्या तुझे भूख नहीं लगी, या ज़ियाद ने दावत कर दी?

बलाल : ख़ुदा मुझे उसकी दावत से बचाए। खाना ला।

[तौआ उसके सामने खाना रख देती है, और फिर प्याले में कुछ लेकर मुसलिम को दे आती है।]

बलाल : यह पिछवाड़े की तरफ़ बार-बार क्यों जा रही हो अम्मा?

तौआ : कुछ नहीं बेटा! यों ही एक ज़रूरत से चली गई थी।

बलाल : हज़रत मुसलिम पर न जाने क्या गुज़री।

[खाना खाकर चारपाई पर लेटता है, तौआ बिस्तर लेकर मुसलिम की चारपाई पर बिछा आती है।]

बलाल : अम्मा, फिर तुम उधर गईं, और कुछ लेकर गईं। आख़िर माजरा क्या है? कोई मेहमान तो नहीं आया है?

तौआ : बेटा, मेहमान आता, तो क्या उसके लिए यहाँ जगह न थी?

बलाल : मगर कोई-न-कोई बात है ज़रूर। क्या मुझसे भी छिपाने की ज़रूरत है?

तौआ : तू सो जा, तुझसे क्या।

बलाल : जब तक बतला न दोगी, तब तक मैं न सोऊँगा।

तौआ : किसी से कहेगा तो नहीं?

बलाल : तुम्हें मुझ पर भी एतबार नहीं?

तौआ : क़सम खा।

बलाल : ख़ुदा की क़सम है, जो किसी से कहूँ।

तौआ : *(बलाल के कान में)* हज़रत मुसलिम हैं।

बलाल : अम्मा, ज़ियाद को ख़बर मिल गई, तो हम तबाह हो जाएँगे।

तौआ : ख़बर कैसे हो जाएगी। मैं तो कहूँगी नहीं। हाँ, तेरे दिल की नहीं जानती। करती क्या, एक तो मुसाफ़िर, दूसरे हुसैन के भाई। घर में जगह न होती, तो दिल में बैठा लेती।

बलाल : *(दिल में!)* अम्मा ने मुझे यह राज़ बता दिया, बड़ी ग़लती की। मैंने ज़िद करके पूछा, मुझसे ग़लती हुई। दिल पर क्योंकर क़ाबू रख सकता हूँ। एक वार से बादशाहत मिलती हो, तो ऐसा कौन हाथ है, जो न उठ जाएगा। एक बात से दौलत मिलती हो, ज़िन्दगी के सारे हौसिले पूरे होते हों, तो वह कौन ज़ुबान है, जो चुप रह जाएगी। ऐ दिल, गुमराह न हो, तूने सख़्त क़समें खाई हैं। लानत का तौक़ गले में न डाल। लेकिन होगा तो वही, जो मुक़द्दर में है। अगर मुसलिम की तक़दीर में बचना लिखा है, तो बचेंगे, चाहे सारी दुनिया दुश्मन हो जाए। मरना लिखा है, तो मरेंगे, चाहे सारी दुनिया उन्हें बचाए।

[उठकर तौआ की चारपाई की तरफ़ देखता है, और चुपके-से दरवाज़ा खोलकर चला जाता है।]

तौआ : *(चौंककर उठ बैठती है।)* आह! ज़ालिम, माँ से भी दग़ा की। तुझे यह भी शर्म नहीं आई कि हुसैन का भाई मेरे मकान में गिरफ़्तार हो। आक़बत के दिन ख़ुदा को कौन-सा मुँह दिखाएगा। एक कसीर था कि अपनी और अपने बेटे की जान अपने मेहमान पर निसार कर दी, और एक बदनसीब मैं हूँ कि मेरा बेटा उसी मेहमान को दुश्मनों के हवाले करने जा रहा है।

[बाहर शोर सुनाई देता है। मुसलिम तौआ के कमरे में आते हैं।]

मुस. : तौआ, यह शोर कैसा है?

तौआ : या हज़रत! क्या बताऊँ, मेरा बेटा मुझसे दग़ा कर गया। वह बुरी सायत थी कि मैंने अपने घर में आपको पनाह दी।

काश, अगर मैंने उस वक़्त बेमुरौवती की होती, तो आप इस ख़तरे में न पड़ते। अगर कभी किसी माँ को बेटा जनने पर अफ़सोस हुआ है, तो वह बदनसीब माँ मैं हूँ। अगर जानती कि यह यों दग़ा करेगा, तो ज़च्चाख़ाने में ही उसका गला घोंट देती।

मुस. : नेक बीबी, शर्मिंदा न हों। तेरे बेटे की ख़ता नहीं, सब कुछ वही हो रहा है, जो तक़दीर में था, और जिसकी मुझे ख़बर थी। लेकिन दुनिया में रहकर इंसाफ़, इज़्ज़त और ईमान के लिए प्राण देना हर एक सच्चे मुसलमान का फ़र्ज़ है। ख़ुदा नबियों के हाथों हिदायत के बीज बोता है, और शहीदों के ख़ून से उसे सींचता है। शहादत वह आला-से-आला रुतबा है कि जो ख़ुदा इनसान को दे सकता है। मुझे अफ़सोस सिर्फ़ यह है कि जो बात एक दिन पहले होनी चाहिए थी, वह आज दो ख़ुदा के बन्दों का ख़ून बहाने के बाद हो रही है।

[ज़ियाद के आदमी बाहर से तौआ के घर में आग लगा देते हैं, और मुसलिम बाहर निकलकर दुश्मनों पर टूट पड़ते हैं।]

एक सिपाही : तलवार क्या है, बिजली है। ख़ुदा बचाए।

[मुसलिम का हाथ पकड़ता है, और वहीं गिर पड़ता है।]

दूसरा सिपाही : अब इधर चला, जैसे कोई मस्त शेर डकारता हुआ चला आता हो। बन्दा तो घर का राह लेता है, कौन जान दे। *(भागता है।)*

तीसरा सिपाही : अर...र...र...या हज़रत मैं ग़रीब मुसाफ़िर हूँ, देखने आया था कि यहाँ क्या हो रहा है।

[मुसलिम का हाथ पकड़ता है। और वहीं गिर पड़ता है।]

चौथा सिपाही : जहन्नुम में जाए ऐसी नौकरी। आदमी आदमी से लड़ता है कि देव से। या हज़रत, मैं नहीं हूँ, मैं तो हुज़ूर के हाथों पर बैयत करने आया था।

[मुसलिम का हाथ पकड़ता है, और वहीं गिर पड़ता है।]

पाँचवाँ सिपाही : किधर से भागें, कहीं जगह नहीं मिलती। या हज़रत, अपनी बूढ़ी माँ का अकेला लड़का हूँ। जान बख़्शें, तो हुज़ूर की जूतियाँ सीधी करूँगा।

[तलवार पकड़ते ही गिर पड़ता है। सिपाहियों में भगदड़ मच जाती है।]

क़ीस : जवानो, हिम्मत न हारो। तुम तीन सौ हो। कितने शर्म की बात है कि एक आदमी से इतना डर रहे हो।

एक सिपाही : बड़े बहादुर हो, तो तुम्हीं क्यों नहीं उससे लड़ आते? दुम दबाए पीछे क्यों खड़े हो? क्या तुम्हीं को अपनी जान प्यारी है!

क़ीस : हज़रत मुसलिम, अमीर ज़ियाद का हुक्म है कि अगर आप हथियार रख दें, तो आपको पनाह दी जाए। *(सिपाहियों से)* तुम सब छतों पर चढ़ जाओ, और ऊपर से पत्थर फेंको।

मुस. : ऐ ख़ुदा और रसूल के दुश्मन, मुझे तेरी पनाह की ज़रूरत नहीं है। मैं यहाँ तुझसे पनाह माँगने नहीं आया हूँ, तुझे सचाई के रास्ते पर लाने आया हूँ।

(एक पत्थर सिर पर आता है।) ऐ गुमराहो! क्या तुमने इस्लाम से मुँह फेरकर शराफ़त और इनसानियत से भी मुँह फेर लिया। क्या तुम्हें शर्म नहीं आती कि तुम अपने रसूल पाक के अज़ीज पर पत्थर फेंक रहे हो। हमारे साथ तुम्हारा यह कमीनापन!

[तलवार लेकर टूट पड़ते और गाते हैं।]

कूचे में रास्ती के हम अब गदा हुए हैं,
क्या ख़ौफ़ मौत का है, हक़ पर फ़िदा हुए हैं।
ईमाँ है अपना मुसलिक, मकरोदग़ा से नफ़रत,
दुनिया से फेरकर मुँह नक़्शे-वफ़ा हुए हैं।
क्या उनपे हाथ उठाऊँ, जो मौत से हैं खायफ़,
जो राहे-हक़ से फिरकर सरफ़े दग़ा हुए हैं।
दुनिया में आके इक दिन हर शख़्स को है मरना,
जन्नत है, उनकी, जो याँ वकफ़े जफ़ा हुए हैं।

क़ीस : कलामे पाक की क़सम, हम आपसे फ़रेब न करेंगे। अगर

हम आपसे झूठ बोलें, तो हमारी नजात न हो।

मुस. : वल्लाह! मुझे ज़िन्दा गिरफ़्तार करके ज़ियाद के तानों का निशाना न बना सकेगा।

क़ीस : *(आहिस्ते से)* यह शेर इस तरह क़ाबू में न आएगा। इसका सामना करना मौत का लुक़मा बनना है। यहाँ गहरा गड्ढा खोदो। जब तक वह औरों को गिराता हुआ आए, तब तक गड्ढा तैयार हो जाना चाहिए। यहाँ अँधेरा है, वह जोश में इधर आते ही गिर जाएगा।

एक सिपाही : ज़ियाद पर लानत हो, जिसने हमें शेर से लड़ने के लिए भेजा। या हज़रत, रहम, रहम!

दूसरा सिपाही : ख़ुदा ख़ैर करे। क्या जानता था, यहाँ मौत का सामना करना पड़ेगा। बाल-बच्चों की ख़बर लेनेवाला कोई नहीं।

[मुसलिम गड्ढे में गिर पड़ते हैं।]

मुस. : ज़ालिमों, आख़िर तुमने दग़ा की।

क़ीस : पकड़ लो, पकड़ लो, निकलने न पाए। ख़बरदार, क़त्ल न करना, ज़िन्दा पकड़ लो।

अशअस : तलवार का हक़दार मैं हूँ।

क़ीस : जिरह मेरा हिस्सा है।

अशअस : ख़ोद उतार लो, साद को देंगे।

मुस. : प्यास! बड़े ज़ोरों की प्यास है। ख़ुदा के लिए एक घूँट पानी पिला दो।

क़ीस : अब जहन्नुम के सिवा यहाँ पानी का एक क़तरा भी न मिलेगा।

मुस. : तुफ़ है तुझ पर ज़ालिम, तुझे शरीफ़ों की तरह जबह करने की भी तमीज़ नहीं। मरनेवालों से ऐसी दिल-ख़राश बातें की जाती हैं? अफ़सोस!

अशअस : अब अफ़सोस करने से क्या फ़ायदा? यह तुम्हारे फ़ेल का नतीजा है।

मुस. : आह! मैं अपने लिए अफ़सोस नहीं करता। रोता हूँ हुसैन के लिए, जिसे मैंने तुम्हारी मदद के लिए आमादा किया। जो मेरी ही मिन्नतों से अपने गोशे पर निकलने को राज़ी हुआ। जबकि ख़ानदान के सभी आदमी तुम्हारी दग़ाबाज़ी का ख़ौफ़ दिला रहे थे, मैंने ही उन्हें यहाँ आने पर मजबूर किया। रोता हूँ कि जिस दग़ा ने मुझे तबाह किया, वह उन्हें

और उनके साथ उनके ख़ानदान को भी तबाह कर देगी। क्या तुम्हारे ख़याल में यह रोने की बात नहीं है? तुमसे कुछ सवाल करूँ?

अशअस : हुसैन की बैयत के सिवा और जो सवाल चाहे कर सकते हो।

मुस. : हुसैन को मेरी मौत की इत्तिला दे देना।

अशअस : मंज़ूर है।

[कई सिपाही मुसलिम को रस्सियों से बाँधकर ले जाते हैं।]

तेरहवाँ दृश्य

[प्रातःकाल का समय। ज़ियाद का दरबार। मुसलिम को कई आदमी मुश्क कसे लाते हैं।]

मुस. : मेरा उस पर सलाम है, जो हिदायत पर चलता है, आकबत से डरता है, और सच्चे बादशाह की बन्दगी करता है।

चोबदार : मुसलिम! अमीर को सलाम करो।

मुस. : चुप रह। अमीर, मेरा मालिक, मेरा आक़ा, मेरा इमाम हुसैन है।

ज़ियाद : तुमने कूफ़ा में आकर क़ानून के मुताबिक़ क़ायम की हुई बादशाहत को उखाड़ने की कोशिश की, बाग़ियों को भड़काया, और रियासत में निफ़ाक़ पैदा किया?

मुस. : कूफ़ा-क़ानून के मुताबिक़ न कोई सल्तनत क़ायम थी, न है। मैं उस शख़्स का क़ासिद हूँ, जो चुनाव के क़ानून से, विरासत के क़ानून से और लियाक़त से अमीर है। कूफ़ावालों ने ख़ुद उसे अमीर बनाया। अगर तुमने लोगों के साथ इंसाफ़ किया होता, तो बेशक, तुम्हारा हुक्म जायज़ था। रियाया की मरज़ी और सब हक़ों को मिटा देती है। मगर तुमने लोगों पर वे ज़ुल्म किए कि क़ैसर ने भी न किए थे। बेगुनाहों को सज़ाएँ दीं, ज़ुर्माने के हीले से उनकी दौलत लूटी, अमन रखने के हीले से उनके सरदारों को क़त्ल किया। ऐसे ज़ालिम हाकिम को, चाहे वह किसी हक़ के बिना पर

हुकूमत करता हो हुकूमत करने का कोई हक़ नहीं रहता, क्योंकि हैवानी ताक़त कोई हक़ नहीं है। ऐसी हुकूमत को मिटाना हर सच्चे आदमी का फ़र्ज़ है। और, जो इस फ़र्ज़ से ख़ौफ़ या लालच के कारण मुँह मोड़ता है, वह इनसान और ख़ुदा दोनों ही की निगाहों में गुनहगार है। मैंने अपने मक़दूर-भर रियाया को तेरे पंजे से छुड़ाने की कोशिश की, और मौक़ा पाऊँगा, तो फिर करूँगा।

ज़ियाद : वल्लाह, तू फिर इसका मौक़ा न पाएगा। तूने बग़ावत की है। बग़ावत की सज़ा क़त्ल है। और, दूसरे बाग़ियों की इबरत के लिए मैं तुझे इस तरह क़त्ल कराऊँगा, जैसे कोई अब तक न किया गया होगा।

मुस. : बेशक। यह लियाक़त तुझी में है।

ज़ियाद : इस गुस्ताख़ को ले जाओ, और सबसे ऊँची छत पर क़त्ल करो।

मुस. : साद, तुमको मालूम है कि तुम मेरे कराबतमन्द हो?

साद : मालूम है।

मुस. : मैं तुमसे कुछ वसीयत करना चाहता हूँ।

साद : शौक़ से करो।

मुस. : मैंने यहाँ कई आदमियों से क़र्ज़ लेकर अपनी ज़रूरतों पर ख़र्च किए थे। इस काग़ज़ पर उनके नाम और रक़में दर्ज हैं। तुम मेरा घोड़ा और मेरे हथियार बेचकर यह क़र्ज़ अदा कर देना, वरना हिसाब के दिन मुझे इन आदमियों से शर्मिन्दा होना होगा।

साद : इसका इतमीनान रखिए।

मुस. : मेरी लाश को दफ़न करा देना।

साद : यह मेरे इमकान में नहीं है।

[जल्लाद आकर मुसलिम को ले जाता है।]

अशअस : या अमीर, मुसलिम क़त्ल हुए। अब बग़ावत का कोई अंदेशा नहीं। अब आप हानी की जानबख़्शी कीजिए।

ज़ियाद : कलाम पाक की क़सम, अगर मेरी नजात भी होती हो, तो हानी को नहीं छोड़ सकता।

अशअस : लोग बिगड़ खड़े हों, तो?

ज़ियाद : जब क़ौम के सरदार मेरे तरफ़दार हैं, तो रियाया की तरफ़

से कोई अंदेशा नहीं। *(जल्लाद को बुलाकर)* तूने मुसलिम को क़त्ल किया?

जल्लाद : अमीर के हुक्म की तामील हो गई। ख़ुदाबन्द किसी को इतनी दिलेरी से जान देते नहीं देखा। पहले नमाज़ पढ़ा, तब मुझसे मुस्कराकर कहा—'तू अपना काम कर'।

ज़ियाद : तूने उसे नमाज़ क्यों पढ़ने दिया? किसके हुक्म से?

जल्लाद : ग़रीबपरवर, आख़िर नमाज़ के रोकने का अज़ाब जल्लादों के लिए भी भारी है। जिस्म को सिर से अलग कर देना इतना बड़ा गुनाह नहीं है, जितना किसी को ख़ुदा की इबादत से रोकना।

ज़ियाद : चुप रह नामाक़ूल। तू क्या जानता है, किसको क्या सज़ा देनी चाहिए। ग़ैरतमन्दों के लिए रूहानी ज़िल्लत क़त्ल से कहीं ज़्यादा तकलीफ़ देती है। ख़ैर, अब हानी को ले जा, और चौराहे पर क़त्ल कर डाल।

एक आवाज़ : ख़ुदाबन्द, यह ख़िदमत मुझे सुपुर्द हो।

ज़ियाद : तू कौन है?

आवाज़ : हानी का ग़ुलाम हूँ। मुझ पर उसने इतने ज़ुल्म किए हैं कि मैं उनके ख़ून का प्यासा हो गया हूँ। आपकी निगाह हो जाए, तो मेरी पुरानी आरज़ू पूरी हो। मैं इस तरह क़त्ल करूँगा कि देखनेवाले आँखें बन्द कर लेंगे।

ज़ियाद : कलाम पाक की क़सम, तेरा सवाल ज़रूर पूरा करूँगा।

[ग़ुलाम हानी को पकड़े हुए ले जाता है। कई सिपाही तलवारें लिये साथ-साथ जाते हैं।]

ग़ुलाम : *(हानी से)* मेरे प्यारे आक़ा मैंने ज़िन्दगी-भर आपका नमक खाया, कितनी ही ख़ताएँ कीं, पर आपने कभी कड़ी निगाहों से नहीं देखा। अब आपके जिस्म पर किसी बेदर्द क़ातिल का हाथ पड़े, वह मैं नहीं देख सकता। मैं इस हालात में भी आपकी ख़िदमत करना चाहता हूँ। मैं आपकी रूह को इस जिस्म की क़ैद से इस तरह आज़ाद करूँगा कि ज़रा भी तकलीफ़ न हो। ख़ुदा आपको जन्नत दे, और ख़ता माफ़ करे।

तीसरा अंक

पहला दृश्य

[दोपहर का समय। रेगिस्तान में हुसैन के क़ाफ़िले का पड़ाव। बगूले उड़ रहे हैं। हुसैन असग़र को गोद में लिये अपने ख़ेमे के द्वार पर खड़े हैं।]

हुसैन : *(मन में)* उफ़, यह गर्मी! निगाहें जलती हैं। पत्थर की चट्टानों से चिनगारियाँ निकल रही हैं। झीलें, कुएँ, सब सूखे पड़े हुए हैं, गोया उन्हें गर्मी ने जला दिया हो। हवा से बदन झुलसा जाता है। बच्चों के चेहरे कैसे सँवला गए हैं। यह सफ़ेदी, यह रेगिस्तान, इसकी कहीं हद भी है या नहीं! जिन लोगों ने प्यास के मारे हौक-हौककर पानी पी लिया है, उनके कलेजे में दर्द हो रहा है। अब तक कूफ़ा से कोई क़ासिद नहीं आया। ख़ुदा जाने मुसलिम का क्या हाल हुआ। क़रीने से ऐसा मालूम होता है कि इराक़वालों ने उनसे दग़ा की, और उनको शहीद कर दिया, वरना यह ख़ामोशी क्यों? अगर वह जन्नत को सिधारे हैं, तो मेरे लिए भी दूसरा रास्ता नहीं है। शहादत मेरा इन्तज़ार कर रही है। कोई मुझसे मिलने आ रहा है।

[फ़र्ज़ूक़ का प्रवेश।]

फ़र्ज़ूक़ : अस्सलामअलेक या हज़रत हुसैन, मैंने बहुत चाहा कि मक्के ही में आपकी ज़ियारत करूँ, लेकिन अफ़सोस, मेरी कोशिश बेकार हुई।

हुसैन : अगर इराक़ से आए हो, तो वहाँ की क्या ख़बर है?

फ़र्ज़ूक़ : या हज़रत! वहाँ की ख़बरें वे ही हैं, जो आपको मालूम हैं।

लोगों के दिल आपके साथ हैं, क्योंकि आप हक़ पर हैं। और, उनकी तलवारें यज़ीद के साथ हैं, क्योंकि उसके पास दौलत है।

हुसैन : और मेरे भाई मुसलिम की भी कुछ ख़बर लाए हो?

फ़र्ज़ूक़ : उनकी रूह जन्नत में है, और सिर क़िले की दीवार पर।

मातम है कई दिन से मुसलमानों के घर में;
खंदक़ में है लाश उनकी व सिर क़िले की दर में।

हुसैन : *(सीने पर हाथ धरकर)* आह! मुसलिम, वही हुआ, जिसका मुझे ख़ौफ़ था। अब तक तुम्हें क़फ़न भी नसीब नहीं हुआ। क्या तुम्हारी नेकनीयती का यही सिला था? आह! तुम इतने दिनों तक मेरे साथ रहे, पर मैंने तुम्हारी क़द्र न जानी। मैंने तुम्हारे ऊपर ज़ुल्म किया, मैंने जानबूझकर तुम्हारी जान ली। मेरे अज़ीज़ और दोस्त, सब-के-सब मुझे कूफ़ावालों से होशियार कर रहे थे, पर मैंने किसी की न सुनी, और तुम्हें हाथ से खोया। मैं उनके बेटों को और उनकी बीबी को कौन मुँह दिखाऊँगा।

[मुसलिम की लड़की फ़ातिमा आती है।]

आओ बेटी, बैठो, मेरी गोद में चली आओ। कुछ खाया कि नहीं?

फ़ातिमा : बुआ ने शहद और रोटी दी थी। चचाजान, अब हम लोग कै दिन में अब्बा के पास पहुँचेंगे? पाँच-छह दिन तो हो गए!

हुसैन : *(दिल में)* आह! कलेजा मुँह को आता है। इस सवाल का क्या जवाब दूँ। कैसे कह दूँ कि अब तेरे अब्बा जन्नत में मिलेंगे। *(प्रकट)* बेटी, ख़ुदा की जब मरज़ी होगी।

अली अकबर : आह! तुम अब्बाजान की गोद में बैठ गईं। उतरिए चटपट।

फ़ातिमा : तुम मेरे अब्बाजान की गोद में बैठोगे, तो मैं भी उतार दूँगी।

हुसैन : बेटी, मैं ही तुम्हारा अब्बाजान हूँ। तुम बैठी रहो। इसे बकने दो।

फ़ातिमा : आप मेरी तरफ़ देखकर आँखों में आँसू क्यों भरे हुए हैं। आप मेरा इतना प्यार क्यों कर रहे हैं? आप यह क्यों कहते हैं कि मैं ही अब्बाजान हूँ? ऐसी बातें तो यतीमों से की जाती हैं।

हुसैन : *(रोकर)* बेटी, तेरे अब्बा को ख़ुदा ने बुला लिया।

[फ़ातिमा रोती हुई अपनी माँ के पास जाती है। औरतें रोने लगती हैं।]

जैनब : *(बाहर आकर)* भैया, यह क्या ग़ज़ब हो गया?

हुसैन : बहन, क्या कहूँ, सितम टूट पड़ा। मुसलिम तो शहीद हो गए। कूफ़ावालों ने दग़ा की।

जैनब : तो ऐसे दग़ाबाज़ों से मदद की क्या उम्मीद हो सकती है? मैं तुमसे मिन्नत करती हूँ कि यहीं से वापस चलो। कूफ़ावालों ने कभी वफ़ा नहीं की।

[मुसलिम के बेटे अब्दुल्ला का प्रवेश।]

अब्दुल्ला : फूफीजान, अब तो अगर तक़दीर भी रास्ते में खड़ी हो जाए, तो भी मेरे क़दम पीछे न हटेंगे। तुफ़ है मुझ पर, अगर अपने बाप का बदला न लूँ! हाय वह इनसान, जिसने कभी किसी से बदी नहीं की, जो रहम और मुरौवत का पुतला था, जो दिल का इतना साफ़ था कि उसे किसी पर शुबहा न होता था, इतनी बेदर्दी से क़त्ल किया जाए!

[अब्बास का प्रवेश।]

अब्बास : बेशक, अब कूफ़ावालों को उनकी दग़ा की सज़ा दिए बग़ैर लौट जाना ऐसी ज़िल्लत है, जिससे हमारी गरदन हमेशा झुकी रहेगी। ख़ुदा को जो कुछ मंज़ूर है, वह होगा। हम सब शहीद हो जाएँ, रसूल के ख़ानदान का निशान मिट जाए, पर यहाँ से लौटकर हम दुनिया को अपने ऊपर हँसने का मौक़ा न देंगे। मुझे यक़ीन है कि यह शरारत कूफ़ा के रईसों और सरदारों की है, जिन्हें ज़ियाद के वादों ने दीवाना बना रखा है। आप जिस वक़्त कूफ़ा में क़दम रखेंगे, रियाया अपने सरदारों से मुँह फेरकर आपके क़दमों पर झुकेगी। और वह दिन दूर नहीं, जब यज़ीद का नापाक सिर उसके तन से जुदा होगा। आप ख़ुदा का नाम लेकर ख़ेमे उखड़वाइए। अब देर करने का मौक़ा नहीं है। हक़ के लिए शहीद होना वह मौत है, जिसके लिए फ़रिश्तों की रूहें भी तड़पती हैं।

जैनब : भैया, मैं तुझ पर सदक़े। घर वापस चलो।

हुसैन : आह! अब यहाँ से वापस होना मेरे अख़्तियार की बात नहीं है। मुझे दूर से दुश्मन की फ़ौज का ग़ुबार नज़र आ रहा है। पुश्त की तरफ़ भी दुश्मन ने रास्ता रोक रखा है। दाहिने-बाएँ कोसों तक बस्ती का निशान नहीं। हम अब कूफ़ा के सिवा कहीं नहीं जा सकते। कूफ़ा में हमें तख़्त नसीब हो या तख़्ता, हमारे लिए कोई दूसरा मुक़ाम नहीं है। अब्बास, जाकर मेरे साथियों से कह दो, मैं उन्हें ख़ुशी से इजाज़त देता हूँ, जहाँ जिसका जी चाहे, चला जाए। मुझे किसी से कोई शिकायत नहीं है। चलो, हम लोग ख़ेमे उखाड़ें।

दूसरा दृश्य

[संध्या का समय। हुसैन का क़ाफ़िला रेगिस्तान में चला जा रहा है।]

अब्बास : अल्लाहोअकबर। वह कूफ़ा के दरख़्त नज़र आने लगे।

हबीब : अभी कूफ़ा दूर है। कोई दूसरा गाँव होगा।

अब्बास : रसूल पाक की क़सम, फ़ौज है। भालों की नोकें साफ़ नज़र आ रही हैं।

हुसैन : हाँ, फ़ौज ही है। दुश्मनों ने कूफ़े से हमारी दावत का यह सामान भेजा है। यहीं उस टीले के क़रीब, ख़ेमे लगा दो। अजब नहीं कि इसी मैदान में क़िस्मतों का फ़ैसला हो।

[क़ाफ़िला रुक जाता है। ख़ेमे गड़ने लगते हैं। बेगमें ऊँटों में उतरती हैं। दुश्मन की फ़ौज क़रीब आ जाती है।]

अब्बास : ख़बरदार, कोई एक क़दम आगे न रखे। यहाँ हज़रत हुसैन के ख़ेमे हैं।

अली अकबर : अभी जाकर इन बेअदबों की तंबीह करता हूँ।

हुसैन : अब्बास, पूछो, ये लोग कौन हैं, और क्या चाहते हैं?

अब्बास : *(फ़ौज से)* तुम्हारा सरदार कौन है?

हुर : *(सामने आकर)* मेरा नाम हुर है। हज़रत हुसैन का ग़ुलाम हूँ।

अब्बास : दोस्त दुश्मन बनकर आए, तो वह भी दुश्मन है!

हुर : या हज़रत, हाकिम के हुक्म से मजबूर हूँ, बैयत से मजबूर हूँ, नमक की क़ैद से मजबूर हूँ, लेकिन दिल हुसैन ही का ग़ुलाम है।

हुसैन : *(अब्बास से)* भाई, आने दो, इसकी बातों में सचाई की बू आती है।

हुर : या हज़रत, आपको कूफ़ावालों ने दग़ा दी है! ज़ियाद और यज़ीद, दोनों आपको क़त्ल करने की तैयारियाँ कर रहे हैं। चारों तरफ़ से फ़ौजें जमा की जा रही हैं। कूफ़े के सरदार आपसे जंग करने के लिए तैयार बैठे हैं।

हुसैन : पहले यह बतलाओ कि तुम्हारे सिपाही क्यों इतने निढाल और परेशान हो रहे हैं?

हुर : या हज़रत, क्या अर्ज़ करूँ। तीन पहर से पानी का एक बूँद न मिला। प्यास के मारे सबों के दम लबों पर आ रहे हैं।

हुसैन : *(अब्बास से)* भैया, प्यासों की प्यास बुझानी एक सौ नमाज़ों से ज़्यादा सवाब का काम है। तुम्हारे पास पानी हो, तो इन्हें पिला दो। क्या हुआ, अगर मेरे ये दुश्मन हैं, हैं तो मुसलमान—मेरे नाना के नाम पर मरनेवाले।

अब्बास : या हज़रत, आपके साथ बच्चे हैं, औरतें हैं और पानी यहाँ उनका है।

हुसैन : इन्हें पानी पिला दो, मेरे बच्चों का ख़ुदा है।

[अब्बास, अली अकबर, हबीब पानी की मशकें लाकर सिपाहियों को पानी पिलाते हैं।]

अब्बास : हुर, अब यह बतलाओ कि तुम हमसे सुलह करना चाहते हो या जंग?

हुर : हज़रत, मुझे आपसे न जंग का हुक्म दिया गया है, न सुलह का। मैं सिर्फ़ इसलिए भेजा गया हूँ कि हज़रत को ज़ियाद के पास ले जाऊँ, और किसी दूसरी तरफ़ न जाने दूँ।

अब्बास : इसके मानी यह है कि तुम जंग करना चाहते हो। हम किसी ख़लीफ़ा या आमिल के हुक्म के पाबन्द नहीं हैं कि किसी ख़ास तरफ़ जाएँ। मुल्क ख़ुदा का है। हम आज़ादी से जहाँ चाहेंगे, जाएँगे। अगर हमको कोई रोकेगा, तो उसे काँटों की तरह रास्ते से हटा देंगे।

हुसैन : नमाज़ का वक़्त आ गया। पहले नमाज़ अदा कर लें, उसके बाद और बातें होंगी। हुर, तुम मेरे साथ नमाज़ पढ़ोगे या अपनी फ़ौज के साथ?

हुर : या हज़रत, आपके पीछे खड़े होकर नमाज़ अदा करने का सवाब न छोड़ूँगा, चाहे मेरी फ़ौज मुझसे जुदा क्यों न हो जाए।

तीसरा दृश्य

[संध्या का समय—नसीमा बग़ीचे में बैठी आहिस्ता-आहिस्ता गा रही है।]

दफ़न करने ले चले जब मेरे घर से मुझे,
काश तुम भी झाँक लेते रौज़ने घर से मुझे।
साँस पूरी हो चुकी दुनिया से रुख़सत हो चुका,
तुम अब आए हो उठाने मेरे बिस्तर से मुझे!
क्यों उठाता है मुझे मेरी तमन्ना को निकाल,
तेरे दर तक खींच लाई थी यही घर से मुझे;
हिज्र की शव कुछ यही मूनिस था मेरा ऐ क़ज़ा—
एक ज़रा रो लेने दे मिल-मिल के बिस्तर से मुझे।
याद है तस्कीन अब तक वह ज़माना याद है,
जब छुड़ाया था फ़लक ने मेरे दिलवर से मुझे।

[वहब का प्रवेश। नसीमा चुप हो जाती है।]

वहब : ख़ामोश क्यों हो गईं? यही सुनकर मैं आया था।

नसीमा : मेरा गाना ख़याल है, तनहाई का मूनिस अपना दर्द क्यों सुनाऊँ, जब कोई सुनना न चाहे।

वहब : नसीमा, शिकवे करने का हक़ मेरा है, तुम इसे ज़बरदस्ती छीन लेती हो।

नसीमा : तुम मेरे हो, तुम्हारा सब कुछ मेरा है, पर मुझे इसका यक़ीन नहीं आता। मुझे हरदम यही अंदेशा रहता है कि तुम मुझे भूल जाओगे, तुम्हारा दिल मुझसे बेज़ार हो जाएगा, मुझसे बेएतनाई करने लगोगे। यह ख़याल दिल से नहीं निकलता।

बहुत चाहती हूँ कि निकल जाए, पर वह किसी पानी से भीगी हुई बिल्ली की तरह नहीं निकलता। तब मैं रोने लगती हूँ, और ग़मनाक ख़याल मुझे चारों तरफ़ से घेर लेते हैं। तुमने न जाने मुझ पर कौन-सा जादू कर दिया है कि मैं अपनी नहीं रही। मुझे ऐसा गुमान होता है कि हमारी बहार थोड़े ही दिनों की मेहमान है। मैं तुमसे इल्तजा करती हूँ कि मेरी तरफ़ से निगाहें न मोटी करना, वरना मेरा दिल पाश-पाश हो जाएगा। मुझे यहाँ आने के पहले कभी न मालूम हुआ था कि मेरा दिल इतना नाज़ुक है।

वहब : मेरी कैफ़ियत इससे ठीक उलटी है। मेरे दिल में एक नई क़ूवत आ गई है, मुझे ख़याल होता है कि अब दुनिया की कोई फ़िक्र, कोई तग़ीव, कोई आरज़ू मेरे दिल पर फ़तह नहीं पा सकती। ऐसी कोई ताक़त नहीं है, जिसका मैं मुक़ाबला न कर सकूँ। तुमने मेरे दिल की क़ूवत सौ गुनी कर दी। यहाँ तक कि अब मुझे मौत का भी ग़म नहीं है। मुहब्बत ने मुझे दिलेर, बेख़ौफ़, मज़बूत बना दिया है, मुझे तो ऐसा गुमान होता है कि मुहब्बत क़ूवते-दिल की कीमिया है।

नसीमा : वहब, इन बातों से वहशत हो रही है, शायद हमारी तबाही के सामान हो रहे हैं। वहब, मैं तुम्हें न जाने दूँगी, कलाम पाक की क़सम, कहीं न जाने दूँगी। मुझे इसकी फ़िक्र नहीं कि कौन ख़लीफ़ा होता है और कौन अमीर। मुझे माल व ज़र की, इलाक़े व जागीर की मुतलक़ परवा नहीं। मैं तुम्हें चाहती हूँ, सिर्फ़ तुम्हें।

[क़मर का प्रवेश।]

क़मर : वहब, देख, दरवाज़े पर ज़ालिम ज़ियाद के सिपाही क्या ग़ज़ब कर रहे हैं। तेरे वालिद को गिरफ़्तार कर लिया है, और जामा मस्जिद की तरफ़ खींचे लिये जाते हैं।

नसीमा : हाय सितम, इसीलिए तो मुझे वहसत हो रही थी।

[वहब उठ खड़ा होता है। नसीमा उनका हाथ पकड़ लेती है।]

वहब : नसीमा, मैं अभी लौटा आता हूँ, तुम घबराओ नहीं।

नसीमा : नहीं-नहीं, तुम यहाँ मुझे ज़िन्दा छोड़कर नहीं जा सकते।

मैं ज़ियाद को जानती हूँ, तुमको भी जानती हूँ। ज़ियाद के सामने जाकर फिर तुम नहीं लौट सकते।

क़मर : बेटा, अगर नसीमा तुझे नहीं जाने देती, तो मत जा। मगर याद रख, तेरे चेहरे पर हमेशा के लिए स्याही का दाग़ लग जाएगा। ख़ुद जाती हूँ। नसीमा, शायद हमारी-तुम्हारी फिर मुलाक़ात न हो, यह आख़िरी मुलाक़ात है। रुख़सत। वहब, घर-बार तुझे सौंपा, ख़ुदा तुझे नेकी की तौफ़ीक़ दे, तेरी उम्र दराज़ हो।

वहब : अम्मा, मैं भी चलता हूँ।

क़मर : नहीं, तुझ पर अपनी बीबी का हक़ सबसे ज़्यादा है।

वहब : नसीमा, ख़ुदा के लिए...।

नसीमा : नहीं। मेरे प्यारे आक़ा, मुझे ज़िन्दा छोड़कर नहीं।

[क़मर चली जाती है। वहब सिर थामकर बैठ जाता है।]

नसीमा : प्यारे, तुम्हारी मुहब्बत की क़तावार हूँ, जो सज़ा चाहे दो। मुहब्बत ख़ुदग़र्ज़ होती है। मैं अपने चमन को हवा के झोंकों से बचाना चाहती हूँ। काश तक़दीर ने मुझे इस गुलज़ार में न बिठाया होता, काश मैंने इस चमन में अपना घोंसला न बनाया होता, तो आज वर्क़ और सैयाद का इतना ख़ौफ़ क्यों होता! मेरी बदौलत तुम्हें यह नदामत उठानी पड़ी, काश मैं मर जाती!

[नसीमा वहब के पैरों पर सिर रख देती है।]

चौथा दृश्य

[आधी रात का समय। अब्बास हुसैन के ख़ेमे के सामने खड़े पहरा दे रहे हैं। हुर आहिस्ता से आकर ख़ेमे के क़रीब खड़ा हो जाता है।]

हुर : *(दिल में)* ख़ुदा को क्या मुँह दिखाऊँगा? किस मुँह से रसूल के सामने जाऊँगा? आह, ग़ुलामी तेरा बुरा हो। जिस बुज़ुर्ग ने हमें ईमान की रोशनी दी, ख़ुदा की इबादत सिखाई, इनसान बनाया, उसी के बेटे से जंग करना मेरे लिए कितनी शर्म

की बात है। यह मुझसे न होगा। मैं जानता हूँ, यज़ीद मेरे ख़ून का प्यासा हो जाएगा, मेरी जागीरें छीन ली जाएँगी, मेरे लड़के रोटियों के मुहताज हो जाएँगे, मगर दुनिया खोकर रसूल की निगाह का हक़दार हो जाऊँगा। मुझे न मालूम था कि यज़ीद की बैयत लेकर मैं अपनी आक़बत बिगाड़ने पर मजबूर किया जाऊँगा। अब यह जान हज़रत हुसैन पर निसार है। जो होना है, हो। यज़ीद की ख़िलाफ़त पर कोई हक़ नहीं। मैंने उसकी बैयत लेने में ख़ास ग़लती की। उसके हुक्म की पाबन्दी मुझ पर फ़र्ज़ नहीं। ख़ुदा के दरबार में मैं इसके लिए गुनहगार न ठहरूँगा।

[आगे बढ़ता है।]

अब्बास : कौन है? ख़बरदार, एक क़दम आगे न बढ़े, वरना लाश ज़मीन पर होगी।

हुर : या हज़रत, आपका ग़ुलाम हुर हूँ। हज़रत हुसैन की ख़िदमत में कुछ अर्ज़ करना चाहता हूँ।

अब्बास : इस वक़्त वह आराम फ़रमा रहे हैं।

हुर : मेरा उनसे इसी वक़्त मिलना ज़रूरी है।

अब्बास : *(दिल में)* दग़ा का अंदेशा तो नहीं मालूम होता। मैं भी इसके साथ चलता हूँ। ज़रा भी हाथ-पाँव हिलाया कि सिर उड़ा दूँगा। *(प्रकट)* अच्छा, आओ।

[अब्बास ख़ेमे से बाहर हुसैन को बुला लाते हैं।]

हुर : या हज़रत, मुआफ़ कीजिएगा। मैंने आपको नावक़्त तकलीफ़ दी। मैं यह अर्ज़ करने आया हूँ कि आप कूफ़ा की तरफ़ न जाएँ। रात का वक़्त है, मेरी फ़ौज सो रही है, आप किसी दूसरी तरफ़ चले जाएँ। मेरी यह अर्ज़ क़बूल कीजिए।

हुसैन : हुर, यह अपनी जान बचाने का मौक़ा नहीं, इस्लाम की आबरू को क़ायम रखने का सवाल है।

हुर : आप यमन की तरफ़ चले जाएँ, तो वहाँ आपको काफ़ी मदद मिलेगी। मैंने सुना है, सुलेमान और मुख़्तार वहाँ आपकी मदद के लिए फ़ौज जमा कर रहे हैं।

हुसैन : हुर, जिस लालच ने कूफ़ा के रईसों को मुझसे फेर दिया, क्या वह यमन में अपना असर न दिखाएगा? इनसान की

ग़फ़लत सब जगह एक-सी होती है। मेरे लिए कूफ़ा के सिवा दूसरा रास्ता नहीं है। अगर तुम न जाने दोगे, तो ज़बरदस्ती जाऊँगा। यह जानता हूँ कि वहीं मुझे शहादत नसीब होगी। इसकी ख़बर मुझे नाना की ज़बान मुबारक से मिल चुकी है। क्या ख़ौफ़ से शहादत के रुतबे को छोड़ दूँ?

हुर : अगर आप जाना ही चाहते हैं, तो मस्तूरात को वापस कर दीजिए।

हुसैन : हाय, ऐसा मुमकिन होता, तो मुझसे ज़्यादा ख़ुश कोई न होता। मगर इनमें से कोई भी मेरा साथ छोड़ने पर तैयार नहीं है।

[किसी तरफ़ से ॐ-ॐ की आवाज़ आ रही है।]

हुर : या हज़रत, यह आवाज़ कहाँ से आ रही है? इसे सुनकर दिल पर रोब तारी हो रहा है।

[एक योगी भभूत रमाए, जटा बढ़ाए, मृग-चर्म कन्धे पर रखे हुए आते हैं।]

योगी : भगवन्! मैं उस स्थान को जाना चाहता हूँ, जहाँ महर्षि मुहम्मद की समाधि है।

हुसैन : तुम कौन हो? यह कैसी शक्ल बना रखी है?

योगी : साधु हूँ। उस देश से आ रहा हूँ, जहाँ प्रथम ओंकार-ध्वनि की सृष्टि हुई थी। महर्षि मुहम्मद ने उसी ध्वनि से सम्पूर्ण जगत् को निनादित कर दिया है। उनके अद्वैतवाद ने भारत के समाधि-मग्न ऋषियों को भी जागृति प्रदान कर दी है। उसी महात्मा की समाधि का दर्शन करने के लिए मैं भारत से आया हूँ, कृपा कर मुझे मार्ग बता दीजिए।

हुसैन : आइए, ख़ुशनसीब कि आपकी ज़ियारत हुई। रात का वक़्त है, अँधेरा छाया हुआ है। इस वक़्त यहीं आराम कीजिए। सुबह मैं आपके साथ अपना एक आदमी भेज दूँगा।

योगी : *(ग़ौर से हुसैन के चेहरे को देखकर)* नहीं महात्मन्, मेरा व्रत है कि उस पावन भूमि का दर्शन किए बिना कहीं विश्राम न करूँगा। प्रभो, आपके मुखारविन्द पर भी मुझे उसी महर्षि के तेज़ का प्रतिबिम्ब दिखाई देता है। आप उनके आत्मीय हैं?

हुसैन : जी हाँ, उनका नेवासा हूँ। मगर आपने नाना को तो देखा ही

नहीं, फिर आपको कैसे मालूम हुआ कि मेरी सूरत उनसे मिलती है?

योगी : *(हँसकर)* भगवन्! मैंने उनका स्थूल शरीर नहीं देखा, पर उनके आत्मशरीर का दर्शन किया है। आत्मा द्वारा उनकी पवित्र वार्ता सुनी है। मैं प्रत्यक्ष देख रहा हूँ कि आपमें वही पवित्र आत्मा अवतरित हुई है। आज्ञा दीजिए, आपके चरण-रज से अपने मस्तक को पवित्र करूँ।

हुसैन : *(पैरों को हटाकर)* नहीं-नहीं, मैं इनसान हूँ, और रसूल पाक की हिदायत है कि इनसान को इनसान की इबादत वाजिब नहीं।

योगी : धन्य है! मनुष्य के ब्रह्मत्व का कितना उच्च आदर्श है! वह ज्ञान-ज्योति, जो इस देश से उद्‌भावित हुई है, एक दिन समस्त भूमंडल को आलोकित करेगी, और देश-देशान्तरों में सत्य और न्याय का मुख उज्ज्वल करेगी। हाँ, इस महर्षि की सन्तान न्याय-गौरव का पालन करेगी। अब मुझे आज्ञा दीजिए, आपके दर्शनों से कृतार्थ हो गया।

[योगी चला जाता है।]

हुसैन : अब मुझे अपने मरने का ग़म नहीं रहा। मेरे नाना की उम्मत हक़ और इंसाफ़ की हिमायत करेगी। शायद इसीलिए रसूल ने अपनी औलाद को हक़ पर क़ुरबान करने का फ़ैसला किया है। हुर, तुमने इस फ़क़ीर की पेशगोई सुनी?

हुर : या हज़रत, आपका रुतबा आज जैसा समझा हूँ, ऐसा कभी न समझा था। हुज़ूर, रसूल पाक से मेरे हक़ में दुआ करें कि मुझ रूहस्याह के गुनाह मुआफ़ करे।

[चला जाता है।]

हुसैन : अब्बास, अब हमें कूफ़ावालों को अपने पहुँचने की इत्तिला देनी चाहिए।

अब्बास : बजा है।

हुसैन : कौन जा सकता है?

अब्बास : सैदावी को भेज दूँ?

हुसैन : बहुत अच्छी बात है।

[अब्बास सैदावी को बुला लाते हैं।]

अब्बास : सैदावी, तुम्हें हमारे पहुँचने की ख़बर लेकर कूफ़ा जाना पड़ेगा। यह कहने की ज़रूरत नहीं कि यह बड़े ख़तरे का काम है।

सैदावी : या हज़रत, जब आपकी मुझ पर निगाह है, तो फिर ख़ौफ़ किस बात का।

हुसैन : शाबाश, यह ख़त लो, और वहाँ किसी ऐसे सरदार को देना, जो रसूल का सच्चा बन्दा हो। जाओ, ख़ुदा तुम्हें ख़ैरियत से ले जाए।

हुसैन : *(दिल में)* सैदावी, जाते हो, मगर मुझे शक है कि तुम ज़िन्दा लौटोगे! तुमने, जिसे न दीन की हिफ़ाज़त का ख़याल है, न हक़ का, जिसे दुश्मनों ने चारों तरफ़ से घेर नहीं रखा है, जिसको शहीद करने के लिए फ़ौजें नहीं जमा की जा रही हैं, जो दुनिया में आराम से ज़िन्दगी बसर कर सकता है, महज़ वफ़ादारी का हक़ अदा करने के लिए जानबूझकर मौत के मुँह में क़दम रखा है, तो मैं मौत से क्यों डरूँ।

[गाते हैं।]

मौत का क्या उसको है, जो मुसलमाँ हो गया;
जिसकी नीयत नेक है, जो सिदक़ू ईमाँ हो गया।
कब दिलेरों को सताए फ़िक्र ज़र और ख़ौफ़ जा;
अज़्म सादिक़ उसका है, जो पाक दामा हो गया।
क्यों नदामत हो मुझे, दुनिया में गर ज़िन्दा रहा;
जाए ग़म क्या है, जो नज़रे-तेग़ बुर्रा हो गया।
हो अदू दुनिया में रुसवा, आख़िरत में ग़म नसीब,
मुनहरिफ़ दीं से हुआ, औ' नंग-दौराँ हो गया।

पाँचवाँ दृश्य

[रात का समय। हुसैन अपने ख़ेमे में सोए हुए हैं। वह चौंक पड़ते हैं, और लेटे हुए, चौकन्नी आँखों से, इधर-उधर ताकते हैं।]

हुसैन : *(दिल में)* यहाँ तो कोई नज़र नहीं आता। मैं हूँ, शमा है, और मेरा धड़कता हुआ दिल है। फिर मैंने आवाज़ किसकी

सुनी! सिर में कैसा चक्कर आ रहा है। ज़रूर कोई था। ख़्वाब पर हक़ीक़त का धोका नहीं हो सकता। ख़्वाब के आदमी शबनम के परदे में ढकी हुई तसवीरों की तरह होते हैं। ख़्वाब की आवाज़ें ज़मीन के नीचे से निकलनेवाली आवाज़ों की तरह मालूम होती हैं। उनमें यह बात कहाँ! देखूँ, कोई बाहर तो खड़ा नहीं है। *(ख़ेमे से बाहर निकलकर)* उफ़, कितनी गहरी तारीकी हैं, गोया मेरी आँखों ने कभी रोशनी देखी ही नहीं। कैसा गहरा सन्नाटा है, गोया सुनने की ताक़त ही से महरूम हूँ। गोया यह दुनिया अभी-अभी अदम के ग़ार से निकली है *(प्रकट)* कोई है?

[अली अकबर का प्रवेश।]

अली अकबर : हाज़िर हूँ अब्बाजान, क्या इरशाद है?

हुसैन : यहाँ से अभी कोई सवार तो नहीं गुज़रा है?

अली अकबर : अगर मेरे होश-हवास बजा हैं, तो इधर कोई जानदार नहीं गुज़रा।

हुसैन : ताज्जुब है, अभी लेटा हुआ था, और जहाँ तक मुझे याद है, मेरी पलकें तक नहीं झपकीं, पर मैंने देखा, एक आदमी मुश्की घोड़े पर सवार सामने खड़े होकर मुझसे कह रहा है कि 'ऐ हुसैन! इराक़ जाने की जल्दी कर रहे हो, और मौत तुम्हारे पीछे-पीछे दौड़ी जा रही है।' बेटा, मालूम हो रहा है, मेरी मौत क़रीब है!

अली अकबर : बाबा, क्या हम हक़ पर नहीं हैं?

हुसैन : बेशक, हम हक़ पर हैं, हक़ हमारे साथ है।

अली अकबर : अगर हम हक़ पर हैं, तो मौत का क्या डर। क्या परवा, अगर हम मौत की तरफ़ जाएँ या मौत हमारी तरफ़ आए।

हुसैन : बेटा, तुमने दिल ख़ुश कर दिया। ख़ुदा तुमको वह सबसे बड़ा इनाम दे, जो बाप बेटे को दे सकता है।

[ज़हीर, हबीब, अब्दुल्ला, कलबी और उसकी स्त्री का प्रवेश।]

अली अकबर : कौन इधर से जा रहा है?

ज़हीर : हम मुसाफ़िर हैं। ये ख़ेमे क्या हज़रत हुसैन के हैं?

अली अकबर : हाँ।

ज़हीर : ख़ुदा का शुक्र है कि हम मंज़िल-मक़सूद पर पहुँच गए। हम उन्हीं की ज़ियारत के लिए कूफ़ा से आ रहे हैं।

हुसैन : जिसके लिए आप कूफ़ा से आ रहे हैं, वह ख़ुद आपसे मिलने के लिए कूफ़ा जा रहा है। मैं ही हुसैन बिन अली हूँ।

ज़हीर : हमारे जहे-नसीब कि आपकी ज़ियारत हुई। हम सब-के-सब आपके ग़ुलाम हैं। कूफ़ा में इस वक़्त दर व दीवार आपके दुश्मन हो रहे हैं। आप उधर क़स्द न फ़रमाएँ। हम इसीलिए चले आए हैं कि वहाँ रहकर आपकी कुछ ख़िदमत नहीं कर सकते। हमने हज़रत मुसलिम के क़त्ल का ख़ूनी नज़ारा देखा है, हानी को क़त्ल होते देखा है, और ग़रीब तौआ की चोटियाँ कटते देखी हैं। जो लोग आपकी दोस्ती का दम भरते थे, वे आज ज़ियाद के दाहिने बाज़ू बने हुए हैं।

हुसैन : ख़ुदा उन्हें नेक रास्ते पर लाए। तक़दीर मुझे कूफ़ा लिये जाती है, और अब कोई ताक़त मुझे वहाँ जाने से रोक नहीं सकती। आप लोग चलकर आराम फ़रमाएँ। कल का दिन मुबारक होगा, क्योंकि मैं उस मुक़ाम पर पहुँच जाऊँगा, जहाँ शहादत मेरे इन्तज़ार में खड़ी है।

[सब जाते हैं।]

छठा दृश्य

[कर्बला का मैदान। एक तरफ़ केरात नदी लहरें मार रही है। हुसैन मैदान में खड़े हैं। अब्बास और अली अकबर भी उनके साथ हैं।]

अली अकबर : दरिया के किनारे ख़ेमे लगाए जाएँ, वहाँ ठंडी हवा आएगी।

अब्बास : बड़ी फ़िज़ा की जगह है।

हुसैन : *(आँखों में आँसू भरे हुए)* भाई, लहराते हुए दरिया को देखकर ख़ुद-ब-ख़ुद दिल भरा आता है। मुझे ख़ूब याद है कि इसी जगह एक बार वालिद मरहूम की फ़ौज उतरी थी।

बाबा बहुत ग़मगीन थे। उनकी आँखों से आँसू न थमते थे। न खाना खाते थे, न सोते थे। मैंने पूछा—"या हज़रत,

आप क्यों इस क़दर बेताब हैं?" मुझे छाती से लिपटाकर बोले—"बेटा, तू मेरे बाद एक दिन यहाँ आएगा, उस दिन तुझे मेरे रोने का सबब मालूम होगा। आज मुझे उनकी वह बात याद आती है। उनका रोना बेसबब नहीं था। इसी जगह हमारे ख़ून बहाए जाएँगे, इसी जगह हमारी बहनें और बेटियाँ क़ैद की जाएँगी, इसी जगह हमारे आदमी क़त्ल होंगे, और हम ज़िल्लत उठाएँगे। ख़ुदा की क़सम, इसी जगह मेरी गरदन की रगें कटेंगी और मेरी दाढ़ी ख़ून में रँगी जाएगी। इसी जगह का वादा मेरे नाना से अल्लाहताला ने किया है, और उसका वादा तक़रीर की तहरीर है।

[गाते हैं।]

देगा जगह कोई मेरे मुश्ते ग़ुबार को,
बैठेगा कौन लेके किसी बेक़रार को।
दर सैकड़ों कफ़स में हैं, फिर भी असीर हूँ,
कैसा मकाँ मिला है, ग़रीबे-दयार को।
दिल-सोज़ कौन है, जो ज़माने के ज़ुल्म से,
देखे मेरी बुझी हुई शमए-मज़ार को।
आख़िर है दास्तान शबे-ग़म कि बाद मर्ग
करता है बन्द दीदए-अख्तर शुमार को।
आवाज़-ए-चमन की उम्मीद और मेरे बाद—
चुप कर दिया फ़लक ने ज़बाने-बहार को।
राहत कहाँ नसीब कि सहराए-ग़म की धूप—
देती है आग हर शजरे शायादार को।
ख़ुद आसमाँ को नक़्शे-वफ़ा से है दुश्मनी,
तुम क्यों मिटा रहे हो निशाने-मज़ार को।
इस हादिसे से क़ब्ल कि मैं फिर कुछ न कह सकूँ,
सुन लो बयान हाले-दिले-बेक़रार को

[जैनब ख़ेमे से बाहर निकल आती है।]

जैनब : भैया, यह कौन-सा सहरा है कि इसे देखकर ख़ौफ़ से कलेजा मुँह को आ रहा है। बानू बहुत घबराई हुई हैं, और असग़र छाती से मुँह नहीं लगाता।

हुसैन : बहन! यही कर्बला का मैदान है।

जैनब : *(दोनों हाथों से सिर पीटकर)* भैया, मेरी आँखों के तारे, तुम पर मेरी जान निसार हो। हमें तक़दीर ने यहाँ कहाँ लाके छोड़ा, क्यों कहीं और नहीं चलते?

हुसैन : बहन, कहाँ जाऊँ? चारों तरफ़ से नाके बन्द हैं। ज़ियाद का हुक्म है कि मेरा लश्कर यहीं उतरे। मजबूर हूँ, लड़ाई में बहस नहीं करना चाहता।

जैनब : हाय भैया! यह बड़ी मनहूस जगह है। मुझे लड़कपन से यहाँ की ख़बर है। हाय भैया, इस जगह तुम मुझसे बिछुड़ जाओगे। मैं बैठी देखूँगी, और तुम बर्छियाँ खाओगे। मुझे मदीने भी न पहुँचा सकोगे? रसूल की औलाद यहीं तबाह होगी, उनकी नामूस यहीं लुटेगी। हाय तक़दीर!

इस दश्त में तुम मुझसे बिछुड़ जाओगे भाई,
गर ख़ाक भी छानूँ, तो न हाथ आवेगा भाई।
बहनों को मदीने में न पहुँचाओगे भाई,
मैं देखूँगी और बर्छियाँ तुम खाओगे भाई।
औलाद से चानू की यह छुटने की जगह है,
नामूसे-नबी की यही लुटने की जगह है।

[बेहोश हो जाती है। लोग पानी के छींटे देते हैं।]

अली अकबर : या हज़रत, ख़ेमे कहाँ लगाए जाएँ?

अब्बास : मेरी सलाह तो है कि दरिया के किनारे लगें।

हुसैन : नहीं, भैया, दुश्मन हमें दरिया के किनारे न उतरने देंगे। इसी मैदान में ख़ेमे लगाओ, ख़ुदा यहाँ भी है, और वहाँ भी। उसकी मरज़ी पूरी होकर रहेगी।

[जैनब को औरतें उठाकर ख़ेमे में ले जाती हैं।]

बानू : हाय-हाय! बाज़ीजान को क्या हो गया। या ख़ुदा, हम मुसीबत के मारे हुए हैं, हमारे हाल पर रहम कर!

हुसैन : बानू, यह मेरी बहन नहीं, माँ है। अगर इस्लाम में बुतपरस्ती हराम न होती, तो मैं इसकी इबादत करता। यह मेरे ख़ानदान का रोशन सितारा है। मुझ-सा ख़ुशनसीब भाई दुनिया में और कौन होगा, जिसे ख़ुदा ने ऐसी बहन अता की। जैनब के मुँह पर पानी के छींटे देते हैं।

सातवाँ दृश्य

[नसीमा अपने कमरे में अकेली बैठी हुई है—समय 12 बजे रात का]

नसीमा : *(दिल में)* वह अब तक नहीं आए। ग़ुलाम को उन्हें साथ लाने के लिए भेजा, वह भी वहीं का हो रहा। ख़ुदा करे, वह आते हों। दुनिया में रहते हुए हमारे ऊपर मुल्क की हालत का असर न पड़े। मुहल्ले में आग लगी हो, तो अपना दरवाज़ा बन्द करके बैठे रहना ख़तरे से नहीं बचा सकता। मैंने अपने तईं इन झगड़ों से कितना बचाया था, यहाँ तक कि अब्बाजान और अम्मा जब यज़ीद की बैयत न क़बूल करने के जुर्म में जलावतन कर दिए गए, तब भी मैं अपना दरवाज़ा बन्द किए बैठी रही, पर कोई तदबीर कारगर न हुई। बैयत की बला फिर गले पड़ी। वहब मेरे लिए सब कुछ करने को तैयार है। वह यज़ीद की बैयत भी क़बूल कर लेता, चाहे उसके दिल को कितना ही सदमा हो। पर जो कुछ हो रहा है, उसे देखकर अब मेरा दिल भी यज़ीद की बैयत की तरफ़ मायल नहीं होता, उससे नफ़रत होती है। मुसलिम कितनी बेदर्दी से क़त्ल किए गए, हानी को ज़ालिम ने किस बुरी तरह क़त्ल कराया। यह सब देखकर अगर यज़ीद की बैयत क़बूल कर लूँ, तो शायद मेरा ज़मीर मुझे कभी मुआफ़ न करेगा। हमेशा पहलू में ख़लिश होती रहेगी। आह! इस ख़लिश को भी सह सकती हूँ, पर वहब की रूहानी कोफ़्त अब नहीं सही जाती। मैंने उन पर बहुत ज़ुल्म किए। अब उनकी मुहब्बत की ज़ंजीर को और न खींचूँगी। जिस दिन से अब्बा और अम्मा निकाले गए हैं, मैंने वहब को कभी दिल से ख़ुश नहीं देखा। उनकी वह ज़िन्दादिली ग़ायब हो गई। यों वह अब भी मेरे साथ हँसते हैं, गाते हैं, पर मैं जानता हूँ, यह मेरी दिलजुई है। मैं उन्हें जब अकेले बैठे देखती हूँ, तो वह उदास और बेचैन नज़र आते हैं...वह आ गए, चलूँ, दरवाज़ा खोल दूँ।

[जाकर दरवाज़ा खोल देती है। वहब अन्दर दाख़िल होता है।]

नसीमा : तुम आ गए, वरना मैं ख़ुद आती। तबियत बहुत घबरा रही थी। ग़ुलाम कहाँ रह गया?

वहब : क़त्ल कर दिया गया। नसीमा, मैंने किसी को इतनी दिलेरी से जान देते नहीं देखा। इतनी लापरवाही से कोई कुत्ते के सामने लुकमा भी न फेंकता होगा। मैं तो समझता हूँ, वह कोई औलिया था।

नसीमा : हाय, मेरे वफ़ादार और ग़रीब सालिम! ख़ुदा तुझे जन्नत नसीब करे। ज़ालिमों ने उसे क्यों क़त्ल किया?

वहब : आह! मेरे ही कारण उस ग़रीब की जान गई। जामा मस्जिद में हज़ारों आदमी जमा थे। ख़बर है, और तहक़ीक़ ख़बर है कि हज़रत हुसैन मक्के से बैयत लेने आ रहे हैं। ज़ालिमों के होश उड़े हुए हैं। जो पहले बच रहे थे, उनसे अब यज़ीद की ख़िलाफ़त का हलफ़ लिया जा रहा है। ज़ियाद ने जब मुझसे हलफ़ लेने को कहा, तो मैं राज़ी हो गया। इनकार करता, तो उसी वक़्त क़ैदख़ाने में डाल दिया जाता। ज़ियाद ने ख़ुश होकर मेरी तारीफ़ की, और यज़ीद के हामियों की सफ़ में ऊँचे दरजे पर बिठाया, जागीर में इज़ाफ़ा किया, और कोई मंसब भी देना चाहते हैं। उसकी मंशा यह भी है कि सब हामियों को एक सफ़ में बिठाकर एकबारगी सबसे हलफ़ ले लिया जाए, इसीलिए मुझे देर हो रही थी। इसी असना में सालिम पहुँचा, और मुझे यज़ीदवालों की सफ़ में बैठे देखकर मुझसे बदज़बानी करने लगा। मुझे दग़ाबाज़, ज़मानासाज, बेशर्म, ख़ुदा जाने, क्या-क्या कहा, और उसी जोश में यज़ीद और ज़ियाद दोनों ही की शान में बेअदबी की। मुझे ताना देता हुआ बोला, मैं आज तुम्हारे नमक की क़ैद से आज़ाद हो गया। मुझे क़त्ल होना मंज़ूर है, मगर ऐसे आदमी की ग़ुलामी मंज़ूर नहीं, जो ख़ुद दूसरों का ग़ुलाम है। ज़ियाद ने हुक्म दिया—इस बदमाश की गरदन मार दो। और, जल्लादों ने वहीं सहन में उसको क़त्ल कर डाला। हाय! मेरी आँखों के सामने उसकी जान ली गई, और मैं उसके हक़ में ज़बान तक न खोल सका, उसकी तड़पती हुई लाश मेरी आँखों के सामने घसीटकर कुत्तों के आगे डाल दी गई, और मेरे ख़ून में जोश न आया। आफ़ियत बड़े महँगे दामों मिलती है।

नसीमा : बेशक, महँगे दाम हैं। तुमने अभी बैयत तो नहीं ली?

वहब : अभी नहीं, बहुत देर हो गई, लोगों की तादाद बढ़ती जाती थी। आख़िर आज हलफ़ लेना मुल्तवी किया गया। कल फिर सबकी तलबी है।

नसीमा : तुम इन ज़ालिमों की बैयत हरगिज़ न लेना।

बहब : नहीं नसीमा, अब उसका मौक़ा निकल गया।

नसीमा : मैं तुमसे मिन्नत करती हूँ, हरगिज़ न लेना।

वहब : तुम मेरी दिलजूई के लिए अपने ऊपर जब्र कर रही हो।

नसीमा : नहीं वहब, अगर तुम दिल से भी बैयत क़बूल करनी चाहो, तो मैं ख़ुश न हूँगी। मैं भी इनसान हूँ वहब, निरी भेड़ नहीं हूँ। मेरे दिल के जज़्बात मुर्दा नहीं हुए हैं। मैं तुम्हें इन ज़ालिमों के सामने सिर न झुकाने दूँगी। जानती हूँ, जागीर ज़ब्त हो जाएगी, वज़ीफ़ा बन्द हो जाएगा, जलावतन कर दिए जाएँगे। मैं तुम्हारे साथ ये सारी आफ़तें झेल लूँगी।

वहब : और अगर ज़ालिमों ने इतने ही पर बस न की?

नसीमा : आह वहब, अगर यह होना है, तो ख़ुदा के लिए इसी वक़्त यहाँ से चले चलो। किसी सामान की ज़रूरत नहीं। इसी तरह, इन्हीं पाँवों चलो। यहाँ से दूर, किसी दरख़्त के साए में बैठकर दिन काट दूँगी, पर इन ज़ालिमों की ख़ुशामद न करूँगी।

वहब : *(नसीमा को गले लगाकर)* नसीमा, मेरी जान तुझ पर फ़िदा हो। ज़ालिमों की सख़्ती मेरे हक़ में अकसीर हो गई। अब उस ज़ुल्म से मुझे कोई शिकायत नहीं। हमारे जिस्म बारहा गले मिल चुके हैं, आज हमारी रूहें गले मिली हैं, मगर इस वक़्त नाके बन्द होंगे।

नसीमा : ज़ालिमों के नौकर बहुत ईमानदार नहीं होते। मैं उसे 50 दीनार दूँगी, और वही हमें अपने घोड़े पर सवार कराके शहर के बाहर पहुँचा देगा।

वहब : सोच लो, बाग़ियों के साथ किसी क़िस्म की रू-रियायत नहीं हो सकती। उनकी एक ही सज़ा है, और वह है क़त्ल।

नसीमा : वहब, इनसान के दिल की कैफ़ियत हमेशा एक-सी नहीं रहती। केंचुए से डरनेवाला आदमी साँप की गरदन पकड़ लेता है। ऐश के बन्दे गुदड़ियों में मस्त हो जाते हैं। मैंने समझा था, जो ख़तरा है, घोंसलों से बाहर निकलने में है;

अन्दर बैठे रहने में आराम-ही-आराम है। पर अब मालूम हुआ कि सैयाद के हाथ घोंसले के अन्दर भी पहुँच जाते हैं। हमारी नजात ज़माना से भागने में नहीं, उसका मुक़ाबला करने में है। तुम्हारी सोहबत ने, मुल्क की हालत ने, क़ौम के रईसों और अमीरों की पस्ती ने, मुझ पर रोशन कर दिया कि यहाँ इतमीनान के मानी ईमान-फ़रोशी और आफ़ियत के मानी हक़कुशी हैं। ईमान और हक़ की हिफ़ाज़त असली आफ़ियत और इतमीनान है। शायर ने ख़ूब कहा है—

लुत्फ़ मरने में है बाक़ी न मज़ा जीने में,
कुछ अगर है, तो यही ख़ूने-जिगर पीने में।

वहब : मुआफ़ करो नसीमा, मैंने तुम्हें पहचानने में ग़लती की। चलो, सफ़र का सामान करें।

चौथा अंक

पहला दृश्य

[प्रातःकाल का समय। ज़ियाद फ़र्श पर बैठा हुआ सोच रहा है।]

ज़ियाद : *(स्वगत)* उस वफ़ादारी की क्या क़ीमत है, जो महज़ ज़बान तक महदूद रहे? कूफ़ा के सभी सरदार, जो मुसलिम बिन अक़ील से जंग करते वक़्त बग़लें झाँक रहे हैं। कोई इस मुहिम को अंजाम देने का बीड़ा नहीं उठाता। आक़बत और नजात की आड़ में सब-के-सब पनाह ले रहे हैं। क्या अक़्ल है, जो दुनिया को अक़बा की ख़याली नियामतों पर क़ुरबान कर देती है। मज़हब! तेरे नाम पर कितनी हिमाकतें सवाब समझी जाती हैं, तूने इनसान को कितना बातिनपरस्त, कितना कमहिम्मत बना दिया है!

[उमर साद का प्रवेश।]

साद : अस्सलामअलेक या अमीर, आपने क्यों याद फ़रमाया?

ज़ियाद : तुमसे एक ख़ास मामले में सलाह लेनी हैं। तुम्हें मालूम है, 'रै' कितना ज़रख़ेज़, आबाद और सेहतपरवर सूबा है?

साद : ख़ूब जानता हूँ हुज़ूर, वहाँ कुछ दिनों रहा हूँ, सारा सूबा मेवे के बाग़ों और पहाड़ी चश्मों से गुलज़ार बना हुआ है। बाशिन्दे निहायत ख़लीक़ और मिलनसार। बीमार आदमी वहाँ जाकर तवाना हो जाता है!

ज़ियाद : मेरी तजवीज़ है कि तुम्हें उस सूबे का आमिल बनाऊँ। मंज़ूर करोगे?

साद : *(बन्दगी करके)* सिर और आँखों से। इस क़द्रदानी के लिए

क़यामत तक शुक्रगुज़ार रहूँगा।

ज़ियाद : माक़ूल सालाना मुशाहरे के अलावा तुम्हें घोड़े, नौकर, ग़ुलाम सरकार की तरफ़ से मिलेंगे।

साद : ऐन बन्दानवाज़ी है। ख़ुदा आपको हमेशा ख़ुशखुर्रम रखे।

ज़ियाद : तो मैं मुंशी को हुक्म देता हूँ कि तुम्हारे नाम फ़रमान जारी कर दे, और तुम वहाँ जाकर काम सँभालो।

साद : ग़ुलाम हमेशा आपका मशकूर रहेगा।

ज़ियाद : मुझे यक़ीन है, तुम उतने ही कारगुज़ार और वफ़ादार साबित होगे, जैसी मुझे तुम्हारी ज़ात से उम्मीद है।

[मीर मुंशी को बुलाता है, वह साद के नाम का फ़रमान लिखता है।]

साद : *(फ़रमान लेकर)* तो मैं कल चला जाऊँ?

ज़ियाद : नहीं-नहीं, इतना जल्द नहीं। वहाँ जाने के पहले तुम्हें अपनी वफ़ादारी का सबूत देना पड़ेगा। इतना ऊँचा मंसब उसी को दिया जा सकता है, जो हमारा एतबार हासिल कर सके। यह किसी बड़ी ख़िदमत का सिला होगा।

साद : मैं हर एक ख़िदमत के लिए दिलोजान से हाज़िर हूँ। जिस मुहिम को और कोई अंजाम न दे सकता हो, उस पर मुझे भेज दीजिए। ख़ुदा ने चाहा, तो क़ामयाब होकर आऊँगा।

ज़ियाद : बेशक-बेशक, मुझे तुम्हारी ज़ात से ऐसी ही उम्मीद है। तुम्हें मालूम है, हुसैन बिन अली कूफ़े की तरफ़ आ रहे हैं। हमको उनकी तरफ़ से बहुत अंदेशा है। तुमको उनसे जंग करने के लिए जाना होगा। उधर से हमें बेफ़िक्र करके फिर 'रै' की हुकूमत पर जाना।

साद : या अमीर, आप मुझे इस मुहिम पर जाने से मुआफ़ रखें, इसके सिवा आप जो हुक्म देंगे, उसकी तामील में मुझे ज़रा भी उज्र न होगा।

ज़ियाद : क्यों, हुसैन से जंग करने में तुम्हें क्या उज्र है?

साद : आपका ग़ुलाम है, लेकिन हुसैन के मुक़ाबले से मुझे मुआफ़ रखें, तो आपका हमेशा एहसान मानूँगा।

ज़ियाद : बेहतर है, तुम्हारी जगह किसी और को भेजूँगा। फ़रमान वापस देकर घर बैठ जाओ। 'रै' का इलाक़ा उसी आदमी

का हक़ है, जो इस मुहिम को अंजाम दे। मौत के बग़ैर जन्नत नसीब नहीं हो सकती। जो आदमी एक पैर दीन की किश्ती में रखता है, दूसरा पैर दुनिया की किश्ती में, उसे कभी साहिल पर पहुँचना नसीब न होगा।

साद : *(दिल में)* एक तरफ़ 'रै' का इलाक़ा है, दूसरी तरफ़ नजात; एक तरफ़ दौलत और हुकूमत है, दूसरी तरफ़ लानत और अजाब! ख़ुदा! मेरी तक़दीर में क्या लिखा है। *(प्रकट)* या अमीर, मुझे एक दिन की मुहलत दीजिए। मैं कल इस मामले पर ग़ौर करके आपको जवाब दूँगा।

ज़ियाद : अच्छी बात है। सोच लो।

[दोनों चले जाते हैं।]

दूसरा दृश्य

[प्रातःकाल का समय। साद का मकान। साद बैठा हुआ है।]

साद : *(मन में)* यार-दोस्त, अपने-बेगाने, अज़ीज़, सब मुझे हुसैन के मुक़ाबले पर जाने से मना करते हैं। बीवी कहती है, अगर तेरे पास दुनिया में कुछ भी बाक़ी न रहे, तो इससे बेहतर है कि तू हुसैन का ख़ून अपनी गरदन पर ले। आज मैंने ज़ियाद को जवाब देने का वादा किया है। सारी रात सोचते गुज़र गई, और अभी तक कुछ फ़ैसला न कर सका। अजीब दोफ़स्ले में पड़ा हुआ हूँ। अपना दिल भी हुसैन के क़त्ल पर आमादा नहीं होता। गो मैंने यज़ीद के हाथों पर बैयत की। पर हुसैन से मेरी कोई दुश्मनी नहीं है। कितना दीनदार, कितना बेलौस आदमी है। हमीं ने उन्हें यहाँ बुलाया, बार-बार ख़त और क़ासिद भेजे, और आज जब वह यहाँ हमारी मदद करने आ रहे हैं, तो हम उनकी जान लेने पर तैयार हैं। हाय ख़ुदग़र्ज़ी! तेरा बुरा हो, तेरे सामने दीन-ईमान, नेक-बद की तरफ़ से आँखें बन्द हो जाती हैं। कितना गुनाहे-अजीम है।

अपने रसूल के नवासे की गरदन पर तलवार चलाना! ख़ुदा न करे, मैं इतना गुमराह हो जाऊँ। 'रै' का सूबा कितना ज़रख़ेज़ है। वहाँ थोड़े दिन भी रह गया, तो मालामाल हो जाऊँगा। कितनी शान से बसर होगी। तुफ़ है मुझ पर, जो अपनी शान और हुकूमत के लिए बड़े-से-बड़े गुनाह करने का इरादा कर रहा हूँ। नहीं, मुझसे यह फ़ेल न होगा। 'रै' जन्नत ही सही, पर फ़र्ज़ंदे-रसूल का ख़ून करके मुझे जन्नत में जाना भी मंज़ूर नहीं।

[ज़ियाद का प्रवेश।]

साद : अस्सलामअलेक। अमीर ज़ियाद, मैं तो ख़ुद ही हाज़िर होनेवाला था। आपने नाहक़ तकलीफ़ की।

ज़ियाद : शहर का दौरा करने निकला था। बाग़ियों पर इस वक़्त बहुत सख़्त निगाह रखने की ज़रूरत है। मुझे मालूम हुआ है कि हबीब, ज़हीर, अब्दुल्लाह वग़ैरह छिपकर हुसैन के लश्कर में दाख़िल हो गए हैं। इसकी रोकथाम न की गई, तो बाग़ी शेर हो जाएँगे। हुसैन के साथ आदमी थोड़े हैं, पर मुझे ताज्जुब होगा, अगर यहाँ आते-आते उनके साथ आधा शहर हो जाए। शेर पिंजरे में भी हो, तो भी उससे डरना चाहिए। रसूल का नाती फ़ौज का मुहताज नहीं रह सकता। कहो, तुमने क्या फ़ैसला किया? मैं अब ज़्यादा इन्तज़ार नहीं कर सकता।

साद : या अमीर, हुसैन के मुक़ाबले के लिए न तो अपना दिल ही गवाही देता है, और न घरवालों की सलाह होती है। आपने मुझे 'रै' की निज़ामत अता की है, इसके लिए आपको अपना मुरब्बी समझता हूँ। मगर क़त्ले-हुसैन के वास्ते मुझे न भेजिए।

ज़ियाद : साद, दुनिया में कोई ख़ुशी बग़ैर तकलीफ़ के नहीं हासिल होती। शहद के साथ मक्खी के डंक का ज़हर भी है। तुम शहद का मज़ा उठाना चाहते हो, मगर डंक की तकलीफ़ नहीं उठाना चाहते। बिला मौत की तकलीफ़ उठाए जन्नत में जाना चाहते हो। तुम्हें मजबूर नहीं करता। इस इनाम पर हुसैन से जंग करने के लिए आदमियों की कमी नहीं है। मुझे फ़रमान वापस दे दो, और आराम से घर बैठकर रसूल और ख़ुदा की इबादत करो।

साद : या अमीर! सोचिए, इस हालत में मेरी कितनी बदनामी होगी। सारे शहर में ख़बर फैल गई कि मैं 'रै' का नाज़िम बनाया गया हूँ। मेरे यार-दोस्त मुझे मुबारकबाद दे चुके। अब जो मुझसे फ़रमान ले लिया जाएगा, तो लोग दिल में क्या कहेंगे?

ज़ियाद : यह सवाल तो तुम्हें अपने दिल से पूछना चाहिए।

साद : या अमीर, मुझे कुछ और मुहलत दीजिए।

ज़ियाद : तुम इस तरह टाल-मटोल करके देर करना चाहते हो। कलाम पाक की क़सम है, अब मैं तुम्हारे साथ ज़्यादा सख़्ती से पेश आऊँगा। अगर शाम को हुसैन से जंग करने के लिए तैयार होकर न आए, तो तेरी जायदाद ज़ब्त कर लूँगा, तेरा घर लुटवा दूँगा, यह मकान पामाल हो जाएगा, और तेरी जान की भी ख़ैरियत नहीं।

[ज़ियाद का प्रस्थान।]

साद : *(दिल में)* मालूम होता है, मेरी तक़दीर में रूस्याह होना ही लिखा है। अब महज़ 'रै' की निज़ामत का सवाल है। अब अपनी जायदाद और जान का सवाल है। इस ज़ालिम ने हानी को कितनी बेरहमी से क़त्ल किया। कसीर का भी अपनी अईनपरवरी की गिराँ क़ीमत देनी पड़ी। शहरवालों ने ज़बान तक न हिलाई। वह तो महज़ हुसैन के अज़ीज़ थे। यह मामला उससे कहीं नाज़ुक है। ज़ियाद बरहम हो जाएगा, तो जो कुछ न कर गुज़रे, वह थोड़ा है। मैं 'रै' को ईमान पर क़ुरबान कर सकता हूँ, पर जान और जायदाद को नहीं क़ुरबान कर सकता। काश मुझमें हानी और कसीर की-सी हिम्मत होती।

[शिमर का प्रवेश।]

शिमर : अस्सलामअलेक। साद, किस फ़िक्र में बैठे हो, ज़ियाद को तुमने क्या जवाब दिया?

साद : दिल हुसैन के मुक़ाबले पर राज़ी नहीं होता।

शिमर : सरवत और दौलत हासिल करने का ऐसा सुनहरा मौक़ा फिर हाथ न आएगा। ऐसे मौक़े ज़िन्दगी में बार-बार नहीं आते।

साद : नजात कैसे होगी?

शिमर : ख़ुदा रहीम है, करीम है, उसकी ज़ात से कुछ बईद नहीं। गुनाहों को माफ़ न करता, तो रहीम क्यों कहलाता? हम गुनाह न करें, तो वह माफ़ क्या करेगा?

साद : ख़ुदा ऐसे बड़े गुनाह को माफ़ न करेगा।

शिमर : अगर ख़ुदा की ज़ात से यह एतकाद उठ जाए, तो मैं आज मुसलमान न रहूँ। यह रोज़ा और नमाज़ या ज़कात और ख़ैरात, किस मर्ज़ की दवा है, अगर हमारे गुनाहों को भी माफ़ न करा सके।

साद : रसूले-ख़ुदा को क्या मुँह दिखाऊँगा?

शिमर : साद, तुम समझते हो, हम अपनी मरज़ी के मुख़्तार हैं, यह यक़ीदा बातिल है। सब-के-सब हुक्म के बन्दे हैं। उसकी मरज़ी के बग़ैर हम अपनी उँगली को भी नहीं हिला सकते। सवाब और अज़ाब का यहाँ सवाल ही नहीं रहता। अक़्लमन्द आदमी उधार के लिए नक़द को नहीं छोड़ता। ताख़ीर मत करो, वरना फिर हाथ मलोगे।

[शिमर चला जाता है।]

साद : *(दिल में)* शिमर ने बहुत माकूल बातें कहीं। बेशक ख़ुदा अपने बन्दों के गुनाहों को माफ़ करेगा, वरना हिसाब के दिन दोज़ख़ में गुनहगारों के खड़े होने की जगह भी न मिलेगी। मैं ज़ाहिद न सही, लेकिन मुझे तो ख़ुदा के सामने नदामत से गरदन झुकाने की कोई वजह नहीं है। बेशक ख़ुदा की यही मरज़ी है कि हुसैन के मुक़ाबले पर मैं जाऊँ, वरना ज़ियाद यह तजवीज़ ही क्यों करता। जब ख़ुदा की यही मरज़ी है, तो मुझे सिर झुकाने के सिवा और क्या चारा है। अब जो होना हो, सो हो—आग में कूद पड़ा, जलूँ या बचूँ।

[ग़ुलाम को बुलाकर ज़ियाद के नाम अपनी मंज़ूरी का ख़त लिखता है।]

ग़ुलाम : शायद हुज़ूर ने 'रै' की निजामत क़बूल कर ली?

साद : जा, तुझे इन बातों से क्या मतलब।

ग़ुलाम : मैं पहले ही से जानता था कि आप यही फ़ैसला करेंगे।

साद : तुझे क्योंकर इसका इल्म था?

ग़ुलाम : मैं ख़ुद इस मंसब को न छोड़ता, चाहे इसके लिए कितना ही ज़ुल्म करना पड़ता।

साद : *(दिल में)* ज़ालिम कैसी पते की बात कहता है।

[ग़ुलाम चला जाता है, और साद गाने लगता है।]

कोई तुमसे जुदा दर्दे-जुदाई लेके बैठा है,
वह अपने घर में अब अपनी कमाई लेके बैठा है।
जिगर, दिल, जान, ईमाँ अब कहाँ तक नाम ले कोई,
वह ज़ालिम सैकड़ों चीज़ें पराई लेके बैठा है।
ख़ुदा ही है मेरी तोबा का, जब साक़ी कहे मुझसे—
अरे, पी भी, कहाँ की पारसाई लेके बैठा है।
तेरे काटे शबे-ग़म मेरी बरसों से नहीं कटती,
तो फिर तू ऐ ख़ुदा, नाहक़ ख़ुदाई लेके बैठा है।
कहूँ कुछ मैं, तो मुँह फेरकर कहता है औरों से—
ख़ुदा जाने, यह कब की आशनाई लेके बैठा है।
अमल कुछ चल गया है शौक़ पर ज़ाहिद का ऐ यारो,
कि मस्जिद में पुरानी एक चटाई लेके बैठा है!

तीसरा दृश्य

[केरात नदी के किनारे साद का लश्कर पड़ा हुआ है। केरात से दो मील के फ़ासले पर कर्बला के मैदान में हुसैन का लश्कर है। केरात और हुसैन के लश्कर के बीच में साद ने एक लश्कर को नदी के पानी को रोकने के लिए पहरा बैठा दिया है। प्रात:काल का समय। शिमर और साद ख़ेमे में बैठे हुए हैं।]

साद : मेरा दिल अभी तक हुसैन से जंग करने को तैयार नहीं होता। चाहता हूँ, किसी तरीक़े से सुलह हो जाए, मगर तीन क़ासिदों में से एक भी मेरे ख़त का जवाब न ला सका। एक तो हज़रत हुसैन के पास जा ही न सका, दूसरा शर्म के मारे रास्ते ही से किसी तरफ़ खिसक गया, और तीसरे

ने जाकर हुसैन की बैयत अख़्तियार कर ली। अब और क़ासिदों को भेजते हुए डरता हूँ कि इनका भी वही हाल न हो।

शिमर : ज़ियाद को ये बातें मालूम होंगी, तो आपसे सख़्त नाराज़ होगा।

साद : मुझे बार-बार यही ख़याल आता है कि हुसैन यहाँ जंग के इरादे से नहीं, महज़ हम लोगों के बुलाने से आए हैं। उन्हें बुलाकर उनसे दग़ा करना इनसानियत के ख़िलाफ़ मालूम होता है।

शिमर : मुझे ख़ौफ़ है कि आपके ताख़ीर से नाराज़ होकर ज़ियाद आपको वापस न बुला लें। फिर उनके ग़ुस्से से ख़ुदा ही बचाए। ज़ियाद ने कितनी सख़्त ताक़ीद की थी कि हुसैन के लश्कर को पानी का एक बूँद भी न मिले। वहाँ उनके आदमी दरिया से पानी ले जाते हैं, कुएँ खोदते हैं। इधर से कोई रोक-टोक नहीं होती। क्या आप समझते हैं कि ज़ियाद से ये बातें छिपी होंगी।

साद : मालूम नहीं, कौन उसके पास ये सब ख़बरें भेजता रहता है?

शिमर : उसने यहाँ अपने कितने गोइंदे बिठा रखे हैं, जो दम-दम की ख़बरें भेज देते हैं।

[एक क़ासिद का प्रवेश।]

क़ासिद : अस्सलामअलेक बिन साद। अमीर का हुक्मनामा लाया हूँ।

[साद को ज़ियाद का ख़त देता है।]

साद : *(ख़त पढ़कर)* तुम बाहर बैठो, इसका जवाब दिया जाएगा। *(क़ासिद चला जाता है।)* इसमें भी वही ताक़ीद है कि हुसैन को पानी मत लेने दो, जंग करने में एक लम्हे की देर न करो। देखिए, लिखते हैं—

"हुसैन से जंग करने के लिए अब कोई बहाना नहीं रहा। फ़ौज की कमी की शिकायत थी, सो वह भी नहीं रही। अब मेरे पास 22 हज़ार सवार और पैदल मौजूद हैं।"

शिमर : बेशक, उनका लिखना वाजिब है। मैं जाकर सख़्त हुक्म देता हूँ कि हुसैन के लश्कर की एक चिड़िया भी दरिया के किनारे न आने पाए। आप जंग का हुक्म दे दें।

साद : आपको मालूम है, 22 हज़ार आदमियों में कितने अज़ाब

के ख़ौफ़ से भाग गए, और रोज़ भागते जाते हैं।

शिमर : इसीलिए तो और भी ज़रूरी है कि जंग शुरू कर दी जाए, वरना रफ़्ता-रफ़्ता यह सारी फ़ौज बादलों की तरह ग़ायब हो जाएगी। पर मैंने सुना है, ज़ियाद ने उन सब आदमियों को गिरफ़्तार कर लिया है, और बहुत जल्द वे सब फ़ौज में आ जाएँगे। पर यह हुक्म भी जारी कर दिया है कि जो आदमी फ़ौज से भागेगा, उसकी जायदाद छीन ली जाएगी, और उसे ख़ानदान के साथ जलावतन कर दिया जाएगा, इस हुक्म का लोगों पर अच्छा असर पड़ा है। अब उम्मीद नहीं कि भागने की कोई हिम्मत करे। मुझे यह भी ख़बर मिली है कि ज़ियाद ने कई आदमियों को क़त्ल करा दिया है।

[एक और क़ासिद का प्रवेश।]

क़ासिद : अस्सलामअलेक बिन साद। हज़रत हुसैन ने यह ख़त भेजा है, और उसका जवाब तलब किया है। *(साद को ख़त देता है।)*

साद : *(ख़त पढ़कर)* बाहर जाकर बैठो। अभी जवाब मिलेगा।

शिमर : *(ख़त पर झुककर)* इसमें क्या लिखा है?

साद : *(ख़त को बन्द करके)* कुछ नहीं, यही लिखा है कि मैं तुमसे मिलना चाहता हूँ।

शिमर : यह उनकी नई चाल है। कलाम पाक की क़सम, आप उनकी दरख़्वास्त मानकर पछताएँगे। आपको फ़ौज में फिर आना नसीब न होगा।

साद : क्या तुम्हारा यह मतलब है कि हुसैन मुझसे दग़ा करेंगे? अली का बेटा दग़ा नहीं कर सकता।

शिमर : यह मेरा मतलब नहीं। यहाँ से बच निकलने की कोई तजवीज़ पेश करनी चाहते होंगे। उनकी ज़बान में जादू का असर है, ऐसा न हो कि वह आपको चकमा दें। क्या हर्ज है, अगर मैं भी आपके साथ चलूँ?

साद : मैं समझता हूँ कि मैं अपने दीन और दुनिया की हिफ़ाज़त ख़ुद कर सकता हूँ। मुझे तुम्हारी मदद की ज़रूरत नहीं।

शिमर : आपको अख़्तियार है। कम-से-कम मेरी इतनी सलाह तो मान ही लीजिएगा कि अपने थोड़े-से चुने हुए आदमी लेते जाइएगा।

साद : यह मेरा ज़ाती मामला है, जैसा मुनासिब समझूँगा, करूँगा।

[क़ासिद को बुलाकर ख़त का जवाब देता है।]

शिमर : रात का वक़्त लिखा है न?

साद : इतना तो तुम्हें ख़ुद समझ लेना चाहिए था।

शिमर : *(जाने के लिए खड़ा होकर)* मेरी बात का ज़रूर ख़याल रखिएगा! *(दिल में)* इसके अन्दाज़ से मालूम होता है कि हुसैन की बातों में आ जाएगा। ज़ियाद के पास ख़ुद जाकर यह क़िस्सा कहूँ।

साद : *(दिल में)* ख़ुदा तुझसे समझे ज़ालिम! तू ज़ियाद से भी दो अंगुल बढ़ा हुआ है। शायद मेरा यह क़यास ग़लत नहीं है कि तू ही ज़ियाद को यहाँ के हालात की इत्तिला देता है। हुसैन दग़ा करेंगे! हुसैन दग़ा करनेवालों में नहीं, दग़ा का शिकार होनेवालों में हैं।

[उठकर अन्दर चला जाता है।]

चौथा दृश्य

[हुसैन के हरम की औरतें बैठी हुई बातें कर रही हैं। शाम का वक़्त।]

सुगरा : अम्मा, बड़ी प्यास लगी है।

अली असग़र : पानी, बूआ, पानी।

हंफ़ा : क़ुरबान गई, बेटे कितना पानी पियोगे? अभी लाई। *(मशकों को जाकर देखती है, और छाती पीटती लौटती है।)* ऐ क़ुरबान गई बीबी, कहीं एक बूँद पानी नहीं। बच्चों को क्या पिलाऊँ?

जैनब : क्या बिलकुल पानी ग़ायब हो गया?

हंफ़ा : ऐ क़ुरबान गई बीबी, सारे मटके और मशकें ख़ाली पड़ी हुई हैं।

जैनब : ग़ज़ब हो गया। नदी तो बन्द ही थी, अब ज़ालिम कुएँ भी नहीं खोदने देते।

असग़र : पानी, बूआ, पानी!

शहरबानू : या ख़ुदा! किस अज़ाब में फँसे। इन नन्हों को कैसे समझाऊँ!

हंफ़ा : बीबी, क़ुरबान जाऊँ! मैं जाकर दरिया से पानी लाती हूँ। कौन मुआ रोकेगा, मुँह झुलस दूँ उसका। क्या मेरे लाल प्यासों तड़पेंगे, जब दरिया में पानी भरा हुआ है?

जैनब : तू नहीं जानती, साढ़े छह हज़ार जवान दरिया का पानी रोकने के लिए तैनात हैं?

हंफ़ा : ऐ क़ुरबान जाऊँ बीबी, कौन मुझसे बोलेगा, झाड़ न मारूँगी। रसूल के बेटे प्यासे रहेंगे?

[हंफ़ा एक मशक लेकर दरिया की तरफ़ जाती है, और थोड़ी देर बाद लौट आती है, सिर के बाल नुचे हुए, कपड़े फटे हुए, मशक नदारद। रोती हुई ज़मीन पर बैठ जाती है।]

जैनब : क्या हुआ हंफ़ा? यह तेरी क्या हालत है?

हंफ़ा : बीबी, ख़ुदा का अज़ाब इन रूस्याहों पर नाज़िल हो। ज़ालिम ने मुझे रोक लिया, मेरी मशक छीन ली, और एक कुत्ते को मुझ पर छोड़ दिया। भागते-भागते किसी तरह यहाँ तक पहुँची हूँ। हाय! इन मूज़ियों पर आसमान भी नहीं फट पड़ता। इतनी दुर्गति कभी न हुई थी।

[रोती है।]

हुसैन : *(अन्दर जाकर)* हंफ़ा, क्यों रोती है, अरे, यह तेरे कपड़े किसने फाड़े?

जैनब : बेचारी शामत की मारी पानी लेने गई थी। बच्चे प्यास से तड़प रहे थे। ज़ालिमों ने नोमजान कर दिया।

हुसैन : हंफा, मत रोओ। रसूल के क़दमों की क़सम, अभी उन ज़ालिमों का सिर तेरे पैरों पर होगा, जिनके बेरहम हाथों ने तेरी बेहुरमती की, चाहे मेरे सारे रफ़ीक़, मेरे सारे अज़ीज़ और मैं ख़ुद क्यों न मर जाऊँ। औरत की बेहुरमती का बदला ख़ून है, चाहे वह ग़ुलाम और बेकस ही क्यों न हो। उन मलऊनों को दिखा दूँगा कि मुझे अपनी लौंडी की आबरू अपने हरम से कम प्यारी नहीं है।

[तलवार हाथ में लेकर बाहर जाते हैं, पर हंफ़ा उनके पैरों को पकड़ लेती है।]

हंफ़ा : मेरे आक़ा, मेरी जान आप पर फ़िदा हो। मैं अपना बदला दुनिया में नहीं, अक़बे में लेना चाहती हूँ, जहाँ की आग कहीं ज़्यादा तेज़, जहाँ की सज़ाएँ यहाँ से कहीं ज़्यादा दिल हिलानेवाली होंगी। मैं नहीं चाहती कि आपकी तलवार से क़त्ल होकर वह अज़ाब से छूट जाए।

हुसैन : हंफ़ा, यह सब उसके लिए है, जो दुनिया में अपना बदला न ले सके। अगर मेरे पास एक लाख आदमी होते, तो तेरी बेइज़्ज़ती का बदला लेने के लिए मैं उन्हें क़ुरबान कर देता, उन बहत्तर आदमियों की हक़ीक़त ही क्या है। मेरे पैरों को छोड़ दे, ऐसा न हो कि मेरा ग़ुस्सा आग बनकर मुझको जलाकर ख़ाक कर दे।

हंफ़ा : *(दिल में)* काश इस वक़्त वे ज़ालिम यहाँ होते और देखते कि जिसे उन्होंने कुत्तों से नुचवाया था, उसकी अली के बेटे की निगाहों में कितनी इज़्ज़त है। नहीं, मेरे मौला, मैं दुश्मनों को इतनी अच्छी मौत नहीं देना चाहती। मैं उन्हें जहन्नुम की आग में जलाना चाहती...।

[अली अकबर का प्रवेश।]

अली अकबर : अब्बाजान, साद अपनी फ़ौज से निकलकर आया है, और आपसे मिलना चाहता है।

हुसैन : हाँ, मैंने इसी वक़्त उसे बुलाया था। पहले उससे हंफ़ा को सतानेवालों के ख़ून का मुआवज़ा लेना है।

[हुसैन और अली अकबर बाहर जाते हैं।]

अली अकबर : या हज़रत, मैं भी आपके साथ रहूँगा।

अब्बास : मैं भी।

हुसैन : नहीं, मैंने उनसे तनहा मिलने का वादा किया है। तुम्हारे साथ रहने से मेरी बात में फ़र्क़ आएगा।

अली अकबर : वह तो अपने साथ एक सौ जवानों से ज़्यादा लाया है, जो चन्द क़दमों के फ़ासले पर खड़े हैं। हम आपको तनहा न जाने देंगे।

अब्बास : साद की शराफ़त पर मुझे भरोसा नहीं है।

हुसैन : मैं उसे इतना कमीना नहीं समझता कि मेरे साथ दग़ा करे। ख़ैर, चलो, अगर उसे कोई एतराज़ न होगा, तो वहाँ मौजूद रहना। उसे भी अपने साथ दो आदमियों को रखने की आज़ादी होगी।

[तीनों आदमी शस्त्र से सुसज्जित होकर चलते हैं। परदा बदलता है। दोनों फ़ौजों के बीच में हुसैन और साद खड़े हैं। हुसैन के साथ अकबर और अब्बास हैं, साद के साथ उसका बेटा और ग़ुलाम।]

साद : अस्सलामअलेक। या फ़र्ज़ंदे-रसूल, आपने मुझे अपनी ख़िदमत में हाज़िर होने का मौक़ा दिया, इसके लिए आपका मशकर हूँ। मुझे क्या इरशाद है?

हुसैन : मैंने तुम्हें यह तसफ़िया करने के लिए तकलीफ़ दी है कि आख़िर तुम मुझसे क्या चाहते हो? तुम्हारे वालिद रसूल पाक के रफ़ीकों में थे, और अगर बाप की तबियत का असर कुछ बेटे पर पड़ता है, तो मुझे उम्मीद है कि तुममें इनसानियत का जौहर मौजूद है। क्या नहीं जानते कि मैं कौन हूँ। मैं तुम्हारे मुँह से सुनना चाहता हूँ।

साद : आप रसूल पाक के नवासे हैं।

हुसैन : और यह जानकर भी तुम मुझसे जंग करने आए हो, क्या तुम्हें ख़ुदा का ज़रा भी ख़ौफ़ नहीं है? तुममें ज़रा भी इंसाफ़ नहीं है कि तुम मुझसे जंग करने आए हो, जो तुम्हारे ही भाइयों की दग़ा का शिकार बनकर यहाँ आ फँसा है, और अब यहाँ से वापस जाना चाहता है। क्यों ऐसा काम करते हो, जिसके लिए तुम्हें दुनिया में रुसवाई और अक़बा में रूस्याही हासिल हो?

साद : या हज़रत, मैं क्या करूँ। ख़ुदा जानता है कि मैं कितनी मजबूरी की हालत में यहाँ आया हूँ।

हुसैन : साद, कोई इनसान आज तक वह काम करने पर मजबूर नहीं हुआ, जो उसे पसन्द न आया हो। तुमको यक़ीन है कि मेरे क़त्ल के सिले में तुम्हारी जागीर बेढंगी 'रै' की हुकूमत हाथ आएगी, दौलत हासिल होगी। लेकिन साद, हराम की दौलत ने बहुत दिनों तक किसी के साथ दोस्ती नहीं की

और न वह तुम्हारे लिए अपनी पुरानी आदत छोड़ेगी। हबिस को छोड़ो, और मुझे अपने घर जाने दो।

साद : फिर तो मेरी ज़िन्दगी के दिन उँगलियों पर गिने जा सकते हैं।

हुसैन : अगर यह ख़ौफ़ है, तो मैं तुझे अपने साथ ले जा सकता हूँ।

साद : या हज़रत, ज़ालिम मेरे मकान बरबाद कर देंगे, जो शहर में अपना सानी नहीं रखते।

हुसैन : सुभानल्लाह! तुमने वह बात मुँह से निकाली, जो तुम्हारी शान से बईद है। अगर हक़ पर क़ायम रहने की सज़ा में तुम्हारा मकान बरबाद किया जाए, तो ऐसा बड़ा नुक़सान नहीं। हक़ के लिए लोगों ने इससे कहीं बड़े नुक़सान उठाए हैं, यहाँ तक कि जान से भी दरेग़ नहीं किया। मैं वादा करता हूँ कि मैं तुझे उससे अच्छा मकान बनवा दूँगा।

साद : या हज़रत, मेरे पास बड़ी ज़रख़ेज़ और आबाद जागीरें हैं, जो ज़ब्त कर ली जाएँगी, और मेरी औलाद उनसे महरूम रह जाएगी।

हुसैन : मैं हिजाज में तुम्हें उनसे ज़्यादा ज़रख़ेज़ और आबाद जागीरें दूँगा। इसका इतमीनान रखो कि मेरी ज़ात से तुम्हें कोई नुक़सान न पहुँचेगा।

साद : या हज़रत, आप पर मेरी जान निसार हो, मेरे साथ 22 हज़ार सवार और पैदल हैं। ज़ियाद ने उनके सरदारों से बड़े-बड़े वादे कर रखे हैं, मैं अगर आपकी तरफ़ आ भी जाऊँ, तो वे आपसे ज़रूर जंग करेंगे। इसीलिए मुनासिब यही है कि आप जो शर्तें पसन्द फ़रमाएँ, मैं ज़ियाद को लिख भेजूँ। मैं अपने ख़त में सुलह पर ज़ोर दूँगा, और मुझे यक़ीन है कि ज़ियाद मेरी तजवीज़ मंज़ूर कर लेगा।

हुसैन : ख़ुदा तुम्हें इसका सवाब आक़बत में देगा। मेरी पहली शर्त यह है कि मुझे मक्का लौटने दिया जाए, अगर यह न मंज़ूर हो, तो सरहदों की तरफ़ जाकर अमन से ज़िन्दगी बसर करने को राज़ी हूँ, अगर यह भी मंज़ूर न हो, तो मुझे यज़ीद ही के पास जाने दिया जाए, और सबसे बड़ी शर्त यह है कि जब तक मैं यहाँ हूँ, मुझे दरिया से पानी लेने की पूरी आज़ादी हासिल हो। मैं यज़ीद की बैयत किसी हालत से न क़बूल करूँगा, और अगर तुमने मेरी वापसी की यह शर्त क़ायम न की, तो हम यहाँ शहीद हो जाना ही पसन्द करेंगे।

लेकिन अगर यह मंशा है कि मुझे क़त्ल ही कर दिया जाए, तो मैं अपनी जान को गिराँ-से-गिराँ क़ीमत पर बेचूँगा।

साद : हज़रत, आपकी शर्तें बहुत माकूल हैं।

हुसैन : मैं तुम्हारे जवाब का कब तक इन्तज़ार करूँ?

साद : सुबह आफ़ताब की रोशनी के साथ मेरा क़ासिद आपकी ख़िदमत में हाज़िर होगा।

[दोनों आदमी अपनी-अपनी फ़ौज की तरफ़ लौटते हैं।]

पाँचवाँ दृश्य

[8 बजे रात का समय। ज़ियाद की ख़ास बैठक। शिमर और ज़ियाद बातें कर रहे हैं।]

ज़ियाद : क्या कहते हो। मैंने सख़्त ताक़ीद कर दी थी कि दरिया पर हुसैन का कोई आदमी न आने पाए।

शिमर : बजा है। मगर मैं तो हुसैन के आदमियों को दरिया से पानी लाते बराबर देखता रहा हूँ; और, शायद मेरा, दरिया की हिफ़ाज़त के लिए अपनी ज़िम्मेदारी पर, हुक्म जारी करना साद को बुरा लगा।

ज़ियाद : साद पर मुझे इतमीनान है। मुमकिन है, उसे लोगों को प्यासों मरते देखकर रहम आ गया हो, और हक़ यह है कि शायद मैं भी मौक़े पर इतना बेरहम नहीं हो सकता। इससे यह नहीं साबित होता कि साद की नीयत डाँवाँडोल हो रही है।

शिमर : मैं साद की शिकायत करने के लिए आपकी ख़िदमत में नहीं हाज़िर हुआ हूँ, सिर्फ़ वहाँ की हालत अर्ज़ करनी थी। हुसैन ने आज साद को मुलाक़ात करने को भी तो बुलाया है। देखिए, क्या बातें होती हैं।

ज़ियाद : क्या? हुसैन से मुलाक़ातें भी कर रहा है? तुम साबित कर सकते हो?

शिमर : हुज़ूर, मेरे सबूत की ज़रूरत नहीं। उनका क़ासिद आता ही होगा।

ज़ियाद : क्या कई बार मुलाक़ातें हुई हैं?

शिमर : आज की मुलाक़ात का तो मुझे इल्म है, पर शायद और भी मुलाक़ातें तनहाई में हुई हैं।

ज़ियाद : कोई और आदमी साथ नहीं रहा?

शिमर : मैंने ख़ुद साथ चलना चाहा था, पर मेरी अर्ज़ क़बूल न हुई।

ज़ियाद : कलाम पाक की क़सम, मैं इसे बरदाश्त न कर सकता। मैंने उसे हुसैन से जंग करने को भेजा है, मसालहत करने के लिए नहीं। मैं उससे इसका जवाब तलब करूँगा।

शिमर : हुज़ूर ने उनके साथ जो सलूक किए हैं, और इस काम के लिए जो सिला तजवीज़ किया है, वह तो किसी दुश्मन को भी आपको दोस्त बना देता। मगर अपना-अपना मिज़ाज ही तो है।

[एक क़ासिद का प्रवेश।]

क़ासिद : अस्सलामअलेक या अमीर, उमर बिन साद का ख़त लाया हूँ।

[ज़ियाद को ख़त देता है, और ज़ियाद उसे पढ़ने लगता है। क़ासिद बाहर चला जाता है।]

ज़ियाद : इस मसालहत का नतीजा तो अच्छा निकला। हुसैन वापस जाने को रज़ामन्द हैं, और साद ने इसकी ताईद करते हुए लिखा है कि उनकी जानिब से किसी ख़तरे का अंदेशा नहीं। ख़लीफ़ा यज़ीद की मंशा भी यही है। साद ने ख़ूब किया कि बग़ैर जंग के फ़तह हासिल कर ली।

शिमर : बेशक बड़ी शानदार फ़तह है।

ज़ियाद : क्यों, यह फ़तह नहीं है? तंग क्यों करते हो?

शिमर : जिसे आप फ़तह समझ रहे हैं, वह फ़तह नहीं, आपकी शिकस्त है। ऐसी शिकस्त, जो आपको फिर पनपने न देगी। आग फूस में पड़कर उतनी ख़ौफ़नाक नहीं हो सकती, जितने इस मुहासिरे से निकलकर हुसैन हो जाएँगे। शेर किसी शिकार के पीछे दौड़ता हुआ बस्ती में आ गया है। उसे आप घेरकर मार सकते हैं, लेकिन एक बार वह फिर जंगल में पहुँच जाए, तो कौन है, जो उसके पंजों के

सामने जाने की हिम्मत कर सके। कर्बला से निकलकर हुसैन वह दरिया होंगे, जो बाँध को तोड़कर बाहर निकल आया हो, और आपकी हालत उसी टूटे हुए बाँध की-सी होगी।

ज़ियाद : हाँ, इसमें तो कोई शक नहीं कि अगर वह निकलकर हिजाज और यमन चले जाएँ, तो शायद ख़लीफ़ा यज़ीद की ख़िलाफ़त डगमगा जाए। मगर एक शर्त यह भी तो है कि उन्हें यज़ीद के पास जाने दिया जाए। इसमें हमें क्या उज्र हो सकता है?

शिमर : अगर बाज़ कबूतर के क़रीब पहुँच जाए, तो दुनिया की कोई फ़ौज उसे बाज़ के चंगुल से नहीं बचा सकती। हुसैन अपने बाप के बेटे हैं। ख़लीफ़ा उनकी दलीलों से पेश नहीं पा सकते। कोई अजब नहीं कि अपनी अक़्ल के ज़ोर से आज का क़ैदी कल का ख़लीफ़ा हो, और ख़लीफ़ा को उलटे उसकी बैयत क़बूल करनी पड़े।

ज़ियाद : तुम्हारा यह ख़याल भी बहुत सही है। काश मुझे तुम्हारी वफ़ादारी का इतना इल्म पहले होता, तो तुम्हीं फ़ौज के सिपहसालार होते।

शिमर : काश साद ने मेरी बातें इतनी क़द्रदानी से सुनी होतीं, तो मुझे यहाँ आने और आपको तकलीफ़ देने की ज़रूरत ही न पड़ती।

ज़ियाद : तुम सुबह चले जाओ, और साद से कहो कि फ़ौरन जंग शुरू करे।

शिमर : हुज़ूर को जो हुक्म देना हो, ख़त के ज़रिये दें। मातहत के ज़रिये उसके अफ़सर को हुक्म देना अफ़सर को मातहत के ख़ून का प्यासा बनाना है।

ज़ियाद : बेहतर, मैं ख़त ही लिख देता हूँ।

[जियाद ख़त लिखकर शिमर को देता है।]

शिमर : इसमें हुज़ूर ने ऐसा कोई क़लमा तो नहीं लिखा, जिसमें साद को शुबहा हो कि मेरे इशारे से लिखा गया है?

ज़ियाद : मुतलक़ नहीं। हाँ, यह अलबत्ता लिख दिया है कि अगर तूने सिरताबी की, तो तेरी जगह शिमर लश्कर का सरदार होगा।

शिमर : हुज़ूर की क़द्रदानी की कहाँ तक तारीफ़ करूँ।

ज़ियाद : इसकी ज़रूरत नहीं। अगर साद मेरे हुक्म की तामील करे,

तो बेहतर, नहीं तो वह माजूल होगा, और तुम लश्कर के सरदार होगे। पहला काम जो तुम करोगे, वह साद का सर क़लम करके मेरे पास भेजना होगा। यही तुम्हारी बहाली की बिस्मिल्लाह होगी।

शिमर : *(उठकर)* आदाब बजा लाता हूँ।

[शिमर बाहर चला जाता है, और ज़ियाद मकान में आराम करने जाता है।]

छठा दृश्य

[प्रातःकाल। शाम का लश्कर। हुर और साद घोड़ों पर सवार फ़ौज का मुआयना कर रहे हैं।]

हुर : अभी तक ज़ियाद ने आपके ख़त का जवाब नहीं दिया?

साद : उसके इन्तज़ार में रात-भर आँखें नहीं लगीं। जब किसी की आहट मिलती थी, तो गुमान होता था कि क़ासिद है। मुझे तो यक़ीन है कि अमीर ज़ियाद मेरी तजवीज़ मंज़ूर कर लेंगे।

हुर : काश ऐसा होता! अगर जंग की नौबत आई, तो फ़ौज के कितने ही सिपाही लड़ने से इनकार कर देंगे।

[सामने से शिमर घोड़ा दौड़ाता हुआ आता है।]

साद : लो, क़ासिद भी आ गया। ख़ुदा करे, अच्छी ख़बर लाया हो। अरे, यह तो शिमर है।

हुर : हाँ, शिमर ही है। ख़ुदा ख़ैर करे, जब यह ख़ुद ज़ियाद के पास गया था, तो मुझे आपकी तजवीज़ के मंज़ूर होने में बहुत शक है।

शिमर : *(क़रीब आकर)* अस्सलामअलेक। मैं कल एक ज़रूरत से मकान चला गया। अमीर ज़ियाद को ख़बर हो गई। उसने मुझे बुलाया, और आपको यह ख़त दिया।

[ख़त साद को देता है। साद ख़त पढ़कर जेब में रख लेता है, और एक लम्बी साँस लेता है।]

साद : शिमर, मैंने समझा था, तुम सुलह की ख़बर लाते होगे।

शिमर : आपकी समझ की ग़लती थी। आपको मालूम है कि अमीर ज़ियाद एक बार फ़ैसला करके फिर उसे नहीं बदलते। अब आपकी क्या मंशा है?

साद : मजबूर हुक्म की तामील करूँगा।

शिमर : तो मैं फ़ौजों को तैयार होने का हुक्म देता हूँ?

साद : जैसा मुनासिब समझो।

[शिमर फ़ौज की तरफ़ चला जाता है।]

हुर : ख़ुदा सब कुछ करे, इनसान का बातिन स्याह न बनाए।

साद : यह सब इन्हीं हज़रत की कारगुज़ारी है। ज़ियाद मेरी तरफ़ से कभी इतने बरगुमान न थे।

हुर : मुझे तो फ़र्ज़ंदे-रसूल से लड़ने के ख़याल ही से वहशत होती है।

साद : हुर, तुम सच कहते हो। मुझे यक़ीन है कि उनसे जो लड़ेगा, उसकी जगह जहन्नुम में है। मगर मजबूर हूँ, 'रै' की परवा न करूँ, तो भी घर की तरफ़ से बेफ़िक्र तो नहीं हो सकता। अफ़सोस, मैं हविस के हाथों तबाह हुआ। काश मेरा दिल इतना मज़बूत होता कि 'रै' की निज़ामत पर लट्टू न हो जाता, तो आज मैं फ़र्ज़ंदे-रसूल के मुक़ाबले पर न खड़ा होता। हुर, क्या इस जंग के बाद किसी तरह मगफ़िरत हो सकती?

हुर : फ़र्ज़ंदे-रसूल के ख़ून का दाग़ कैसे धुलेगा?

साद : हुर, मैं इतने रोज़े रखूँगा कि मेरा जिस्म धुल जाए, इतनी नमाज़ें अदा करूँगा कि आज तक किसी ने न की होंगी। 'रै' की सारी आमदनी ख़ैरात कर दूँगा। पियादा पा हज करूँगा, और रसूल पाक की क़ब्र पर बैठकर रोऊँगा, गुनहगारों की ख़ताएँ मुआफ़ करूँगा, और एक चींटी को भी ईज़ा न पहुँचाऊँगा। हाय! ज़ालिम शिमर सोचने का मौक़ा भी नहीं देना चाहता। फ़ौजें तैयार हो रही हैं। क़ीस, हज्जाज, शीश, अशअस अपने-अपने आदमियों को सफ़ों में खड़े करने लगे। वह लो, नक़्क़ारे पर चोट भी पड़ गई।

हुर : मैं भी जाता हूँ, अपने आदमियों को सँभालूँ।

[आहिस्ता-आहिस्ता जाता है।]

साद : ऐ ख़ुदा! बहुत बेहतर होता कि तूने मुझे शिमर की तरह स्याह बातिन बनाया होता, या हानी और क़सीर का-सा दिल दिया होता कि अपने को ग़ैर पर क़ुरबान कर देता। कमज़ोर इनसान भी जानता है कि मुझे क्या करना चाहिए, और क्या नहीं कर सकता। वह ग़ुलाम से भी बदतर है, जिसका अपनी मरज़ी पर कोई अधिकार नहीं। मेरे क़बीलेवालों ने भी सफ़बन्दी शुरू कर दी। मुझे भी अब जाकर अपनी जगह पर सबसे आगे चलना चाहिए, और वही करना चाहिए, जो शिमर कराए, क्योंकि अब मैं फ़ौज का सरदार नहीं हूँ, शिमर है।

[आहिस्ता-आहिस्ता जाकर फ़ौज के सामने खड़ा हो जाता है।]

शिमर : *(उच्च स्वर से)* ऐ ख़िलाफ़त को ज़िन्दा रखने के लिए अपने तईं क़ुरबान करनेवाले बहादुरो, ख़ुदा का नाम लेकर क़दम आगे बढ़ाओ। दुश्मन तुम्हारे सामने है। वह हमारे रसूल पाक का नवासा है, और उस रिश्ते से हम सब ताज़ीम से उसके आगे सिर झुकाते हैं। लेकिन जो आदमी हिर्स का इतना बन्दा है कि रसूल पाक के हुक्म का, जो उन्होंने ख़िलाफ़त को अब तक क़ायम रखने के लिए दिया था, पैरों-तले कुचलता है, और जो क़ौम की बैयत की परवा न करके अपने विरासत के हक़ के लिए ख़िलाफ़त को ख़ाक में मिला देना चाहे, वह रसूल का नवासा होते हुए भी मुसलमान नहीं है। हमारी निगाहों में रसूल के हुक्म की इज़्ज़त उसके नवासे की इज़्ज़त से कहीं ज़्यादा है। हमारा फ़र्ज़ है कि हमने जिस ख़लीफ़ा की बैयत क़बूल की है, उसे ऐसे हमलों से बचाएँ, जो हिर्स को पूरा करने के लिए दाद के नाम पर किए जाते हैं। चलो, फ़र्ज़ के मैदान में क़दम बढ़ाओ।

[नक़्क़ारे पर चोब पड़ती है, और पूरा लश्कर हुसैन के पड़ाव की तरफ़ बढ़ता है। साद आगे क़दम बढ़ाता हुआ हुसैन के ख़ेमे के क़रीब पहुँच जाता है।]

अब्बास : *(हुसैन के ख़ेमे से निकलकर)* साद! यह दग़ा! हम तुम्हारे जवाब का इन्तज़ार कर रहे हैं, और तुम हमारे ऊपर हमला कर रहे हो? क्या यही आईने-जंग है?

साद : हज़रत, कलाम पाक की क़सम, मैं दग़ा के इरादे से नहीं आया। *(ज़ियाद का ख़त अब्बास के हाथ में देकर)* यह देखिए, और मेरे साथ इंसाफ़ कीजिए। मैं इस वक़्त नाम के लिए फ़ौज का सरदार हूँ, अख़्तियार शिमर के हाथों में है।

अब्बास : *(ख़त पढ़कर)* आख़िर तुम दुनिया की तरफ़ झुके। याद रखो, ख़ुदा की दरगाह में शिमर नहीं, तुम ख़तावार समझे जाओगे।

साद : या हज़रत, यह जानता हूँ, पर ज़ियाद के ग़ुस्से का मुक़ाबला नहीं कर सकता। वह बिल्ला है, मैं चूहा हूँ; वह बाज़ है, मैं कबूतर हूँ। वह एक इशारे से मेरे ख़ानदान का निशान मिटा सकता है। अपनी हिफ़ाज़त की फ़िक्र ने मुझे मजबूर कर दिया है, मेरे दीन और ईमान को फ़ना कर दिया है।

अब्बास : ख़ुलासा यह है कि तुम हमारा मुहासिरा करना चाहते हो। ठहरो, मैं जाकर भाई साहब को इत्तिला दे दूँ।

[अब्बास हुसैन के ख़ेमे की तरफ़ जाते हैं।]

शिमर : *(साद के पास आकर)* क्या अब कोई दूसरी चाल चलने की सोच रहे हैं?

साद : नहीं, हज़रत हुसैन को हमारी आमद और मंशा की इत्तिला देने गए हैं।

शिमर : यह मौक़े को हमारे हाथों से छीनने का हीला है। शायद क़बीलों से इमदाद तलब करने का क़स्द कर रहे हैं। एक दिन की देर भी उन्हें मौक़े का बादशाह बना सकती है।

[अब्बास ख़ेमे से वापस आते हैं।]

अब्बास : मैंने हज़रत हुसैन को तुम्हारा पैग़ाम दिया। हज़रत को इसका बेहद सदमा है कि उनकी कोई शर्त मंज़ूर नहीं की गई। सुलह की इससे ज़्यादा कोशिश उनके इमकान में न थी। गो हम सब जंग के लिए तैयार हैं, लेकिन उन्होंने एक दिन की मुहलत माँगी है कि दुआ और नमाज़ में गुज़ारें। सुबह

की हमें ख़ुदा का जो हुक्म होगा, उसकी तामील करेंगे।

साद : इसका जवाब मैं अपनी फ़ौज के दूसरे सरदारों से मशविरा करके दूँगा।

[अब्बास अपने ख़ेमों की तरफ़ जाते हैं, और हुर, हज्जाज, अशअस, क़ीस सब साद के पास आकर खड़े हो जाते हैं।]

साद : शिमर, तुम्हारी इस मामले में क्या सलाह है?

शिमर : यह उनकी हीलेबाज़ी है। आइंदा आप अमीर हैं, जो जी चाहे, करें।

साद : *(दूसरे सरदारों से मुख़ातिब होकर)* हज़रत हुसैन ने एक दिन की मुहलत की दरख़्वास्त की है, आप लोगों की क्या सलाह है?

शिमर : इसका आप लोग ख़याल रखिएगा कि यह मुहलत आफ़त के मीज़ान को पलट सकती है।

हुर : मुहलत के मंज़ूर करने में पसोपेश का कोई मौक़ा नहीं।

हज्जाज : हुसैन अगर काफ़िर होते, और मुहलत की दरख़्वास्त करते, तो भी उसको क़बूल करना लाज़िम था।

क़ीस : बहुत मुमकिन है, वह कल तक आपस में सलाह करके यज़ीद की बैयत क़बूल कर लें, तो नाहक़ ख़ूँरेज़ी क्यों हो।

शिमर : और अगर शाम तक बनी, असद और दूसरे क़बीले उनकी मदद के लिए आ जाएँ, तो?

शीस : हज़रत हुसैन ने अभी तक किसी क़बीले से इमदाद नहीं तलब की है, वरना हम इतने इतमीनान से यहाँ न खड़े होते।

साद : बनी और असद ही नहीं, अगर इराक़ के सारे क़बीले आ जाएँ, तब भी हम आज उन्हें जंग के लिए मजबूर नहीं कर सकते। यह इनसानियत के ख़िलाफ़ है। मेरा यही फ़ैसला है। आइंदा आप लोगों को अख़्तियार है।

[साद ग़ुस्से में भरा हुआ वहाँ से चला जाता है।]

शिमर : क्या आप लोगों की यही मरज़ी है कि आज जंग मुल्तवी की जाए?

हुर : यहाँ जितने असहाब मौजूद हैं, सब अपनी राएँ दे चुके, अमीरे-लश्कर भी चला गया। ऐसी हालत में मुहलत के सिवा

और हो ही क्या सकता है। अगर आप अपनी ज़िम्मेदारी पर जंग करना चाहते हैं, तो शौक़ से कीजिए।

[हुर, हज्जाज वग़ैरह भी चले जाते हैं।]

शिमर : *(दिल में)* कौन कहता है कि हुसैन के साथ दग़ा की गई? यहाँ सब-के-सब हुसैन के दोस्त हैं। इस फ़ौज में रहने से कहीं यह बेहतर था कि सब-के-सब हुसैन की फ़ौज में होते। तब भी उनकी इतनी मदद न कर सकते। मुझे ज़रा ताज्जुब न होगा, अगर कल सब लोग हथियार रखकर हुसैन के क़दमों पर गिर पड़ें। ज़ियाद को इस मुहलत की भी इत्तिला तो दे ही दूँ।

[साद का क़ासिद मुहलत का पैग़ाम लेकर हुसैन के लश्कर की तरफ़ आता है। शिमर अपने ख़ेमे की तरफ़ जाता है।]

सातवाँ दृश्य

[समय—8 बजे रात। हुसैन एक कुर्सी पर मैदान में बैठे हुए हैं। उनके दोस्त और अज़ीज़ सब फ़र्श पर बैठे हुए हैं। शमा जल रही है।]

हुसैन : शुक्र है, ख़ुदाए-पाक का, जिसने हमें ईमान की रोशनी अता की, ताकि हम नेक को क़बूल करें, और बद से बचें। मेरे सामने इस वक़्त मेरे बेटे और भतीजे, भाई और भांजे, दोस्त और रफ़ीक़ सब जमा हैं। मैं सबके लिए ख़ुदा से दुआ करता हूँ। मुझे इसका फ़ख़्र है कि उसने मुझे ऐसे सआदतमन्द अज़ीज़ और ऐसे जाँनिसार दोस्त अता किए। अपनी दोस्ती का हक़ पूरी तरह अदा कर दिया, आपने साबित कर दिया कि हक़ के सामने आप जान और माल की कोई हक़ीक़त नहीं समझते। इस्लाम की तारीख़ में आपका नाम हमेशा रोशन रहेगा। मेरा दिल ख़याल से पाश-पाश हुआ जाता है कि कल मेरे बायस वे लोग, जिन्हें ज़िन्दा हिम्मत चाहिए,

जिनका हक़ है ज़िन्दा रहना, जिनको अभी ज़िन्दगी में बहुत कुछ करना बाक़ी है, शहीद हो जाएँगे। मुझे सच्ची ख़ुशी होगी, अगर तुम लोग मेरे दिल का यह बोझ हल्का कर दोगे। मैं बड़ी ख़ुशी से हर एक को इजाज़त देता हूँ कि उसका जहाँ जी चाहे, चला जाए। मेरा किसी पर कोई हक़ नहीं है। नहीं, मैं तुमसे इल्तमास करता हूँ, इसे क़बूल करो। तुमसे किसी की दुश्मनी नहीं हुई है, जहाँ जाओगे, लोग तुम्हारी इज़्ज़त करेंगे। तुम ज़िन्दा शहीद हो जाओगे, जो मरकर शहादत का दर्जा पाने से इज़्ज़त की बात नहीं। दुश्मन को सिर्फ़ मेरे ख़ून की प्यास है, मैं ही उसके रास्ते का पत्थर हूँ। अगर हक़ और इंसाफ़ को सिर्फ़ मेरे ख़ून से आसूदगी हो जाए, तो उसके लिए और ख़ून क्यों बहाया जाए? साद से एक शव की मुहलत माँगने में यही मेरा ख़याल था। यह देखो, मैं यह शमा ठंडी किए देता हूँ, जिसमें किसी को हिजाब न हो।

[सब लोग रोने लगते हैं, और कोई अपनी जगह से नहीं हिलता।]

अब्बास : या हज़रत, अगर आप हमें मारकर भगाएँ, तो भी हम नहीं जा सकते। ख़ुदा वह दिन न दिखाए कि हम आपसे जुदा हों। आपकी सफ़क़त के साए में पल-भर अब हम सोच ही नहीं सकते कि आपके बग़ैर हम क्या करेंगे, कैसे रहेंगे।

अली अकबर : अब्बाजान, यह आप क्या फ़रमाते हैं? हम आपके क़दमों पर निसार होने के लिए आए हैं। आपको यहाँ तनहा छोड़कर जाना तो क्या, महज़ उसके ख़याल से रूह को नफ़रत होती है।

हबीब : ख़ुदा की क़सम, आपको उस वक़्त तक नहीं छोड़ सकते, जब तक दुश्मनों के सीने में अपनी तेज़ बर्छियाँ न चुभा लें। अगर मेरे पास तलवार भी न होती, तो मैं आपकी हिमायत पत्थरों से करता।

अब्दुल्लाह कलवी : अगर मुझे इसका यक़ीन हो जाए कि मैं आपकी हिमायत में ज़िन्दा जलाया जाऊँगा, और फिर ज़िन्दा होकर जलाया जाऊँगा, और यह अमल सत्तर बार होता रहेगा, तो भी मैं

आपसे जुदा नहीं हो सकता। आपके क़दमों पर निसार होने से जो रुतबा हासिल होगा, वह ऐसी-ऐसी बेशुमार ज़िन्दगियों से भी नहीं हासिल हो सकता।

ज़हीर : हज़रत, आपने ज़बाने-मुबारक से ये बातें निकालकर मेरी जितनी दिलशिकनी की है, उसका काफ़ी इज़हार नहीं कर सकता। अगर हमारे दिल दुनिया की हबिस से मग़लूब भी हो जाएँ, तो हमारे क़दम किसी दूसरी तरफ़ जाने से गुरेज़ करेंगे। क्या आप हमें दुनिया में रूहस्याह और बेग़ैरत बनाकर ज़िन्दा रखना चाहते हैं?

अली असग़र : आप तो मुझे शरीक किए बग़ैर कभी कोई चीज़ न खाते थे, क्या जन्नत के मजे अकेले उठाइएगा? शमा जलवा दीजिए, हमें इस तरीकी में आप नज़र नहीं आते।

हुसैन : आह! काश रसूले-पाक आज ज़िन्दा होते और देखते कि उनकी औलाद और उनकी उम्मत हक़ पर कितने शौक़ से फ़िदा होती है। ख़ुदा से मेरी यही इल्तजा है कि इस्लाम में हक़ पर शहीद होनेवालों की कभी कमी न रहे। असग़र बेटा आओ, तुम्हारे बाप की जान तुम पर फ़िदा हो, हम-तुम साथ-साथ जन्नत के मेवे खाएँगे। दोस्तो, आओ, नमाज़ पढ़ लें। शायद यह हमारी आख़िरी नमाज़ हो।

[सब लोग नमाज़ पढ़ने लगते हैं।]

आठवाँ दृश्य

[प्रातःकाल हुसैन के लश्कर में जंग की तैयारियाँ हो रही हैं।]

अब्बास : ख़ेमे एक दूसरे से मिला दिए गए, और उनके चारों तरफ़ ख़ंदक़ें खोद डाली गईं, उनमें लकड़ियाँ भर दी गईं। नक़्क़ारा बजवा दूँ?

हुसैन : नहीं, अभी नहीं। मैं जंग में पहले क़दम नहीं बढ़ाना चाहता। मैं एक बार फिर सुलह की तहरीक करूँगा। अभी तक मैंने

शाम के लश्कर से कोई तक़रीर नहीं की, सरदारों ही से काम निकालने की कोशिश करता रहा। अब मैं जवानों से दूबदू बातें करना चाहता हूँ। कह दो, साँड़नी तैयार करे।

अब्बास : जैसा इरशाद।

[बाहर जाते हैं।]

हुसैन : *(दुआ करते हुए)* ऐ ख़ुदा! तू ही डूबती हुई किश्तियों को पार लगानेवाला है। मुझे तेरी ही पनाह है, तेरा ही भरोसा है; जिस रंज से दिल कमज़ोर हो, उसमें तेरी ही मदद माँगता हूँ। जो आफ़त किसी तरह सिर से न टले, जिसमें दोस्तों से काम न निकले, जहाँ कोई हीला न हो, वहाँ तू ही मेरा मददगार है।

[ख़ेमे से बाहर निकलते हैं। हबीब और ज़हीर आपस में नेजेबाज़ी का अभ्यास कर रहे हैं।]

हबीब : या हज़रत, ख़ुदा से मेरी यही दुआ है कि यह नेज़ा साद के जिगर में चुभ जाए, और 'रै' की सूबेदारी का अरमान उसके ख़ून के रास्ते निकल जाए।

ज़हीर : उसे सूबेदारी ज़रूर मिलेगी। जहन्नुम की या 'रै' की, इसका फ़ैसला मेरी तलवार करेगी।

हबीब : वाह! वह मेरा शिकार है, उधर निगाहें न उठाइएगा। आपके लिए मैंने शिमर को छोड़ दिया।

ज़हीर : बख़ुदा, वह मेरे मुक़ाबिले आए, तो मैं उसकी नाक काटकर छोड़ दूँ। ऐसे बदनीयत आदमी के लिए जहन्नुम से ज़्यादा तकलीफ़ दुनिया ही में है।

अब्बास : और मेरे लिए कौन-सा शिकार तजवीज़ किया?

ज़हीर : आपके लिए ज़ियाद हाज़िर है।

हुसैन : और मेरे लिए? क्या मैं ताकता ही रहूँगा?

ज़हीर : आपको कोई शिकार न मिलेगा।

हुसैन : मेरे साथ यह ज़्यादती क्यों?

ज़हीर : इसलिए कि आप भी शिकारियों की जैल में आ जाएँगे, तो जन्नत की नियामतों में भी साझा बटाएँगे। आपके लिए रसूल-पाक की कुर्बत काफ़ी है। जन्नत की नियामतों में हम आपको शरीक नहीं करना चाहते।

हुसैन : मैं ज़रा साद के लश्कर से बातें करके आ जाऊँ, तो इसका फ़ैसला हो।

हबीब : उन गुमराहों की फ़रमाइश करना बेकार है। उनके दिल इतने सख़्त हो गए हैं कि उन पर कोई तक़रीर असर नहीं कर सकती।

हुसैन : ताहम कोशिश करना मेरा फ़र्ज़ है।

[परदा बदलता है। हुसैन अपनी साँड़नी पर साद की फ़ौज के सामने खड़े हैं।]

हुसैन : ऐ लोग, कूफ़ा और शाम के दिलेर जवानो और सरदारो! मेरी बात सुनो, जल्दी न करो। मुसलमान अपने भाई की गरदन पर तलवार चलाने में, जितनी देर करे, ऐन सवाब है। मैं उस वक़्त तक ख़ूँरेज़ी नहीं करना चाहता, जब तक तुम्हें इतना न समझा लूँ, जितना मुझ पर वाजिब है। मैं ख़ुदा और इनसान दोनों ही के नज़दीक इस जंग की ज़िम्मेदारी से पाक रहना चाहता हूँ, जहाँ भाई की तलवार भाई की गरदन पर होगी। तुम्हें मालूम है, मैं यहाँ क्यों आया? क्या मैंने इराक़ या शाम पर फ़ौजकसी की? मेरे अज़ीज़, दोस्त और अहलेबैत अगर फ़ौज कहे जा सकते हों, तो बेशक मैंने फ़ौजकसी की। सुनो और इंसाफ़ करो, अगर तुम्हें ख़ुदा का ख़ौफ़ और ईमान का लिहाज़ है कि मैं यहाँ तुम्हारे ही सरदारों के बुलाने से आया। मैंने अहद कर लिया था कि मैं दुनिया के झगड़ों से अलग रहकर ख़ुदा की इबादत में अपनी ज़िन्दगी के बचे हुए दिन गुज़ारूँगा। मगर तुम्हारी ही फ़रियाद ने मुझे अपने गोशे से निकाला, रसूल की उम्मत की फ़रियाद सुनकर मैं कानों में उँगली न डाल सका। अगर इस हिमायत की सज़ा क़त्ल है, तो यह सिर हाज़िर है, शौक़ से क़त्ल करो। मैं हज्जाज से पूछता हूँ—क्या तुमने मुझे ख़त नहीं लिखे थे?

हज्जाज : मैंने आपको कोई ख़त नहीं लिखा था।

हुसैन : क़ीस, तुम्हें भी ख़त लिखने से इनकार है?

क़ीस : मैंने कब आपसे फ़रियाद की थी?

हुसैन : और शिमर, तुमने तो दस्तख़त किया था?

शिमर : सरासर ग़लत है, झूठ है।

हुसैन : ख़ुदा गवाह है कि मैं अपनी ज़िन्दगी में कभी झूठ नहीं बोला, लेकिन आज यह दाग़ भी लगा।

क़ीस : आप यज़ीद की बैयत क्यों नहीं कर लेते कि इस्लाम हमेशा के लिए फ़ितना और फ़साद-पाक हो जाए?

हुसैन : क्या इसके सिवा मसालहत की और कोई सूरत नहीं है?

शिमर : नहीं, और कोई दूसरी सूरत नहीं है।

हुसैन : तो इस शर्त पर सुलह करना मेरे लिए ग़ैरमुमकिन है। ख़ुदा की क़सम, मैं जलील होकर तुम्हारे सामने सिर न झुकाऊँगा, और न ख़ौफ़ मुझे यज़ीद की बैयत क़बूल करने पर मजबूर कर सकता है। अब तुम्हें अख़्तियार है। हम भी जंग के लिए तैयार हैं।

शिमर : पहला तीर चलाने का सवाब मेरा है।

[हुसैन पर तीर चलाता है।]

किसी तरफ़ से आवाज़ आती है—"जहन्नुम में जाने का फ़ख़्र भी पहले तुझी को होगा।"

[हुसैन ऊँटनी को अपनी फ़ौज की तरफ़ फेर देते हैं। हुर अपनी फ़ौज से निकलकर आहिस्ता-आहिस्ता हुसैन के पीछे चलते हैं।]

शिमर : वल्लाह, हुर, तुम्हारा इस तरह आहिस्ता-आहिस्ता अपने तईं तौल-तौलकर चलना मेरे दिल में शुबहा पैदा कर रहा है। मैंने तुमको कभी लड़ाई में इस तरह काँपते हुए चलते नहीं देखा।

हुर : अपने को जन्नत और जहन्नुम के लिए तौल रहा हूँ, और हक़ यह है कि मैं जन्नत के मुक़ाबले में किसी चीज़ को नहीं समझता, चाहे कोई मार ही क्यों न डाले। *(घोड़े को एड़ लगाकर हुसैन के पास पहुँच जाते हैं।)* ऐ फ़र्ज़ंदे-रसूल! मैं भी आपके हमराह हूँ। ख़ुदाबन्द मुझे आप पर फ़िदा करे, मैं वही हूँ, जिसने आपको रास्ते से वापस करने की कोशिश की थी। ख़ुदा की क़सम, मुझे उम्मीद न थी कि ये लोग आपके साथ यह बर्ताव करेंगे, और सुलह की कोई शर्त न क़बूल करेंगे, वरना मैं आपको इधर आने ही न देता, जब तक आप मेरे सर पर न आते। अब इधर से मायूस होकर

आपकी ख़िदमत में हाज़िर हुआ हूँ कि आपकी मदद करते हुए अपने तईं आपके क़दमों पर निसार कर दूँ। क्या आपके नज़दीक मेरी तौबा क़बूल होगी।

हुसैन : ख़ुदा से मेरी दुआ है, तुम्हारी तौबा क़बूल करे।

हुर : अब मुझे मालूम हो गया कि मैं यज़ीद से अपनी बैयत वापस लेने में कोई गुनाह नहीं कर रहा हूँ।

[दोनों चले जाते हैं। तीरों की वर्षा होने लगती है।]

नवाँ दृश्य

[कूफ़ा का वक़्त। कूफ़ा का एक गाँव। नसीमा खजूर के बाग़ में ज़मीन पर बैठी हुई गाती है।]

गीत

दबे हुओं को दबाती है ऐ ज़मीने-लहद,
यह जानती है कि दम जिस्म नातवाँ में नहीं।
क़फ़स में जी नहीं लगता है आह! फिर भी मेरा,
यह जानता हूँ कि तिनका भी आशियाँ में नहीं।
उजाड़ दे कोई या फूँक दे उसे बिजली,
यह जानता हूँ कि रहना अब आशियाँ में नहीं।
ख़ुदा अपने दिल से मेरा हाल पूछ लो सारा,
मेरी ज़बाँ से मज़ा मेरी दास्ताँ में नहीं।
करेंगे आज से हम ज़ब्त, चाहे जो कुछ हो,
यह क्या कि लब पै फ़ुग़ाँ और असर फ़ुग़ाँ में नहीं।
ख़याल करके ख़ुदा अपनी किए को रोता हूँ,
तबाहियों के सिवा कुछ मेरे मकाँ में नहीं।

[वहब का प्रवेश।]

नसीमा : बड़ी देर की। अकेले बैठे-बैठे जी उकता गया। कुछ उन लोगों की ख़बर मिली?

वहब : हाँ नसीमा, मिली। तभी तो देर हुई। तुम्हारा ख़याल सही निकला। हज़रत हुसैन के साथ हैं।

नसीमा : क्या हज़रत हुसैन की फ़ौज आ गई?

वहब : कैसी फ़ौज? कुल बूढ़े, जवान और बच्चे मिलाकर 72 आदमी हैं। दस-पाँच आदमी कूफ़ा से भी आ गए हैं। कर्बला के बेपनाह मैदान में उनके ख़ेमे पड़े हुए हैं। ज़ालिम ज़ियाद ने बीस-पच्चीस हज़ार आदमियों से उन्हें घेर रखा है। न कहीं जाने देता है, न कोई बात मानता है, यहाँ तक कि दरिया से पानी भी नहीं लेने देता। पाँच हज़ार जवान दरिया की हिफ़ाज़त के लिए तैनात कर दिए हैं। शायद कल तक जंग शुरू हो जाए।

नसीमा : मुट्ठी भर आदमियों के लिए 20-25 हज़ार सिपाही! कितना ग़ज़ब है! ऐसा ग़ुस्सा आता है, ज़ियाद को पाऊँ, तो सिर कुचल दूँ।

वहब : बस, उसकी यही ज़िद है कि यज़ीद की बैयत क़बूल करो। हज़रत हुसैन कहते हैं, यह मुझसे न होगा।

नसीमा : हज़रत हुसैन नबी के बेटे हैं, क़ौल पर जान देते हैं। मैं होती, तो ज़ियाद को ऐसा जुल देती कि वह भी याद करता। कहती—हाँ, मुझे बैयत क़बूल है। वहाँ से आकर बड़ी फ़ौज जमा करती, और यज़ीद के दाँत खट्टे कर देती। रसूल-पाक को शरआ में ऐसी आफ़तों के मौक़े के लिए कुछ रियायत रखनी चाहिए थी। तो हज़रत की फ़ौज में बड़ी घबराहट फैली होगी?

वहब : मुतलक़ नहीं, नसीमा। सब लोग शहादत के शौक़ में मतवाले हो रहे हैं। सबसे ज़्यादा तकलीफ़ पानी की है। ज़रा-ज़रा-से बच्चे प्यासे तड़प रहे हैं।

नसीमा : आह ज़ालिम! तुझसे ख़ुदा समझे।

वहब : नसीमा, मुझे रुख़सत करो। अब दिल नहीं मानता, मैं भी हज़रत हुसैन के क़दमों पर निसार होने जाता हूँ आओ, गले मिल लें। शायद फिर मुलाक़ात न हो।

नसीमा : हाय वहब! क्या मुझे छोड़ जाओगे? मैं भी चलूँगी।

वहब : नहीं नसीमा, उस लू के झोंकों में यह फूल मुरझा जाएगा। *(नसीमा को गले लगाकर)* फिर दिल कमज़ोर हुआ जाता है। सारी राह कमबख़्त को समझाता आया था। नसीमा, तुम मुझे दुत्कार दो। ख़ुदा, तूने मुहब्बत को नाहक़ पैदा किया।

नसीमा : *(रोकर)* वहब, यह फूल किस काम आएगा। कौन इसको

सूँघेगा, कौन इसे दिल से लगाएगा? मैं भी हज़रत जैनब के क़दमों पर निसार हूँगी।

वहब : वह प्यास की शिद्दत, वह गरमी की तकलीफ़, वह हंगामे, कैसे ले जाऊँ?

नसीमा : जिन तकलीफ़ों को सैदानियाँ झेल सकती हैं, क्या मैं न झेल सकूँगी? हीले मत करो वहब, मैं तुम्हें तनहा न जाने दूँगी।

वहब : नसीमा, तुम्हें निगाहों से देखते हुए मेरे क़दम मैदान की तरफ़ न उठेंगे।

नसीमा : *(वहब के कन्धे पर सिर रखकर)* प्यारे! क्यों किसी ऐसी जगह नहीं चलते, जहाँ एक गोशे में बैठकर इस ज़िन्दगी का लुत्फ़ उठाएँ। तुम चले जाओगे, ख़ुदा न ख़्वास्ता दुश्मनों को कुछ हो गया, तो मेरी ज़िन्दगी रोते ही गुज़रेगी। क्या हमारी ज़िन्दगी रोने ही के लिए है? मेरा दिल अभी दुनिया की लज़्ज़तों का भूखा है। जन्नत की ख़ुशियों की उम्मीद पर इस ज़िन्दगी को क़ुरबान नहीं करते बनता। हज़रत हुसैन की फ़तह तो होने से रही। पच्चीस हज़ार के सामने जैसे सौ, वैसे ही एक सौ एक।

वहब : आह नसीमा! तुमने दिल के सबसे नाज़ुक हिस्से पर निशाना मारा। मेरी भी यही दिली तमन्ना है कि हम किसी आफ़ियत के गोशे में बैठकर ज़िन्दगी की बहार लूटें। पर ज़ालिम की यह बेदर्दी देखकर ख़ून में जोश आ जाता है, और दिल बेअख़्तियार यही चाहता है कि चलकर हज़रत हुसैन की हिमायत में शहीद हो जाऊँ। जो आदमी अपनी आँखों से ज़ुल्म होते देखकर ज़ालिम का हाथ नहीं रोकता, वह भी ख़ुदा की निगाहों में ज़ालिम का शरीक है।

नसीमा : मैं अपनी आँखें तुम पर सदक़े करूँ, मुझे अज़ाब व सवाब के मुख़मसों में मत डालो। सोचो, क्या यह सितम नहीं है कि हमारी ज़िन्दगी की बहार इतनी जल्द रुख़सत हो जाए? अभी मेरे उरूसी कपड़े भी नहीं मैले हुए, हिना का रंग भी नहीं फीका पड़ा, तुम्हें मुझ पर ज़रा भी तरस नहीं आता? क्या ये आँखें रोने के लिए बनाई गई हैं? क्या ये हाथ दिल को दबाने के लिए बनाए गए हैं? यही मेरी ज़िन्दगी का अंजाम है?

[वहब के गले में हाथ डाल देती है।]

वहब : *(स्वगत)* ख़ुदा सँभालियो, अब तेरा ही भरोसा है। यह आशिक की दिल बहलानेवाली इल्तजा नहीं, माशूक़ का ईमान गारत करनेवाला तक़ाज़ा है।

[साहसराय की सेना सामने से चली आ रही है।]

नसीमा : अरे! यह फ़ौज कहाँ से आ रही है? सिपाहियों का ऐसा अनोखा लिबास तो कहीं नहीं देखा। इनके माथों पर ये लाल-लाल बेल-बूटे कैसे बने हैं! क़सम है इन आँखों की, ऐसे सजीले, ऐसे हसीन जवान आज तक मेरी नज़र से नहीं गुज़रे।

वहब : मैं जाकर पूछता हूँ, कौन लोग हैं। *(आगे बढ़कर एक सिपाही से पूछता है।)* ऐ जवानो! तुम फ़रिश्ते हो या इनसान? अरब में तो हमने ऐसे आदमी नहीं देखे। तुम्हारे चेहरों से जलाल बरस रहा है। इधर कहाँ जा रहे हो?

सिपाही : तुमने सुल्तान साहसराय का नाम सुना है। हम उन्हीं के सेवक हैं, और हज़रत हुसैन की सहायता करने जा रहे हैं, जो इस वक़्त कर्बला के मैदान में घिरे हुए हैं। तुमने यज़ीद की बैयत ली है या नहीं?

वहब : मैं उस ज़ालिम की बैयत क्यों क़बूल करने लगा था।

सिपाही : तो आश्चर्य है कि तुम हज़रत हुसैन की फ़ौज में क्यों नहीं हो। तुम सूरत से मनचले जवान मालूम होते हो, फिर यह कायरता कैसी?

वहब : *(शरमाते हुए)* हम वहीं जा रहे हैं।

सिपाही : तो फिर आओ, साथ चलें।

वहब : मेरे साथ मस्तूरात भी हैं। तुम लोग बढ़ो, हम भी आते हैं।

[फ़ौज चली जाती है।]

नसीमा : यह साहसराय कौन है?

वहब : यह तो नहीं कह सकता, पर इतना कह सकता हूँ कि ऐसा हक़परस्त, दिलेर, इंसाफ़ पर निसार होनेवाला आदमी दुनिया में न होगा। बेकसों की हिमायत में कभी उसे पीछे क़दम हटाते नहीं देखा। मालूम नहीं, किस मज़हब का आदमी है,

पर जिस मज़हब और जिस क़ौम में ऐसी पाक रूहें पैदा हों, वह दुनिया के लिए बरकत है।

नसीमा : इनके भी बाल-बच्चे होंगे?

वहब : बहुत बड़ा ख़ानदान है। सात तो भाई ही हैं।

नसीमा : और मुसलमान न होते हुए भी ये लोग हज़रत हुसैन की इमदाद के लिए जा रहे हैं?

वहब : हाँ, और क्या!

नसीमा : तो हमारे लिए कितनी शर्म की बात है कि हम यों पहलूतिहीं करें।

वहब : प्यारी नसीमा, चले चलेंगे। दो-चार दिन तो ज़िन्दगी की बहार लूट लें।

नसीमा : नहीं वहब, एक लम्हे की भी देर न करो। ख़ुदा हमें जन्नत में फिर मिलाएगा, और तब हम अब्द तक ज़िन्दगी की बहार लूटेंगे।

वहब : नसीमा आज और सब्र करो।

नसीमा : एक लम्हा भी नहीं। वहब, मुझे अब इम्तहान में न डालो। साँड़नी लाओ, फ़ौरन चलो।

पाँचवाँ अंक

पहला दृश्य

[समय—9 बजे दिन। दोनों फ़ौजें लड़ाई के लिए तैयार हैं।]

हुर : या हज़रत, मुझे मैदान में जाने की इजाज़त मिले। अब शहादत का शौक़ रोके नहीं रुकता।

हुसैन : वाह, अभी आए हो और अभी चले जाओगे। यह मेहमाननवाज़ी का दस्तूर नहीं कि हम तुम्हें आते-ही-आते रुख़सत कर दें।

हुर : या फ़र्ज़ंदे-रसूल, मैं आपका मेहमान नहीं, ग़ुलाम हूँ। आपके क़दमों पर निसार होने के लिए आया हूँ।

हुसैन : *(हुर के गले मिलकर आँखों में आँसू भरे हुए)* अगर तुम्हारी इसी में ख़ुशी है, तो जाओ, ख़ुदा को सौंपो—

दुनिया के शहीदों में तेरा नाम हो भाई,
उक़बा में तुझे राहतोआराम हो भाई।

[हुर मैदान की तरफ़ चलते हैं, हुसैन ख़ेमे के दरवाज़े तक उन्हें पहुँचाने आते हैं। ख़ेमे से निकलते हुए हुर हुसैन के क़दमों को बोसा देते हैं, और चले जाते हैं।]

हुर : *(मैदान में जाकर)*

ग़ुलाम हज़रते शब्बीर रन में आता है,
वही जो दी का है बन्दा, वह मेरा आक़ा है।
वह आए ठोंक के ख़म, जिसकी मौत आई है,
उसी का पीने को ख़ूँ मेरी तेग आई है।

[सफ़वान उधर से झूमता हुआ आता है।]

हुर : सफ़वान, कितनी शर्म की बात है कि तुम फ़र्ज़ंदे-रसूल से जंग करने आए हो?

सफ़वान : हम सिपाहियों को माल, दौलत, जागीर और रुतबा चाहिए, हमें दीन और आक़बत से क्या काम? सँभल जाओ।

[दोनों पहलवानों में चोटें चलने लगती हैं।]

अब्बास : वह मारा। सफ़वान का सीना टूट गया, ज़मीन पर तड़पने लगा।

हबीब : सफ़वान के तीनों भाई दौड़े चले आते हैं।

अब्बास : वाह मेरे शेर! एक तलवार से लिया, दूसरा भी गिरा, और तीसरा भागा जाता है।

हबीब : या ख़ुदा, ख़ैर कर, हुर का घोड़ा गिर गया।

हुसैन : फ़ौरन एक घोड़ा भेजो!

[एक आदमी हुर के पास घोड़ा लेकर जाता है।]

अब्बास : यह पीरा नासाली और यह दिलेरी! ऐसा बहादुर आज तक नज़र से नहीं गुज़रा। तलवार बिजली की तरह कौंध रही है।

हुसैन : देखो, दुश्मन का लश्कर कैसा पीछे हटा जाता है। मरनेवालों के सामने खड़ा होना आसान नहीं है। दिलेरी की इंतहा है।

अब्बास : अफ़सोस, अब हाथ नहीं उठते। तीरों से सारा बदन छलनी हो गया।

शिमर : तीरों की बारिश करो, मार लो। हैफ़ है तुम पर कि एक आदमी से इतने ख़ायाफ़ हो। वह गिरा, काट लो सिर और हुसैन की फ़ौज में फेंक दो।

[कई आदमी हुर के सिर को काटने को चलते हैं कि हुसैन मैदान की तरफ़ दौड़ते हैं।]

एक : वह हुसैन दौड़े चले आते हैं। भागो, नहीं तो जान न बचेगी।

हुसैन : *(हुर की लाश से लिपटकर)*

टुकड़े हैं बदन, ज़ख़्म बहुत खाए हैं भाई,
हो होश में आ लाश पै हम आए हैं भाई।

[हुर आँखें खोलकर देखते हैं, और अपना सिर उनकी गोद में रख देते हैं।]

हुर : या हज़रत, आपके क़दमों पर निसार हो गया, ज़िन्दगी ठिकाने लगा।

तकिया तेरे जानू का मयस्सर हुआ आक़ा,
ज़र्रा था यह अब महरे-मुनौवर हुआ आक़ा।

हुसैन : हाय! मेरा जाँबाज़ रफ़ीक़ दुनिया से रुख़सत हो गया। यह वह दिलावर था, जिसने हक़ पर अपने रुतबा और दौलत को निसार कर दिया, जिसने दीन के लिए दुनिया को लात मार दी। ये हक़ पर जान देनेवाले हैं, जिन्होंने इस्लाम के नाम को रोशन किया है, और हमेशा रोशन रखेंगे। जा मुहम्मद के प्यारे, जन्नत तेरे लिए हाथ फैलाए हुए है। जा, और हयात अब्दी के लुत्फ़ उठा। मेरे नाना से कह दीजियो कि हुसैन भी जल्द ही तुम्हारी ख़िदमत में हाज़िर होनेवाला है, और तुम्हारे सारे कुनबे को साथ लिये हुए। क़ाबिल ताज़ीम हैं वे माताएँ, जो ऐसे बेटे पैदा करती हैं!

दूसरा दृश्य

[समर-भूमि। साद की तरफ़ से दो पहलवान आते हैं—यसार और सालिम।]

यसार : *(ललकारकर)* कौन निकलता है, हुर का साथ देने के लिए। चला आए, जिसे मौत का मज़ा चखना हो। हम वह हैं, जिनकी तलवार से क़ज़ा की रूह भी क़ज़ा होती है।

[अब्दुल्लाह कलवी हुसैन के लश्कर से निकलते हैं।]

यसार : तू कौन है?

अब्दुल्लाह : मैं अब्दुल्लाह बिन अमीर कलवी हूँ, जिसकी तलवार हमेशा बेदीनों के ख़ून की प्यासी रहती है।

यसार : तेरे मुक़ाबले में तलवार उठाते हमें शर्म आती है। जाकर हबीब या ज़हीर को भेज।

अब्दुल्लाह : तू उन सरदारने-फ़ौज से क्या लड़ेगा, जिनकी ज़िन्दगी ज़ियाद की ग़ुलामी में गुज़री। तुझे उन रईसों को ललकारते हुए शर्म

भी नहीं आती। तुझ-जैसों के लिए मैं ही काफ़ी हूँ।

[यसार तलवार लेकर झपटता है। अब्दुल्लाह एक ही वार में उसका काम तमाम कर देते हैं। तब सालिम उन पर टूट पड़ता है। अब्दुल्लाह की पाँचों उँगलियाँ कट जाती हैं, तलवार ज़मीन पह गिर पड़ती है। वह बाएँ हाथ में नेज़ा ले लेते हैं, और सालिम के सीने में नेज़ा चुभा देते हैं। वह भी गिर पड़ता है। ज़ियाद की फ़ौज से निकलकर लोग अब्दुल्लाह को घेर लेते हैं। इधर से क़मर लकड़ी लेकर दौड़ती है।]

क़मर : मेरी जान तुम पर फ़िदा हो, रसूल के नवासे के लिए लड़ते-लड़ते जान दे दो। मैं भी तुम्हारी मदद को आई।

अब्दुल्लाह : नहीं-नहीं, क़मर, मेरे लिए तुम्हारी दुआ काफ़ी है; इधर मत आओ।

क़मर : मैं इन शैतानों को लकड़ी से मारकर गिरा दूँगी। एक के लिए दो भेजे, जब दोनों जहन्नुम पहुँच गए, तो सारी फ़ौज निकल पड़ी। यह कौन-सी जंग है?

अब्दुल्लाह : मैं एक ही हाथ से इन सबको मार गिराऊँगा। तुम ख़ेमे में जाकर बैठो।

क़मर : मैं जब तक ज़िन्दा हूँ, तुम्हारा साथ न छोड़ूँगी! तुम्हारे साथ ही रसूल-पाक की ख़िदमत में हाज़िर हूँगी।

हुसैन : *(क़मर से)* ऐ नेक ख़ातून, तुझ पर अल्लाह ताला रहम करे। तुम वहाँ जाओगी, तो यहाँ मस्तूरात की ख़बर कौन लेगा? औरतों को जिहाद करना मना है। लौट आओ, और देखो, तुम्हारा जाँबाज़ शौहर एक हाथ से कितने आदमियों का मुक़ाबला कर रहा है। आफ़रीं है तुम पर, मेरे शेर! तुमने अपने रसूल की जो ख़िदमत की है, उसे हम कभी न भूलेंगे। ख़ुदा तुम्हें उसकी सज़ा देगा। आह! ज़ालिमों ने तीर मारकर ग़रीब को गिरा दिया! ख़ुदा उसे जन्नत दे।

क़मर : या हज़रत, इसका ग़म नहीं। वह आप पर निसार हो गए, इससे बेहतर और कौन-सी मौत हो सकती थी। काश मैं भी उनके साथ चली जाती। मेरे जाँबाज़! सच्चे दिलावर, जा, और जन्नत में आराम कर। तू वह था, जिसने कभी सायल को नहीं फेरा, जिसकी नीयत कभी ख़राब और निगाह कभी

बुरी नहीं हुई। जा, और जन्नत में आराम कर।

हुसैन : क़मर सब्र करो कि इसके सिवा कोई चारा नहीं है।

क़मर : मुझे उनके मरने का ग़म नहीं है। मैं ख़ुश हूँ कि उन्होंने हक़ पर जान दी। इस वक़्त अगर मेरे सौ बेटे होते, तो मैं इसी तरह उन्हें भी आपके क़दमों पर निसार कर देती। काश वहब इतना जनपरस्त न होता...।

[वहब का प्रवेश।]

वहब : अस्सलामअलेक या हज़रत हुसैन।

क़मर : *(वहब को गले लगाकर)* ज़रा देर पहले ही क्यों न आ गए बेटा कि अपने बाप का आख़िरी दीदार कर लेते। नसीमा कहाँ है?

वहब : यहीं ख़ेमों के पीछे खड़ी है।

क़मर : मैं अभी तुम्हारा ही ज़िक्र कर रही थी। क्यों बेटा, अपने बाप का नाम रोशन न करोगे? मेरा तुम्हारे ऊपर बड़ा हक़ है। तुम मेरे जिगर का ख़ून पीकर पले हो। मेरा दूध हलाल न करोगे! मेरी तमन्ना है कि हुसैन पर अपनी जान निसार करो, ताकि दुनिया में क़मर का नाम क़मर की तरह चमके, जिसका शौहर और बेटा दोनों ही हक़ पर शहीद हुए।

वहब : अम्माजान, मेरी भी दिली तमन्ना यह थी और है। मैं अपने बाप के नाम को दाग़ नहीं लगाना चाहता, मगर नसीमा को क्या करूँ? उसकी मुसीबतों का ख़याल हिम्मत को पस्त कर देता है। जाता हूँ, अगर उसने इजाज़त दे दी, तो मेरे लिए उससे बढ़कर ख़ुशी नहीं हो सकती।

क़मर : बेटा, तुम उसकी आदत से वाक़िफ़ होकर फिर उसी से पूछने जाते हो। इसके मानी इसके सिवा और कुछ नहीं है कि तुम ख़ुद मैदान में जाते हुए डरते हो।

[वहब नसीमा के पास जाता है।]

नसीमा : काश ज़रा देर क़ब्ल आ जाते, तो अब्बाजान की आख़िरी दुआएँ मिल जातीं।

वहब : हमारी बदनसीबी!

नसीमा : मैं जानती हूँ, तुम हमेशा के लिए ख़ैरबाद कहने आए हो। जाओ प्यारे, और एक सपूत बेटे की तरह अपने वालिद का

नाम रोशन करो। काश औरतों पर जिहाद हराम न होता, तो मैं भी तुम्हारे ही साथ अपने को हक़ की हिमायत में निसार कर देती। जब से मैंने फ़र्ज़ंदे-रसूल की पाक सूरत देखी है, मुझे ऐसा मालूम हो रहा है कि मेरा दिल रोशन हो गया है, और उस रोशनी में ज़िन्दगी की तमन्नाएँ और ख़्वाहिशें नज़र से मिटती जाती हैं। जाओ प्यारे, जाओ, और हक़ पर क़ुरबान हो जाओ। नसीमा जब तक जिएगी, तुम्हारी मज़ार पर फ़ातिहा और दरूद पढ़ेगी। जाओ, जन्नत में मुझे भूल न जाना। मैंने हवस के दाम में फँसकर तुम्हें फ़र्ज़ के रास्ते से हटा दिया था। रसूल-पाक से कहना, मेरा गुनाह मुआफ़ करें। जाओ, इन आँसुओं का ख़याल न करो, वरना ये आँसू तुम्हारे जोश को बुझा देंगे। मैं अभी बहुत दिन तक रोऊँगी, तुम इसका ग़म न करना। जाओ, तुम्हें ख़ुदा को सौंपा—आह! दिल फटा जाता है। कैसे सब्र करूँ?

[वहब आँसू पोंछता हुआ बाहर जाता है।]

क़मर : *(अन्दर आकर)* बेटी, तुझे गले से लगा लूँ, और तुझ पर अपनी जान फ़िदा, तूने ख़ानदान की आबरू रख ली।

नसीमा : अम्माजान, रसूल-पाक ने अगर कोई बेइंसाफ़ी की, तो वह यही है कि औरतों पर जिहाद हराम कर दिया, वरना इस वक़्त मैं वहब के पहलू में होती। देखिए, दुश्मन उन पर चारों तरफ़ से कितनी बेदर्दी से नेज़े और तीर फेंक रहे हैं। किसी की हिम्मत नहीं है कि उनके सामने ख़म ठोंककर आए। आह! देखिए, उनके हाथ कितनी तेज़ी से चल रहे हैं। जिस पर उनका एक हाथ पड़ जाता है, वह फिर नहीं उठता, दुश्मन भागे जाते हैं। हा बुजदिलो, नामर्दों! वह इधर चले आ रहे हैं, बदन ख़ून से तर है, सिर पर भी ज़ख़्म लगे हैं।

[वहब आकर ख़ेमे के सामने खड़ा हो जाता है।]

वहब : अम्माजान, मुझसे राजी हुईं?

क़मर : बेटा, तुझ पर हज़ार जान से निसार हूँ। तुमने बाप का नाम रोशन कर दिया, लेकिन मैं चाहती हूँ कि जब तक तेरे हाथों में ताक़त है, तब तक दुश्मनों को आराम न लेने दे।

वहब : *(स्वगत)* आह! हक़ पर जान देना भी उतना आसान नहीं है, जितना लोग ख़याल करते हैं। *(प्रकट)* अम्मा, यही मेरा भी इरादा है, लेकिन नसीमा के आँसुओं की याद मुझे खींच लाई।

[क़मर चली जाती है।]

नसीमा, तुम्हें आख़िरी बार देखने की तमन्ना मैदान से खींच लाई। सनम का पुजारी सनम ही पर क़ुरबान हो सकता है, दीन और ईमान, हक़ और इंसाफ़, ये सब उसकी नज़रों में खिलौने की तरह लगते हैं। मुहब्बत दुनिया की सबसे मज़बूत बेड़ी है, सबसे सख़्त ज़ंजीर। *(चौंककर)* कोई पहलवान मैदान में आकर ललकार रहा है। हाय! लानत हो उन पर, जो हक़ को पामाल करके हज़ारों को नामुराद मरने पर मजबूर करते हैं। नसीमा, हमेशा के लिए रुख़सत? मेरी तरफ़ एक बार मुहब्बत की निगाहों से देख लो, उनमें मुहब्बत का ऐसा जाम हो कि उसका नशा मेरे सिर से क़यामत तक न उतरे।

नसीमा : मेरी जान आह! दिल निकला जाता है...।

[वहब मैदान की तरफ़ चला जाता है।]

ख़ुदा! काश मुझे मौत आ जाती कि यह दिलखराश नज्जारा आँखों से न देख पड़ता। मेरा जवान दिलेर जाँबाज़ शौहर मौत के मुँह में जा रहा है, और में बैठी देख रही हूँ। ज़मीन, तू क्यों नहीं फट जाती कि मैं उसमें समा जाऊँ, बिजली आसमान से गिरकर क्यों मेरा ख़ात्मा नहीं कर देती! वह देव उन पर तलवार लिये झपटा, या ख़ुदा, मुझ नामुराद पर रहम कर। दूर हो ज़ालिम, सीधा जहन्नुम को चला जा। अब कोई आगे नहीं आता है। वह मलऊन शिमर अपनी जमैयत लिये उनकी तरफ़ दौड़ा आता है। हाय! ज़ालिमों ने घेर लिया। ख़ुदा, तू यह बेइंसाफ़ी देख रहा है, और इन मूज़ियों पर अपना क़हर नहीं नाज़िल करता। एक के लिए एक फ़ौज भेज देना कौन-सा आईने-जंग है। हाय! हाय ख़ुदा, ग़ज़ब हो गया। अब नहीं देखा जाता—*(छाती पीटकर रोने लगती है। शिमर वहब का सिर काटकर फेंक देता है, क़मर*

दौड़कर सिर को गोद में उठा लेती है, और उसे आँखों से लगाती है।)

क़मर : मेरे सपूत बेटे, मुबारक है यह घड़ी कि मैं तुझे अपनी आँखों से हक़ पर शहीद होते देख रही हूँ। आज तू मेरे क़र्ज़ से अदा हो गया, आज मेरी मुराद पूरी हुई, आज मेरी ज़िन्दगी सफ़ल हो गई, मैं अपनी सारी तकलीफ़ का सिला पा गई। ख़ुदा तुझे शहीदों के पहलू में जगह दे। नसीमा, मेरी जान, आज तूने सच्चा सोहाग पाया है, जो क़यामत तक तुझे सुहागिन बनाए रखेगा। अब हूरें तेरे तलुओं-तले आँखें बिछाएँगी, और फ़रिश्ते तेरे क़दमों की ख़ाक का सुरमा बनाएँगे।

[वहब का सिर नसीमा की गोद में रख देती है, नसीमा सिर को गोद में रखे हुए बैन करके रोती है।]

काजल बना-बनाके तेरी ख़ाके-दर को मैं
रोशन करूँगी अपनी सवादे-नज़र को मैं।
आँसू भी ख़ुश्क हो गए, अल्लाह रे सोज़े-ग़म,
क्योंकर बुझाऊँ आतिशे-दाग़े-जिगर को मैं।
तेरे सिवा है कौन, जो बेकस की ले ख़बर,
आती न तेरे दर पर, तो जाती किधर को मैं?
तलवार कह रही है जवानाने-क़ौम से—
मुद्दत से ढूँढ़ती हूँ तुम्हारी क़मर को मैं।
बाज़ आई मैं दुआ ही से, यारब कि कब तलक
करती फिरूँ तलाश जहाँ में असर को मैं।
गर तेरी ख़ाके-दर से न मिलता यह इफ़्तख़ार,
करती न यों बुलंद कभी अपने सिर को मैं।

हाय प्यारे! तुम कितने बेवफ़ा हो, मुझे अकेले छोड़कर चले जाते हो! लो, मैं भी आती हूँ। इतनी जल्दी नहीं, ज़रा ठहरो।

[साहसराय का प्रवेश।]

साहसराय : सती, तुम्हें नमस्कार करता हूँ।

नसीमा : साहब, आप ख़ूब आए। आपका शुक्रिया तहे-दिल से शुक्रिया! आपने ही मुझे आज इस दरजे पर पहुँचाया। आपके वतन में औरतें अपने शौहरों के बाद ज़िन्दा नहीं रहतीं। वे बड़ी ख़ुशनसीब होती हैं।

साहसराय : सती, हम लोगों को आशीर्वाद दो।

नसीमा : *(हँसकर)* यह दरजा! अल्लाह रे मैं, यह वहब की बदौलत, उसकी शहादत के तुफ़ैल, ख़ुदा, तुझसे मेरी दुआ है, मेरी क़ौम में कभी शहीदों की कमी न रहे, कभी वह दिन न आए कि हक़ को जाँबाज़ों की ज़रूरत हो, और उस पर सिर कटानेवाले न मिलें। इस्लाम, मेरा प्यारा इस्लाम शहीदों से सदा मालामाल रहे!

[अपने दामन से एक सलाई निकालकर वहब के ख़ून में डुबाती है।]

क्यों साहसराय, तुम्हारे यहाँ सती के जिस्म से आग निकलती है, और वह उसमें जल जाती है। क्या बिला आग के जान नहीं निकलती?

साहसराय : नसीमा, तू देवी है। ऐसी देवियों के दर्शन दुर्लभ होते हैं। आकाश से देवता तुझ पर पुष्प वर्षा कर रहे हैं।

[नसीमा आँखों में सलाई फेर लेती है, और एक आह के साथ उसकी जान निकल जाती है।]

तीसरा दृश्य

[दोपहर का समय। हज़रत हुसैन अब्बास के साथ ख़ेमे के दरवाज़े पर खड़े मैदाने-जंग की तरफ़ ताक रहे हैं।]

हुसैन : कैसे-कैसे जाँबाज़ दोस्त रुख़सत हो गए और होते जा रहे हैं। प्यास से कलेजे मुँह को आ रहे हैं, और ये ज़ालिम नमाज़ तक की मुहलत नहीं देते। आह! ज़हीर का-सा दीनदार उठ गया, मुसलिम बिन ऊसजा इस आलमेज़ईफ़ी में भी कितने जोश से लड़े। किस-किसका नाम गिनाऊँ?

अब्बास : या हज़रत, मुझे अंदेशा हो रहा है कि शिमर कोई नया सितम ढाने की तैयारियाँ कर रहा है। यह देखिए, वह सिपाहियों की एक बड़ी जमैयत लिये इधर चला आता है।

हबीब : *(ज़ोर से)* शिमर, ख़बरदार, अगर इधर एक क़दम भी

बढ़ाया, तो तेरी लाश पर कुत्ते रोवेंगे। तुझे शर्म नहीं आती ज़ालिम कि अहलेबैत के ख़ेमे पर हमला करना चाहता है।

शिमर : हम इस हमले से जंग का फ़ैसला कर देना चाहते हैं। जवानो, तीर बरसाओ।

हुसैन : अफ़सोस, घोड़े मेरे जा रहे हैं। घुटने टेककर बैठ जाओ, और तीरों का जवाब दो। ख़ुदा ही हमारा वाली और हाफ़िज़ है।

शिमर : बढ़ो-बढ़ो, एक आन में फ़ैसला हुआ जाता है।

सिपाही : देखते नहीं हो; हमारी सफ़ें ख़ाली होती जाती हैं! यह तीर है या ख़ुदा का ग़ज़ब। हम आदमियों से लड़ने आए हैं, देवों से नहीं।

शिमर : लकड़ियाँ जलाओ, फ़ौरन इन ख़ेमों पर आग के अंगारे फेंको, जलते हुए कुंदे फेंको, जलाकर ख़ाक-स्याह कर दो।

[आग की बारिश होने लगती है। औरतें ख़ेमे से चिल्लाती हुई बाहर निकल आती हैं।]

जैनब : तुफ़ है तुझ पर ज़ालिम, मर्दों से नहीं, औरतों पर अपनी दिलेरी दिखाता है।

हुसैन : साद! यह क्या सितम है? तुम लोगों का दुश्मन मैं हूँ। मुझसे लड़ो, ख़ेमों में औरतों और बच्चों के सिवा कोई मर्द नहीं है। वे ग़रीब निकलकर भाग न सकीं, तो हम उधर चले जाएँगे, तुमसे लड़ न सकेंगे। अफ़सोस है कि इतनी जमैयत के होते हुए भी तुम वह विदअतें कर रहे हो।

शिमर : फेंको अंगारे। मुझे दोज़ख़ में जलना नसीब हो, अगर मैं इन सब ख़ेमों को जला न डालूँ।

शीस : शिमर, यह तुम्हारी हरकत आईने-जंग के ख़िलाफ़ है। हिसाब के दिन तुम्हीं इसके ज़िम्मेदार होगे।

क़ीस : रोको अपने आदमियों को।

शिमर : मैं अपने फ़ैल का मुख़्तार हूँ। आग बरसाओ, लगा दो आग।

शीस : साद, ख़ुदा को क्या मुँह दिखाओगे?

हबीब : दोस्त, टूट पड़ो शिमर पर, बाज़ की तरह टूट पड़ो। नामूसे-हुसैन पर निसार हो जाओ। एकबारगी नेज़ों का वार करो।

[हबीब और उनके साथ दस आदमी नेज़े लेकर शिमर पर टूट पड़ते हैं। शिमर भागता है, और उसकी फ़ौज भी भाग जाती है।]

हुसैन : हबीब, तुमने आज अहलेबैत की आबरू रख ली। ख़ुदा तुम्हें इसकी जज़ा दे।

हबीब : या मौला, दुश्मन दो-चार लम्हों के लिए हट गया है, नमाज़ का वक़्त आ गया है, हमारी तमन्ना है कि आपके साथ आख़िरी नमाज़ पढ़ लें। शायद फिर यह मौक़ा न मिले।

हुसैन : ख़ुदा तुम पर रहम करे, अजान दो। ऐ साद, क्या तू इस्लाम की शरियत को भी भूल गया? क्या इतनी मुहलत न देगा कि नमाज़ पढ़कर जंग की जाए?

शिमर : ख़ुदा पाक की क़सम, हरगिज़ नहीं। तुम बेनमाज़ क़त्ल किए जाओगे। शरियत बाग़ियों के लिए नहीं है।

हबीब : या मौला, आप नमाज़ अदा फ़रमाएँ, इस मूज़ी को बकने दें। इसकी इतनी मज़ाल नहीं है कि नमाज़ में मुख़िल हो।

[लोग नमाज़ पढ़ने लगते हैं। साहसराय और उनके सातों भाई हुसैन की पुश्त पर खड़े शिमर के तीरों से उनको बचाते रहते हैं। नमाज़ ख़त्म हो जाती है।]

हुसैन : दोस्तो, मेरे प्यारे ग़मगुसारो, यह नमाज़ इस्लाम की तारीख़ में यादगार रहेगी। अगर ख़ुदा के इन दिलेर बन्दों ने, हमारे पुश्त पर खड़े होकर, हमें दुश्मनों के तीरों से न बचाया होता, तो हमारी नमाज़ हरगिज़ न पूरी होती। ऐ हक़परस्तो, हम तुम्हें सलाम करते हैं। अगर्चे तुम मोमिन नहीं हो, लेकिन जिस मज़हब के पैरो ऐसे हक़परवर, ऐसे इंसाफ़ पर जान देनेवाले, ज़िन्दगी को इस तरह नाचीज़ समझनेवाले मज़लूमों की हिमायत में सिर कटानेवाले हो, वह सच्चा और मिनजानिब ख़ुदा है। वह मज़हब दुनिया में हमेशा कायम रहे, और नूरे-इस्लाम के साथ उसकी रोशनी भी चारों तरफ़ फैले।

साहसराय : भगवन्, आपने हमारे प्रति जो शुभेच्छाएँ प्रकट की हैं, उनके लिए हम आपके कृतज्ञ हैं। मेरी भी ईश्वर से यही प्रार्थना है कि जब कभी इस्लाम को हमारे रक्त की आवश्यकता हो, तो हमारी जाति में अपना वक्ष खोल देनेवालों की कमी न रहे। अब मुझे आज्ञा हो कि चलकर अपने प्रायश्चित्त की क्रिया पूरी करूँ।

हुसैन : नहीं, मेरे दोस्तो, जब तक हम बाक़ी हैं, अपने मेहमानों को मैदान में न जाने देंगे।

साहसराय : हज़रत, हम आपके मेहमान नहीं, सेवक हैं। सत्य और न्याय पर मरना ही हमारे जीवन का मुख्य उद्‌देश्य है। यह हमारा कर्तव्य-मात्र है, किसी पर एहसान नहीं।

हुसैन : आह! किस मुँह से कहूँ कि जाइए। ख़ुदा करे, इस मैदान में हमारे और आपके ख़ून से जिस इमारत की बुनियाद पड़ी है, वह ज़माने की नज़र से हमेशा महफ़ूज़ रहे, वह कभी वीरान न हो, उसमें से हमेशा नग़मे की सदाएँ बुलंद हों, और आफ़ताब की किरणें हमेशा उस पर चमकती रहें।

[सातों भाई गाते हुए मैदान में जाते हैं।]

जय भारत, जय भारत, जय मम प्राणपते!
भाल विशाल चमत्कृत सित हिमगिरि राजे,
परसत बाल प्रभाकर हेम-प्रभा ब्राजै।
जय भारत...
ऋषि-मुनि पुण्य तपोनिधि तेज-पुंजधारी,
सब विधि अधम अविद्या भव-भय-तमहारी।
जय भारत...
जय जय वेद चतुर्मुख अखिल भेद ज्ञाता,
सुविमल शान्ति सुधा-निधि मुद-मंगलदाता।
जय भारत...
जय जय विश्व-विदांवर जय विश्रुत नामी,
जय जय धर्म-धुरंधर जय श्रुति-पथगामी।
जय भारत...
अजित अजेय अलौकिक अतुलित बलधामा,
पूरन प्रेम-पयोनिधि शुभ गुन-गन-ग्रामा।
जय भारत...
हे प्रिय पूज्य परम मन नमो-नमो देवा,
बिनवत अधम-पापि जन ग्रहन करहु सेवा।
जय भारत...

अब्बास : ग़ज़ब के जाँबाज़ हैं। अब मुझ पर यह हक़ीक़त खुली कि इस्लाम के दायरे के बाहर भी इस्लाम है। ये सचमुच

मुसलमान हैं, और रसूल पाक ऐसे आदमियों की शफ़ाअत न करें, मुमकिन नहीं।

हुसैन : कितनी दिलेरी से लड़ रहे हैं!

अब्बास : फ़ौज में बेख़ौफ़ घुसे जाते हैं। ऐसी बेजिगरी से किसी को मौत के मुँह में जाते नहीं देखा।

अली अकबर : ऐसे पाँच सौ आदमी भी हमारे साथ होते, तो मैदान हमारा था।

हुसैन : आह! वह साहसराय घोड़े से गिरे। मक्कार शिमर ने पीछे से वार किया। इस्लाम को बदनाम करनेवाला, मूज़ी!

अब्बास : वह दूसरा भाई भी गिरा।

हुसैन : इनके रिवाज के मुताबिक़ लाशों को जलाना होगा। चिता तैयार कराओ।

अली अकबर : तीसरा भाई भी मारा गया।

अब्बास : ज़ालिमों ने चारों तरफ़ से घेर लिया, मगर किस ग़ज़ब के तीरंदाज़ हैं। तीर से शोला-सा निकलता है।

अली अकबर : अल्लाह, उनके तीरों से आग निकल रही है। कोहराम मच गया, सारी जमैयत परेशान होकर भागी जा रही है।

अब्बास : चारों सूरमा दुश्मन के ख़ेमों की तरफ़ जा रहे। फ़ौज काई की तरह फटती जाती है। वह ख़ेमों से शोला निकलने लगे!

अली अकबर : या ख़ुदा, चारों देखते-देखते ग़ायब हो गए।

हुसैन : शायद उनके सामने कोई ख़ंदक़ खोदी गई है।

अब्बास : जी हाँ, यही मेरा भी ख़याल है।

हुसैन : चिताएँ तैयार कराओ। अगर फ़रेब न किया जाता, तो ये सारी फ़ौज को ख़ाक कर देते। तीर हैं या मोजज़ा।

अब्बास : ख़ुदा के ऐसे बन्दे भी हैं, जो बिला ग़रज़ हक़ पर सिर कटाते हैं।

हुसैन : ये उस पाक मुल्क के रहनेवाले हैं, जहाँ सबसे पहले तौहीद की सदा उठी थी। ख़ुदा से मेरी दुआ है कि इन्हें शहीदों में ऊँचा रुतबा दे। वह चिता में शोले उठे! ऐ ख़ुदा, यह सोज़ इस्लाम के दिल से कभी न मिटे, इस क़ौम के लिए हमारे दिलेर हमेशा अपना ख़ून बहाते रहें, यह ब़ीज, जो आज आग में बोया गया है, क़यामत तक फलता रहे।

चौथा दृश्य

[जैनब अपने ख़ेमे में बैठी हुई है। शाम का वक़्त]

जैनब : *(स्वगत)* अब्बास और अली अकबर के सिवा अब भैया के कोई रफ़ीक़ बाक़ी नहीं रहे। सब लोग उन पर निसार हो गए। हाय, क़ासिम-सा जवान, मुसलिम के बेटे, अब्बास के भाई, भैया इमाम हसन के चारों बेटे, सब दाग दिए गए। देखते-देखते हरा-भरा बाग़ वीरान हो गया, गुलज़ार बस्ती उजड़ गई। सभी माताओं के कलेजे ठंडे हुए। बापों के दिल बाग़-बाग़ हुए। एक मैं ही बदनसीब नामुराद रह गई। ख़ुदा ने मुझे भी दो बेटे दिए हैं, पर जब वे काम ही न आएँ, तो उनको देखकर जिगर क्या ठंडा हो। इससे तो यही बेहतर होता कि मैं बाँझ ही रहती। तब यह बेवफ़ाई का दाग़ तो माथे पर न लगता। हुसैन ने इन लड़कों को अपने लड़के की तरह समझा, लड़कों की तरह पाला, पर वे इस मुसीबत में, तारीकी में, साए की तरह साथ छोड़ देते हैं, दग़ा कर रहे हैं। हाँ, यह दग़ा नहीं, तो और क्या है? आख़िर भैया अपने दिल में क्या समझ रहे होंगे। कहीं यह ख़याल न करते हों कि मैंने ही उन्हें मैदान में जाने से मना कर दिया है। यह ख़याल न पैदा हो कि मैं उनके साथ अपनी ग़रज़ निकालने के लिए ज़मानासाज़ी कर रही थी। आह! उन्हें क्योंकर अपना दिल खोलकर दिखा दूँ कि वह उनके लिए कितना बेक़रार है। पर अपने लड़कों पर काबू नहीं। जाओ, जैसे तुमने मेरे मुँह में कालिख लगाई है, मैं भी तुम्हें दूध न बख़्शूँगी। ये इतने कम-हिम्मत कैसे हो गए? जिनका नाना रण में तूफ़ान पैदा कर देता था, जिनके बाप की ललकार सुनकर दुश्मनों के कलेजे दहल जाते थे, वे ही लड़के इतने बोदे, पस्त हिम्मत हों। यह मेरी तक़दीर की ख़राबी है, और क्या! जब रण में जाना ही नहीं, तो वे हथियार सजकर क्यों मुझे जलाते हैं। भैया को कौन मुँह दिखाऊँगी, उनके सामने आँखें कैसे उठाऊँगी।

[दोनों लड़कों का प्रवेश।]

औम : अम्माजान, आप हमारा फ़ैसला कर दीजिए। मैं पहले रण में जाता हूँ, पर यह मुझे जाने नहीं देता, कहता है, पहले मैं जाऊँगा। सुबह से यही बहस छिड़ी हुई है, किसी तरह छोड़ता ही नहीं। बताओ, बड़े भाई के होते हुए छोटा भाई शहीद हो, यह कहाँ का इंसाफ़ है?

मुहम्मद : तो अम्माजान, यह कहाँ का इंसाफ़ है कि बड़ा भाई तो मरने जाए, और छोटा भाई बैठे उसकी लाश पर मातम करे। अम्मा, आप चाहे ख़ुश हों या नाराज़, यह तो मुझसे न होगा। शायद इनका यह ख़याल हो कि मैं जंग के क़ाबिल नहीं हूँ। छोटा हूँ, क्या जवाब दूँ, लेकिन ख़ुदा चाहेगा, तो—

एक हमले में गर हम न उलट दें सफ़े-लश्कर,
फिर दूध न अपना हमें तुम बख़्शियो मदर!
शह के क़दमे-पाक पै सिर देके फिरेंगे,
या रण से सिरे-शिम्रोउमर लेके फिरेंगे।

अम्माजान, आप न मेरी खातिर कीजिए न इनकी, इंसाफ़ से फ़रमाइए, पहले किसको जाने का हक़ है?

जैनब : अच्छा, तुम लोगों के रण में जाने का यह मतलब था। मैं कुछ और समझ रही थी। प्यारो, तुम्हारी माँ ने तुम्हारी दिलेरी पर शक किया, माफ़ करो। मालूम नहीं, मुझे क्या हो गया था कि मेरे दिल में तुम्हारी तरफ़ से इसे बसबसे पैदा हुए। लो, मैं झगड़ा चुकाए देती हूँ। तुम दोनों ख़ुदा का नाम लेकर साथ-साथ सिधारो, और दिखा दो कि तुम किसी से शब्बीर की उल्फ़त में कम नहीं हो। मेरी और मेरे ख़ानदान की आबरू तुम्हारे हाथ है।

शेरों के लिए नंग है तलवार से डरना,
मैदान में तन-तनके सिपर सीनों को करना।
हर ज़ख़्म पै दम उलफ़ते-शब्बीर का भरना।
क़ुरबान गई जीने से, बेहतर है वह मरना।
दुनिया में भला इज़्ज़ते-इस्लाम तो रह जाय,
तुम जीते रहो, या न रहो, नाम तो रह जाय।
नाना की तरह कौन बग़ा करता है देखूँ?
सिर कौन हज़ारों के जुदा करता है देखूँ?

हक़ कौन बहुत माँ का अदा करता है देखूँ?
एक-एक सफ़े-जंग में क्या करता है देखूँ?
दिखलाइयो हाथों से सफ़ाई का तमाशा,
मैं परदे से देखूँगी लड़ाई का तमाशा।

यह तो मैं जानती हूँ कि तुम नाम करोगे, पर कमसिन बहुत हो, इसलिए समझाती हूँ। जाओ, तुम्हें ख़ुदा को सौंपा।

[दोनों मैदान की तरफ़ जाकर लड़ते हैं, और जैनब परदे की आड़ से देखती है। शहरबानू का प्रवेश।]

शहरबानू : है-है, बहन, यह तुमने क्या सितम किया? इन नन्हे-नन्हे बच्चों को रण में झोंक दिया। अभी तो अली अकबर बैठा ही हुआ है, अब्बास मौजूद ही है, ऐसी क्या जल्दी पड़ी थी?

जैनब : वे किसी के रोके रुकते थे? कल ही से हथियार-सजे मुंतजिर बैठे थे। रात-भर तलवारें साफ़ की गई हैं। और यहाँ आए ही किसलिए थे। ज़िन्दगी बाक़ी है, तो दोनों फिर आएँगे। मर जाने का ग़म नहीं, आख़िर किस दिन काम आते। जिहाद में छोटे-बड़े की तमीज़ नहीं रहती। मैं रसूल-पाक को कौन मुँह दिखाती।

शहरबानू : देखो, हाय-हाय, दोनों को दुश्मनों ने किस तरह घेर रखा है। कोई जाकर बेचारों को फेर भी नहीं लेता। शब्बीर भी बैठे तमाशा देख रहे हैं, यह नहीं कि किसी को भेज दें। हैं तो ज़रा-ज़रा से, पर कैसे मछलियों की तरह चमकते फिरते हैं! ख़ैर, अच्छा हुआ, अब्बास दौड़े जा रहे हैं।

[अब्बास का मैदान की तरफ़ दौड़े हुए आना।]

जैनब : *(ख़ेमे से निकलकर)* अब्बास, तुम्हें रसूल-पाक की क़सम है, जो उन्हें लौटाने जाओ। हाँ, उनका दिल बढ़ाते जाओ। क्या मुझे शहादत के सवाब में कुछ भी देने का इरादा नहीं है? भैया तो इतने ख़ुदग़र्ज़ कभी न थे!

[दोनों भाई मारे जाते हैं। हुसैन और अब्बास उनकी लाश उठाने जाते हैं, और जैनब एक आह भरकर बेहोश हो जाती है।]

पाँचवाँ दृश्य

[12 बजे रात का समय। लड़ाई ज़रा देर के लिए बन्द है। दुश्मन की फ़ौज ग़ाफ़िल है। दरिया का किनारा। अब्बास हाथों में मशक लिये दरिया के किनारे खड़े हैं।]

अब्बास : *(दिल में)* हम दरिया से इतने क़रीब हैं। इतनी ही दूर पर यह दरिया मौजें मार रहा है, पर हम पानी के एक-एक बूँद को तरसते हैं। दो दिन से किसी के मुँह में पानी का क़तरा नहीं गया, बच्चे वग़ैरह पानी के लिए बिलबिला रहे हैं, औरतों के लब ख़ुश्क हुए जाते हैं, ख़ुद हज़रत हुसैन का बुरा हाल हो रहा है। मगर कोई अपनी तकलीफ़ किसी से नहीं कहता। बेचारी सकीना तड़प रही थी। काश ये ज़ालिम इसी तरह ग़ाफ़िल पड़े रहते, और मैं मशक लिये हुए बचकर निकल जाता! जी चाहता है, दरिया का दरिया पी जाऊँ, पर ग़ैरत गवारा नहीं करती कि घर के सब आदमी तो प्यासों मर रहे हों, और मैं यहाँ अपनी प्यास बुझाऊँ। घोड़े ने भी पानी में मुँह नहीं डाला। वफ़ादार जानवर! तू हैवान होकर इतना ग़ैरतमन्द है, मैं इनसान होकर बेग़ैरत हो जाऊँ।

[दरिया से पानी लेकर घाट पर चढ़ते हैं।]

एक सिपाही : यह कौन पानी लिये जाता है?

अब्बास : *(ख़ामोश)*

कई आदमी : क्या कोई पानी ले रहा है? कौन है? खड़ा रह।

[कई सिपाही अब्बास को घेर लेते हैं।]

एक : यह तो हुसैन के लश्कर का आदमी है—क्यों जी, तुम्हारा क्या नाम है?

अब्बास : मैं हज़रत हुसैन का भाई अब्बास हूँ।

कई आदमी : छीन लो मशक।

अब्बास : इतना आसान न समझो। एक-एक बूँद पानी के लिए एक-एक सिर देना पड़ेगा। पानी इतना महँगा कभी न बिका होगा।

[अब्बास तलवार खींचकर दुश्मनों पर झपट पड़ते हैं,

और उनके घेरे से निकल जाने की कोशिश करते हैं।]

[शिमर दौड़ा हुआ आता है।]

शिमर : ख़बरदार, ख़बरदार, चारों तरफ़ से घेर लो, मशक में नेज़े मारो, मशक में।

अब्बास : अरे ज़ालिम, बेदर्द! तू मुसलमान होकर नबी की औलाद पर इतनी सख़्तियाँ कर रहा है। बच्चे प्यासे तड़प रहे हैं, हज़रत हुसैन का बुरा हाल हो रहा है, और तुझे ज़रा भी दर्द नहीं आता।

शिमर : ख़लीफ़ा से बग़ावत करनेवाला मुसलमान मुसलमान नहीं, और न उसके साथ कोई रियायत की जा सकती है। दिलेरो, बस, जंग का इसी दम ख़ात्मा है। अब्बास को लिया, फिर वहाँ हुसैन के सिवा और कोई बाक़ी न रहेगा।

[सिपाही अब्बास पर नेज़े चलाते हैं, और अब्बास नेज़ों को तलवार से काट देते हैं।]

[साद का प्रवेश।]

साद : ठहरो-ठहरो! दुश्मन को दोस्त बना लेने में जितना फ़ायदा है, उतना क़त्ल करने में नहीं। अब्बास, मैं आपसे कुछ अर्ज़ करना चाहता हूँ। एक दम के लिए तलवार रोक दीजिए। तनी हुई तलवार मसालहत की ज़बान बन्द कर देती है।

अब्बास : मसालहत की गुफ़्तगू अगर करनी है, तो हज़रत हुसैन के पास क्यों नहीं जाते। हालाँकि अब वह कुछ न सुनेंगे। दो भांजे, दो भतीजे मारे जा चुके, कितने ही अहबाब शहीद हो चुके, वह ख़ुद ज़िन्दगी से बेज़ार हैं, मरने पर कमर बाँध चुके हैं।

साद : तो ऐसी हालत में आपको अपनी जान की और भी क़द्र करनी चाहिए। दुनिया में अली की कोई निशानी तो रहे। ख़ानदान का नाम तो न मिटे।

अब्बास : भाई के बाद जीना बेकार है।

साद : मावैन लहद साथ बिरादर नहीं जाता,
भाई कोई भाई के लिए मर नहीं जाता।

अब्बास : भाई के लिए जी से गुज़र जाता है भाई,
जाता है बिरादर भी जिधर जाता है भाई।

क्या भाई हो तेगों में तो डर जाता है भाई?
आँच आती है भाई पै, तो मर जाता है भाई।

साद : आपसे तो ख़लीफ़ा को कोई दुश्मनी नहीं, आप उनकी बैयत क़बूल कर लें, तो आपकी हर तरह भलाई होगी। आप जो रुतबा चाहेंगे, वह आपको मिल जाएगा, और आप हज़रत अली के जाँनशीन समझे जाएँगे।

अब्बास : जब हुसैन-जैसे सुलहपसन्द आदमी ने—जिसने कभी ग़ुस्से को पास नहीं आने दिया, जिसने जंग पर कभी सबकत नहीं की, जिसने आज भी मुझसे ताक़ीद कर दी कि राह न मिले, तो दरिया पर न जाना—तुम्हारी बात नहीं मानी, तो मैं, जो इन औसाफ़ में से एक भी नहीं रखता, क्योंकर तुम्हारी बातें मानूँगा।

साद : तुम्हें अख़्तियार है।

शिमर : टूट पड़ो, टूट पड़ो।

[एक सिपाही पीछे से आकर एक तलवार मारता है, जिससे अब्बास का दाहिना हाथ कट जाता है। अब्बास बाएँ हाथ में तलवार ले लेते हैं।]

शिमर : अभी एक हाथ बाक़ी है, जो उसे गिरा दे, उसे एक लाख दीनार इनाम मिलेगा।

[चारों तरफ़ से ज़ख़्मी सिपाहियों की आहें सुनाई दे रही हैं। अब्बास सफ़ों को चीरते, सिपाहियों को गिराते हुसैन के ख़ेमे के सामने पहुँच जाते हैं। इतने में एक सिपाही तलवार से उनका बायाँ हाथ भी गिरा देता है। शिमर उनकी छाती में भाला चुभा देता है। अब्बास मशक को दाँतों से पकड़ लेते हैं। तब सिर पर एक गुर्ज़ पड़ता है, और अब्बास घोड़े से गिर पड़ते हैं।]

अब्बास : *(चिल्लाकर)* भैया, तुम्हारा ग़ुलाम अब जाता है—उसका आख़िरी सलाम क़बूल करो।

[हुसैन ख़ेमे से बाहर निकल दौड़ते हुए आते हैं, और अब्बास के पास पहुँचकर उन्हें गोद में उठा लेते हैं।]

हुसैन : आह! मेरे प्यारे भाई, मेरे क़ूवते-बाज़ू, तुम्हारी मौत ने कमर

तोड़ दी। हाय! अब कोई सहारा नहीं रहा। तुम्हें अपने पहलू में देखते हुए मुझे वह भरोसा होता था, जो बच्चे को अपनी माँ की गोद में होता है। तुम मेरे पुश्तेपनाह थे। हाय! अब किसे देखकर दिल को ढाढ़स होगा। आह! अगर तुम्हें इतनी जल्द रुख़सत होना था, तो पहले मुझी को क्यों न मर जाने दिया? आह! अब तक मैंने तुम्हें इस तरह बचाया था, जैसे कोई आँधी में चिराग़ को बचाता है। पर क़ज़ा से कुछ बस न चला। हाय! मैं ख़ुद क्यों न पानी लेने गया। हाय, अब ख़ैर, भैया इतनी तस्कीन है कि फिर हमसे तुमसे जल्द मुलाक़ात होगी, और फिर हम क़यामत तक न जुदा होंगे।

छठा दृश्य

[दोपहर का समय। हुसैन अपने ख़ेमे में खड़े हैं, जैनब, कुलसुम, सकीना, शहरबानू, सब उन्हें घेरे हुए हैं।]

हुसैन : जैनब, अब्बास के बाद अली अकबर दिल को तस्कीन देता था। अब किसे देखकर दिल को ढाढ़स दूँ? हाय! मेरा जवान बेटा प्यासों तड़प-तड़पकर मर गया! किस शान से मैदान की तरफ़ गया था। कितना हँसमुख, कितना हिम्मत का धनी! जैनब, मैंने उसे कभी उदास नहीं देखा, हमेशा मुस्कराता रहता था। ऐ आँखो! अगर रोईं, तो तुम्हें निकालकर फेंक दूँगा। ख़ुदा की मरज़ी में रोना कैसा! मालूम होता है, सारी क़ुदरत मुझे तबाह करने पर तुली हुई है। यह धूप कि उसकी तरफ़ ताकने ही से आँखें जलने लगती हैं! यह जलता हुआ बालू, ये लू के झुलसानेवाले झोंके, और यह प्यास! यों ज़िन्दा जलना तीरों और भालों के ज़ख़्मों से कहीं ज़्यादा सख़्त है।

[अली असग़र आता है, और बेहोश होकर गिर पड़ता है।]

शहरबानू : हाय, मेरे बच्चे को क्या हुआ!

हुसैन : *(असग़र को गोद में उठाकर)* आह! यह फूल पानी के बग़ैर मुरझाया जा रहा है। ख़ुदा, इस रंज में अगर मेरी ज़बान से तेरी शान में कोई बेअदबी हो जाए, तो माफ़ कीजिए, मैं अपने होश में नहीं हूँ। एक कटोरे पानी के लिए इस वक़्त मैं जन्नत से हाथ धोने को तैयार हूँ।

[असग़र को गोद में लिये ख़ेमे से बाहर आकर]

ऐ ज़ालिम क़ौम, अगर तुम्हारे ख़याल में मैं गुनहगार हूँ, तो इस बच्चे ने तो कोई ख़ता नहीं की है, इसे एक घूँट पानी पिला दो। मैं तुम्हारे नबी का नेवासा हूँ, अगर इसमें तुम्हें शक है, तो काबा का बेकस मुसाफ़िर तो हूँ। इसमें भी अगर तुम्हें ताम्मुल हो, तो मुसलमान तो हूँ। यह भी नहीं, तो अल्लाह का एक नाचीज़ बन्दा तो हूँ। क्या मेरे मरते हुए बच्चे पर तुम्हें इतना रहम भी नहीं आता?

मैं यह नहीं कहता हूँ कि पानी मुझे ला दो,
तुम आन के चिल्लू से इसे आब पिला दो।
मरता है यह, मरते हुए बच्चे को जिला दो,
लिल्लाह, कलेजे की मेरी आग बुझा दो।
जब मुँह मेरा तकता है यह हसरत की नज़र से,
ऐ ज़ालिमो, उठता है धुआँ मेरे जिगर से।

[शिमर एक तीर मारता है, जो असग़र के गले को छेदता हुआ हुसैन के बाज़ू में चुभ जाता है। हुसैन जल्दी से तीर को निकालते हैं, और तीर निकलते ही असग़र की जान निकल जाती है। हुसैन असग़र को लिये फिर ख़ेमे में आते हैं।]

शहरबानू : हाय मेरा फूल-सा बच्चा!

हुसैन : हमेशा के लिए इसकी प्यास बुझ गई। *(ख़ून से चिल्लू भरकर आसमान की तरफ़ उछालते हुए)* इन सब आफ़तों का गवाह ख़ुदा है। अब कौन है, जो ज़ालिमों से इस ख़ून का बदला ले।

[सज्जाद चारपाई से उठकर, लड़खड़ाते हुए, मैदान की तरफ़ चलते हैं।]

जैनब : अरे बेटा, तुममें तो खड़े होने की भी ताब नहीं, महीनों से आँखें नहीं खोलीं, तुम कहाँ जाते हो?

सज्जाद : बिस्तर पर मरने से मैदान में मरना अच्छा है। जब सब जन्नत पहुँच चुके, तो मैं यहाँ क्यों पड़ा रहूँ?

हुसैन : बेटा, ख़ुदा के लिए बाप के ऊपर रहम करो, वापस आओ। रसूल की तुम्हीं एक निशानी हो। तुम्हारे ही ऊपर औरतों की हिफ़ाज़त का बार है। आह! और कौन है, जो इस फ़र्ज़ को अदा करे। तुम्हीं मेरे जाँनसीन हो, इन सबको तुम्हारे हवाले करता हूँ। ख़ुदा हाफ़िज़! ऐ जैनब, ऐ कुलसुम, ऐ सकीना, तुम लोगों पर मेरा सलाम हो कि यह आख़िरी मुलाक़ात है।

[जैनब रोती हुई हुसैन से लिपट जाती है।]

सकीना : अब किसका मुँह देखकर जिऊँगी।

हुसैन : जैनब!

मरकर भी न भूलूँगा मैं एहसान तुम्हारे;
भेंटों को भला कौन बहन भाई पै वारे।
प्यार न किया उनको, जो थे जान से प्यारे;
बस, माँ की मुहब्बत के थे ये अन्दाज़ हैं सारे।
फ़ाक़े में हमें बर्छियाँ खाने की रज़ा दो;
बस, अब यही उल्फ़त है कि जाने की रज़ा दो;
हमशीर का ग़म है किसी भाई को गवारा?
मजबूर है लेकिन असद अल्लाह का प्यारा।
रंज और मुसीबत से कलेजा है दो पारा;
किससे कहूँ, जैसा मुझे सदमा है तुम्हारा;
इस घर की तबाही के लिए रोता है शब्बीर।
तुम छूटती नहीं माँ से जुदा होता है शब्बीर।

[हाथ उठाकर दुआ क़रते हैं।]

या रब, है यह सादात का घर तेरे हवाले,
राँड़ हैं कई ख़स्ता जिगर तेरे हवाले।
बेकस का है बीमार पिसर तेरे हवाले,
सब हैं मेरे दरिया के गुहर तेरे हवाले।

[मैदान की तरफ़ जाते हैं।]

शिमर : *(फ़ौज से)* ख़बरदार, ख़बरदार, हुसैन आए। सब-के-सब सँभल जाओ। समझ लो, अब मैदान तुम्हारा है।

[हुसैन फ़ौज के सामने खड़े होकर कहते हैं।]

बेटा हूँ अली का व नेवासा रसूल का!
माँ ऐसी कि सब जिसकी शफ़ाअत के हैं मुहताज,
बाप ऐसा, सनमख़ानों को जिसने किया ताराज;
बेटा हूँ अली का व नेवासा रसूल का।
लड़ने को अगर हैदर सफ़दर न निकलते,
बुत घर से ख़ुदा के कभी बाहर न निकलते।
बेटा हूँ अली का व नेवासा रसूल का।
किस जंग में सीने को सिपर करके न आए?
किस फ़ौज की सफ़ ज़ेर व ज़बर करके न आए?
बेटा हूँ अली का व नेवासा रसूल का।
हम पाक न करते, तो जहाँ पाक न होता,
कुछ ख़ाक की दुनिया में सिवा ख़ाक न होता।
बेटा हूँ अली का व नेवासा रसूल का।
यह शोर अज़ाँ का सहरोशाम कहाँ था?
हम अर्श पै जब थे, तो यह इस्लाम कहाँ था?
बेटा हूँ अली का व नेवासा रसूल का।
लाज़िम है कि सादात की इमदाद करो तुम।
ऐ ज़ालिमों, इस घर को न बरबाद करो तुम।
बेटा हूँ अली का व नेवासा रसूल का।

[फ़ौज पर टूट पड़ते हैं।]

शिमर : अरे नामर्दो, क्यों भागे जाते हो। कोई शेर नहीं, जो सबको खा जाएगा।

एक सिपाही : ज़रा सामने आकर देखो, तो मालूम हो। पीछे खड़े-खड़े मुँह के आगे ख़ंदक़ क्या है।

दूसरा : अरे, फिर इधर आ रहे हैं! ख़ुदा बचाना!

तीसरा : उन पर तलवार चलाने को तो हाथ ही नहीं उठते। उनकी सूरत देखते ही कलेजा थर्रा जाता है।

चौथा : मैं तो हवा में तीर छोड़ता हूँ, कौन जाने, कहीं मेरे ही तीर

से शहीद हो जाएँ, तो आक़बत में कौन मुँह दिखाऊँगा।

पाँचवाँ : मैं भी हवा ही में छोड़ता हूँ।

शिमर : तुफ़ है तुम पर, डूब मरो नामर्दो, घेरकर नेज़ों से क्यों नहीं वार करते?

साद : *(शिमर से)* हमारे लिए उन्हें घेरना उतना ही मुश्किल है, जितना चूहों के लिए बिल्ली का। उनके सामने कौन है, जिसके क़दम रुकें? वह यों ही क़त्ल करते-करते ख़ुद प्यास और थकान से बेदम हो जाएँगे।

शिमर : *(तीर चलाकर)* क्यों भागते हो? क्यों अपने मुँह में कालिख लगाते हो? दुनिया क्या कहेगी, इसकी भी तुम्हें शर्म नहीं?

क़ीस : सारी फ़ौज दहल गई, उसको खड़ा रखना मुश्किल है।

शीस : अली के सिवा और किसी का यह दमख़म नहीं देखा।

शिमर : *(तीर चलाकर)* सफ़ों को ख़ूब फैला दो, ताकि दौड़ते-दौड़ते गिर पड़ें।

हुसैन : साद और शिमर, मैं तुम्हें फिर मौक़ा देता हूँ, मुझे लौट जाने दो, क्यों इन ग़रीबों की जान के दुश्मन हो रहे हो? तुम्हारा मैदान ख़ाली हो गया। तुम्हीं सामने आ जाओ, जंग का फ़ैसला हो जाए।

साद : शिमर, जाते हो?

शिमर : क्यों न जाऊँगा, यहाँ जान देने नहीं आया हूँ!

साद : मैं जाऊँ भी, तो लड़ नहीं सकता।

[हुसैन दरिया की तरफ़ जाते हैं।]

शिमर : अब और भी ग़ज़ब हो गया, पानी पीकर लौटे, तो ख़ुदा जाने क्या करेंगे। हज्जाज को ताक़ीद करनी चाहिए कि दरिया का रास्ता न दे।

[हज्जाज को बुलाकर]

[हज्जा, हुसैन को हरगिज़ दरिया की तरफ़ न जाने देना।]

हज्जाज : *(स्वगत)* यह अज़ाब क्यों अपने सिर लूँ। मुझे भी तो रसूल से क़यामत में काम पड़ेगा।
(प्रकट) जी हाँ, आदमियों को जमा कर रहा हूँ।

[हुसैन घोड़े की बाग़ ढीली कर देते हैं, पर वह पानी

की तरफ़ गरदन नहीं बढ़ाता, मुँह फेरकर हुसैन की रकाब को खींचता है।]

हुसैन : आह! मेरे प्यारे बेज़बान दोस्त! तू हैवान होकर आक़ा का इतना लिहाज़ करता है, ये इनसान होकर अपने रसूल के बेटे के ख़ून के प्यासे हो रहे हैं। मैं तब तक पानी न पीऊँगा, जब तक तू न पिएगा। *(पानी पीना चाहते हैं।)*

हज्जाज : हुसैन, तुम यहाँ पानी पी रहे हो, और लश्कर ख़ेमों में घुसा जाता है।

हुसैन : तू सच कहता है?

हज्जाज : यक़ीन न आए, तो जाकर देख आओ।

हुसैन : *(स्वगत)* इस बेकली की हालत में कोई मुझसे दग़ा नहीं कर सकता। मरते हुए आदमी से दग़ा करके कोई क्यों अपनी इज़्ज़त से हाथ धोएगा।

[घोड़े को फेर देते हैं, और दौड़ते हुए ख़ेमे की तरफ़ आते हैं।]

आह! इनसान उससे कहीं ज़्यादा कमीना और कोरवातिन है, जितना मैं समझता था। इस आख़िरी वक़्त में मुझसे दग़ा की, और महज़ इसलिए कि मैं पानी न पी सकूँ।

[फिर मैदान में आकर लश्कर पर टूट पड़ते हैं, सिपाही इधर-उधर भागने लगते हैं।]

शिमर : *(तीर चलाकर)* तुम मेरे ही हाथों मरोगे।

[तीर हुसैन के मुँह में लगता है, और वह घोड़े से गिर पड़ते हैं फिर सँभलकर उठते हैं, और तलवार चलाने लगते हैं।]

साद : शिमर, तुम्हारे सिपाही हुसैन के ख़ेमों की तरफ़ जा रहे हैं, यह मुनासिब नहीं।

शिमर : औरतों की हिफ़ाज़त करना हमारा काम नहीं है।

हुसैन : *(दाढ़ी से ख़ून पोंछते हुए)* साद, अगर तुम्हें दीन का ख़ौफ़ नहीं है, तो इनसान तो हो, तुम्हारे भी तो बाल-बच्चे हैं। इन बदमाशों को मेरे ख़ेमों में आने से क्यों नहीं रोकते?

साद : आपके ख़ेमों में कोई न जा सकेगा, जब तक मैं ज़िन्दा हूँ।

[ख़ेमों के सामने आकर खड़ा हो जाता है।]

जैनब : *(बाहर निकलकर)* क्यों साद! हुसैन इस बेकसी से मारे जाएँ, और तुम खड़े देखते रहो? माल और दुनिया तुम्हें इतनी प्यारी है!

[साद मुँह फेरकर रोने लगता है।]

शिमर : तुफ़ है तुम पर ऐ जवानो! एक प्यादा भी तुमसे नहीं मारा जाता! तुम अब नाहक़ डरते हो। हुसैन में अब जान नहीं है, उनके हाथ नहीं उठते, पैर थर्रा रहे हैं, आँखें झपकी जाती हैं, फिर भी तुम उनको शेर समझ रहे हो।

हुसैन : *(दिल में)* मालूम नहीं, मैंने कितने आदमियों को मारा, और अब भी मार सकता हूँ, पर हैं तो ये मेरे नाना ही की उम्मत, हैं तो सब मुसलमान, फिर इन्हें मारूँ, तो किसलिए? अब कौन है, जिसके लिए ज़िन्दा रहूँ? हाय, अकबर!

किससे कहें, जो ख़ूने-जिगर हमने पिया है,
बाद ऐसे पिसर के भी कहीं बाप जिया है।

हाय अब्बास!

अब्बास : ग़श आता है हमें प्यास के मारे,
उलफ़त हमें ले आई है फिर पास तुम्हारे।
इन सूखे हुए होंठों से होंठों को मिला के,
कुछ मशक में पानी हो, तो भाई पिला दो।
लेटे हुए हो रेत में क्यों मुँह को छिपाए?
ग़ाफ़िल हो बिरादर तुम्हें किस तरह जगाएँ?
ख़ुश हूँगा मैं, आगे जो अलम लेके बढ़ोगे,
क्या भाई के पीछे न नमाज़ आज पढ़ोगे?

लड़ते-लड़ते शाम हो गई, हाथ नहीं उठते। आख़िरी नमाज़ पढ़ लूँ। काश नमाज़ पढ़ते हुए सिर कट जाता, तो कितना अच्छा होता!

[हुसैन नमाज़ में झुक जाते हैं, अशअस पीछे से आकर उनके कन्धे पर तलवार मारता है। क़ीस दूसरे कन्धे

पर तलवार चलाता है। हुसैन उठते हैं, फिर गिर पड़ते हैं, फ़ौज में सन्नाटा छा जाता है। सब-के-सब आकर उन्हें घेर लेते हैं।]

शिमर : ख़लीफ़ा यज़ीद ने हुसैन का सिर माँगा था, कौन यह फ़ख़्र हासिल करना चाहता है?

[एक सिपाही आगे बढ़कर तलवार चलाता है। मुसलिम की छोटी लड़की दौड़ी हुई ख़ेमे से आती है, और हुसैन की पीठ पर हाथ रख देती है।]

नसीमा : ओ ख़बीस, क्या तू मेरे चचा को क़त्ल करेगा?

[तलवार नसीमा के दोनों हाथों पर पड़ती है, और हाथ कट जाते हैं।]

[शीस तलवार लेकर आगे बढ़ता है, हुसैन का मुँह देखते ही तलवार उसके हाथ से छूटकर गिर पड़ती है।]

शिमर : क्यों, तलवार क्यों डाल दी?

शीस : उन्होंने जब आँखें खोलकर मुझे देखा, तो मालूम हुआ कि रसूल की आँखें हैं। मेरे होश उड़ गए।

क्रीस : मैं जाता हूँ।

[तलवार लेकर जाता है, तलवार हाथ से गिर पड़ती है, और उलटे क़दम काँपता हुआ लौट आता है]

शिमर : क्यों, तुम्हें क्या हो गया?

क्रीस : यह हुसैन नहीं, ख़ुद रसूल-पाक हैं। रोब से मेरे होश ग़ायब हो गए। या ख़ुदा, जहन्नुम की आग में न डालियो।

शिमर : इनकी मौत मेरे हाथों लिखी हुई है! तुम सब दिल के कच्चे हो।

[तलवार लेकर हुसैन के सीने पर चढ़ बैठता है।]

हुसैन : *(आँखें खोलते हैं, और उसकी तरफ़ ताकते हैं।)*

शिमर : मैं उन बुज़दिलों में नहीं हूँ, जो तुम्हारी निगाहों से दहल उठे थे।

हुसैन : तू कौन है?

शिमर : मेरा नाम शिमर है।

हुसैन : मुझे पहचानता है?

शिमर : ख़ूब पहचानता हूँ, तुम अली और फ़ातिमा के बेटे और मुहम्मद के नेवासे हो।

हुसैन : यह जानकर भी तू मुझे क़त्ल करता है?

शिमर : मुझे जन्नत से जागीरें ज़्यादा प्यारी हैं।

[तलवार मारता है, हुसैन का सिर जुदा हो जाता है।]

साद : *(रोता हुआ)* शिमर, ज़ियाद से कह देना, मुझे 'रै' की जागीर से माफ़ करें। शायद अब भी नजात हो जाए।

[अपने सीने में नेज़ा चुभा लेता है, और बेजान होकर गिर पड़ता है। फ़ौज के कितने ही सिपाही हाथों से मुँह छिपाकर रोने लगते हैं। ख़ेमों से रोने की आवाज़ें आने लगती हैं।]